ALETHEA KONTIS

Übersetzt von
Helga Köller

ZAUBERHAFTE SUNDAY

ZAUBERHAFTE SUNDAY

Übersetzt von Helga Köller

Permissions, c/o Alethea Kontis, PO Box 512, Mims, FL 32754
www.aletheakontis.com

Originalveröffentlichung: 2012 von Harcourt Books

Coverillustration von Kit Steele
https://kitsteele.com

Umschlagdesign von Cait Greer
https://www.authorcaitlingreer.com

Für meinen Vater,
der mir einst Märchen vorlas.
Für meine Mutter,
die mich bat, ein neues zu erschaffen.
Und für meine kleine Schwester,
die stets undankbar war – und es immer sein wird.

Möge uns allen ein glückliches Leben beschieden sein.

Das Montagskind erstrahlt in schöner Gestalt,
Das Dienstagskind tanzt im vollen Lichterwald,
Das Mittwochskind trägt Schwermut tief in sich,
Das Donnerstagskind strebt weit und mehr nur für sich.
Das Freitagskind liebt groß und gibt ohne Ruh',
Das Samstagskind arbeitet und strebt hinzu.
Doch das am Sonntag geborene Liebkind ist fein,
fröhlich, hübsch, gut und rein.

1 Narrengold und Feensteine

Mein Name ist Sunday Woodcutter und mir ist ein glückliches Leben beschieden.

Ich bin die siebte Tochter von Jack und Seven Woodcutter. Jack war der siebte Sohn und Seven die siebte Tochter. Papa hegte den großen Traum, den magischen und allmächtigen Siebten Sohn eines Siebten Sohns zu bekommen. Mama sagte stets, ob nun sieben Mädchen oder sieben Jungen, es spiele keine Rolle, wer zuerst käme. Als Jack Junior als erstes Kind das Licht der Welt erblickte, war Papa begeistert. Sein Traum zerbrach jedoch an dem Tag, an dem ich geboren wurde – fein, fröhlich, hübsch, gut und rein – und sieben Töchter später.

Der Erstgeborene zu sein, hinderte Jack Junior glücklicherweise nicht daran, ein Wunderkind zu werden. Auch wenn ich meinen ältesten Bruder nie kennengelernt habe, sind mir seine Legenden bekannt. Alle Kinder von Arilland wuchsen im Schatten von Jacks Heldentaten auf, besonders seine jüngeren Geschwister. Ich kann mich nicht erinnern, wann ich nicht von den überaus dramatischen Liedern und Legenden über Jack Juniors Heldentaten umgeben war. Bis heute tauchen immer wieder neue Geschichten auf und geistern durch das Land. Ich kenne sie alle – zumindest alle bis auf die Verbotene Geschichte, denn dafür bin ich noch zu jung.

Doch die wichtigste Erzählung ist mir bekannt – nämlich die seines tragischen Todes, der sich ereignete, als er als Mitglied der königlichen Garde diente. Eines Tages tötete er aus Wut oder aus jugendlichem Leichtsinn (je nach Barde) den geliebten Welpen von Kronprinz Rumbold. Als Strafe verwandelte die gute Fee des Prinzen, die in Wirklichkeit eine böse Fee war, Jack Junior in einen Köter und zwang ihn, den Platz des Hundes einzunehmen. Man hörte nie wieder von ihm.

Es heißt, meine Familie wäre danach nie wieder dieselbe gewesen. Ich wünschte, meinen Vater so zu kennen, wie er in Erzählungen dargestellt wird: laut, selbstbewusst und eigensinnig. Jetzt ist er nur noch ein robuster, ruhiger Mann, der mit seinem Platz im Leben zufrieden ist. Jeder weiß, dass Papa keine Loyalität der königlichen Familie von Arilland gegenüber hegt, dennoch würde er nie ein schlechtes Wort über sie verlieren.

Meine anderen Brüder heißen Trix und Peter. Trix war ein Findelkind, das Papa eines Tages im Winter vor meiner Geburt in den Ästen eines Baumes am Rande des Waldes entdeckt hatte. Mama zufolge war Trix der Sohn, den sie nicht zur Welt bringen musste, und er machte Papa glücklich. Da sie schon so viele Mäuler zu stopfen hatten, kam es auf ein weiteres auch nicht an.

Meine Schwestern und ich …

„Was machst du da?“

Sunday hob den Kopf von ihrem Tagebuch. Sie war dem halb verborgenen Pfad durch das Unterholz zu den bröckelnden Felsen am verlassenen Brunnen gefolgt, um an diesen abgeschiedenen Ort zu gelangen, in der Überzeugung, ihrer Familie entkommen zu sein. Die Stimme, die sie aus ihren Gedanken riss, kannte sie jedoch nicht. Ihre Augen benötigten einen Augenblick, um sich an die Lichtverhältnisse zu gewöhnen und etwas zwischen den gesprenkelten Schatten zu erkennen, die von der Nachmittagssonne durch die tanzenden Blätter geworfen wurden.

„Wie bitte?“, fragte sie den Unbekannten höflich, damit er sich zu erkennen gab. Sei er nun echt oder eingebildet, tot oder lebendig, Fee…

„Ich sagte: Was machst du da?“

… oder Frosch.

Sunday zwang sich, den offenen Mund zu schließen. Da sie völlig überrumpelt worden war, sprudelte sie mit der Wahrheit heraus. „Ich erzähle mir selbst Geschichten.“

Der Frosch dachte darüber nach. Er setzte sich auf die gescheckten Hinterbeine und blinzelte sie mit seinen Glupschaugen an. „Wieso denn das? Gibt es sonst keinen, dem du sie erzählen kannst?“

Abgesehen von seiner Unterbrechung war er äußerst höflich. *Er scheint schlau zu sein*, dachte Sunday. *Vermutlich war er ein Mensch, bevor er verflucht wurde.* Die Tiere des Waldes gaben nämlich immer nur weise Rätsel und Halbwahrheiten von sich.

„Eigentlich habe ich eine große Familie, die viele Geschichten kennt. Aber…“

„Aber was?“

„Meine Geschichten will niemand hören.“

„Ich will sie aber hören“, sagte der Frosch. „Lies mir vor, was du gerade geschrieben hast. Ich werde zuhören.“

Dieser Frosch gefiel ihr. Sunday lächelte und klappte langsam ihr Buch zu. „Diese Erzählung ist wohl nichts für dich.“

„Wieso nicht?"

„Weil sie nicht besonders interessant ist."

„Wovon handelt sie?"

„Von mir. Deshalb will meine Familie sie ja nicht hören. Sie wissen doch schon alles über mich."

Der Frosch streckte sich auf dem Sonnen gescheckten Felsen aus, als würde er es sich auf einer Chaiselongue bequem machen. Seine recht menschliche und weniger froschartige Körpersprache ließ sie erkennen, dass er sich nicht abwimmeln lassen würde. „Ich weiß aber nichts von dir", sagte er. „Du darfst mit deiner Geschichte beginnen."

Es war vollkommen absurd, dass sich Sunday mitten im Wald mit einem Frosch unterhielt. Ebenso absurd war es, dass er etwas von ihr erfahren wollte und sich für sie interessierte. Es war dermaßen absurd, dass sie ihr Tagebuch aufschlug und von Anfang an daraus vorlas.

„Ich heiße Sunday Woodcutter …"

„Grummel", quakte der Frosch.

„Hast du vor, immerzu zu grummeln? Warum soll ich dir dann vorlesen?"

„Du sagtest, dass du Sunday Woodcutter heißt", sagte der Frosch. „Und ich heiße Grummel."

„Oh." Sunday stieg die Hitze ins Gesicht. Sie fragte sich kurz, ob Frösche es bemerkten, wenn Menschen erröteten, oder ob sie farbenblind waren, wie viele andere Bewohner des Waldes. Sie neigte leicht den Kopf. „Es freut mich, dich kennenzulernen, Grummel."

„Stets zu Diensten", sagte Grummel. „Bitte, lies weiter."

Sunday war peinlich berührt, denn bisher hatte sie ihre geheimsten Gedanken niemandem offenbart. Sie räusperte sich ein paarmal und begann. Zwischendurch musste sie mehrmals innehalten und Sätze wiederholen, weil sie zu schnell und zu holprig gelesen hatte und fuhr langsamer fort. Ihre Stimme schien zu laut, und die Worte kamen ihr fremd und teilweise falsch vor; beim Lesen musste sie den

Drang unterdrücken, Passagen zu streichen oder zu ändern. Sie befürchtete, dass dieser Frosch, der einmal ein Mann gewesen war, sie als albern abtun würde, wenn er ihr Geschreibsel hörte und nichts mehr mit ihr zu tun haben wollte. Er würde sich bedanken, und sie würde ihn nie wieder sehen. War es in ihrem zarten Alter schon so weit gekommen? War ihre Sehnsucht nach einem intelligenten Gespräch so groß, dass sie einem Fremden ihr Herz ausschüttete?

Beim Lesen stellte Sunday jedoch fest, dass es keine Rolle spielte. Grummel sollte einfach nur ihr wahres Ich kennen.

Als Sunday unter dem Baum geschrieben hatte, dachte sie, dass das Lesen mehr Zeit in Anspruch nehmen würde, sie war jedoch im Handumdrehen fertig. „Eigentlich wollte ich ausführlicher auf meine Schwestern eingehen“, entschuldigte sie sich.

Der Frosch war merkwürdig still. Er starrte in den Wald.

Sunday wandte das Gesicht der Sonne zu. Sie fürchtete sich vor seiner Reaktion. Wenn er ihre Erzählung furchtbar fand, würde er sie ebenfalls ablehnen und damit war alles, was sie je getan hatte, umsonst. Das war doch albern. Ihr gingen alberne und idiotische Gedanken durch den Kopf, obendrein war sie wieder undankbar. Dennoch versprach sie den Göttern, jetzt und hier dankbar zu sein, ganz gleich, wie das Urteil des Froschs ausfallen sollte. Sofern er endlich einen Ton von sich gab. Dann endlich:

„Ich kann mich an eine verschneite Winternacht erinnern. Draußen war es so kalt, dass die Fingerspitzen brannten, wenn man sie an die Fensterscheibe legte. Das habe ich nur einmal gemacht.“ Er stieß ein lang gezogenes Quaken aus. „Ich entsinne mich eines warmen, knisternden Kaminfeuers mit hohen Flammen, die doppelt so groß waren wie ich. Dort war ein Welpe, der mich abgöttisch liebte, wie es kleine Hunde zu tun pflegen. Seine Welt bestand nur aus mir. Er brauchte mich und ich hatte das Gefühl … ein Ziel zu haben. Ich weiß, dass ich damals glücklich war. Vielleicht so glücklich wie nie zuvor.“

Der Frosch schloss die Augen und beugte den Kopf. „Ich weiß nicht mehr viel von meinem früheren Leben. Aber jetzt gerade erinnere ich mich daran. Dafür danke ich dir."

Sunday verschränkte die zitternden Finger und schluckte den Kloß im Hals hinunter. Er war tatsächlich ein Mann, gefangen im Körper eines Froschs und er war traurig. Sie wusste nicht, mit welchem ihrer Worte sie ihn berührt hatte, es spielte auch keine Rolle. Denn sie hatte ihn berührt. Sie hatte nämlich nicht den Frosch berührt, sondern den Mann, der er einst gewesen war. Für Sunday hätte es keine liebenswürdigere Antwort geben können. „Ich fühle mich geehrt", sagte sie aufrichtig.

„Und dann bin ich dir auch noch ins Wort gefallen." Grummels verträumter Tonfall wich einem spielerischen. „Verzeih mir. Du kannst dir wohl denken, dass ich selten Besuch habe. Ich fühle mich geehrt, dass du mich mit deinen Worten verwöhnst, freundliche Dame. Schreibst du regelmäßig?"

„Ja. Jeden Morgen und Abend und wann immer ich es dazwischen einrichten kann."

„Schreibst du immer über deine Familie?"

Sunday blätterte mit dem Daumen durch ihr scheinbar endloses Tagebuch, das sie von ihrer Feen-Patentante Joy zum Namenstag bekommen hatte. Dieser nervöse Tick begleitete sie schon ihr ganzes Leben. „Ich habe Angst, über etwas anderes zu schreiben."

„Warum?"

Vielleicht lag es an der Tatsache, dass es herrlich befreiend war, vollkommen offen und ehrlich zu sein, oder daran, dass er ein Frosch und kein Mensch war, dass sie sich eigenartigerweise wohl in Grummels Gegenwart fühlte. Inzwischen hatte sie mehr von sich erzählt als je zuvor, da bisher sonst niemand so viel von ihr wissen wollte. Warum also aufhören? „Die Dinge, über die ich schreibe, na ja, gehen für gewöhnlich in Erfüllung. Und das ist nicht immer vorteilhaft."

„Nenne mir ein Beispiel."

„Einmal hatte ich keine Lust, morgens die Eier einzusammeln, deshalb schrieb ich am Vorabend, dass ich es nicht tun müsste. In jener Nacht schlich sich ein Wiesel ins Hühnerhaus. An diesem Tag bekam niemand Eier. Ein anderes Mal hatte ich keine Lust, mit meiner Familie zum Markt zu fahren."

„Ist ein Wagenrad gebrochen?"

„Ich habe mir die Grippe eingefangen und musste eine Woche lang das Bett hüten", sagte sie grinsend. „Das Wort Reue ist zu schwach, um mein Bedauern auszudrücken."

„Das kann ich mir vorstellen", sagte Grummel.

„Jetzt fragst du dich wahrscheinlich, was passieren würde, wenn ich schreibe, dass du von deinem Fluch befreit wärst."

„Der Gedanke ist mir tatsächlich durch den Kopf gegangen."

„Es wäre möglich, dass du nicht in Menschengestalt zurückkehrst, sondern als Maus oder Maultier oder Tiger, der mich bei lebendigem Leib frisst. Es könnte sein, dass du als Mann zurückkehrst, aber anders aussiehst als früher. Dir könnte ein wichtiger Körperteil fehlen, ein Arm oder ein Bein oder…"

„Mein Verstand?", witzelte Grummel.

„Dein Atem", sagte Sunday ernst.

„Ah. Also müssen wir unsere Wünsche immer mit Bedacht äußern."

„Genau. Wenn ich über etwas aus der Vergangenheit schreibe, besteht keine Gefahr, dass ich versehentlich die Zukunft verändere. Über eine solche Macht sollten nur die Götter verfügen."

„Das ist ausgesprochen vernünftig."

„Ja", seufzte sie. „Ausgesprochen vernünftig und ausgesprochen langweilig. Genau wie ich."

„Im Gegenteil. Ich finde, deine kurze Geschichte ist faszinierend."

„Wirklich?“ Das sagte er doch nur, um nett zu sein. Plötzlich fiel ihr wieder ein, dass er ein Frosch war. Seltsam, dass sie das vergessen hatte.

„Liest du mir morgen wieder vor?“

Wenn er sich von ihrem albernen breiten Grinsen nicht abschrecken ließ, würde ihn ihr Geschreibsel wohl auch nicht vergraulen. „Das würde ich sehr gern tun.“

„Und würdest du auch meine Freundin sein?“, fragte er zaghaft.

Er sagte es auf eine charmante und demütige Weise. „Nur, wenn auch du mein Freund bist.“

Grummels Maul zog sich in die Breite, Sunday hielt es für ein Froschlächeln. „Und wärst du so tapfer, Miss Woodcutter …?“

„Bitte, nenn mich Sunday.“

„Sunday, glaubst du, du könntest mir einen Kuss geben?“

Sie hatte sich schon gefragt, wann er darauf zu sprechen kommen würde. Schließlich war der Kuss einer Jungfrau das gängige Mittel, um sich von einem Fluch dieser Art zu befreien. Normalerweise hätte Sunday ohne zu zögern Nein gesagt. Allerdings war er außerordentlich höflich und ihm würde gewiss für längere Zeit keine Jungfrau über den Weg laufen. Ein Kuss war das Mindeste, das sie für ihn tun konnte.

Seine Haut war voller Höcker und ein wenig feucht, was sie zu ignorieren versuchte. Sie küsste ihn, richtete sich rasch auf und zog sich zurück. Was würde als Nächstes geschehen? Würde es Funken regnen? Würde sich eine Explosion ereignen? Es war auf jeden Fall besser, einen gewissen Abstand einzuhalten, schließlich konnte man nicht wissen, was geschah, wenn sich ein Frosch in einen Menschen verwandelte.

Sunday wartete.

Und wartete.

Nichts geschah.

Sie starrten einander eine ganze Weile an.

„Weißt du, ich muss nicht wiederkommen, wenn du mir nur aus

Höflichkeit Gesellschaft geleistet hast."

„O nein", sagte er schnell. „Ich freue mich schon darauf, mehr von deinen Schwestern zu hören. Bitte, komm morgen wieder."

„Dann komme ich, wenn ich meine Arbeit erledigt habe. Jetzt muss ich aber gehen, es wird bald dunkel. Ich soll Mama beim Abendessen helfen." Sie erhob sich und wischte ihren Rock sauber. „Gute Nacht, Grummel."

„Bis morgen Sunday."

„Sunday, wo bist du gewesen?"

Ihre Mutter war eine wortkarge Frau, und das bisschen, was sie widerwillig von sich gab, konnte so schneidend sein, dass es einem die Tränen in die Augen trieb. Sie warf einen Blick auf Sundays Rock und beantwortete sich die Frage selbst. „Du bist wieder durch den Wald gestreift. Wenigstens bist du zurückgekommen, bevor sich die Kobolde mit dir aus dem Staub gemacht haben. Es wäre schön, wenn du Trix am Topf ablöst und weiter darin rührst. Er ist schon eine Weile damit beschäftigt."

„Ja, Mama." Sunday nahm das Kopftuch ab und steckte ihr Buch in die Schürzentasche.

„Danke, Sunday!" Trix überreichte ihr erfreut den Kochlöffel und machte sich eilig auf den Weg zum Waldrand, wo er wie jeden Tag Papa, Peter und Saturday von der Arbeit abholte.

Obwohl Trix zwei Jahre älter war als Sunday, sah er aus wie ein Zwölfjähriger und benahm sich auch so. Aufgrund seines Feen-Bluts wuchs er langsamer als seine Ziehgeschwister und würde sie schließlich alle überleben. Seinem Blut hatte er es auch zu verdanken, dass er die Kühe hüten, aber nicht melken durfte. Trix konnte gut mit Tieren umgehen, nur leider war die Milch aus seinem Eimer stets sauer. Und wenn Trix zu lange im Topf rührte, wurde der Eintopf irgendwie …

anders. Beim ersten Mal hatte der Eintopf nach feinstem Wildbret, gewürzten Kartoffeln und Waldpilzen geschmeckt. Beim zweiten Mal hatte er nach Essig gerochen. Danach hatte Mama Trix verboten, längere Zeit im Topf zu rühren. Ihr zufolge konnten sie es sich nicht leisten, Lebensmittel zu verschwenden, weil sie nicht genug davon hatten, selbst wenn doch etwas Köstliches dabei herauskommen sollte. Mama setzte grundsätzlich nur auf sichere Dinge.

Sunday träumte vor sich hin, rührte dabei im Essen und ließ den Kochlöffel jedes dritte Mal über den Topfboden kratzen. Mama ging zum Ofen und sah nach dem Brot. Friday deckte den Tisch.

Fridays dunkles Haar steckte größtenteils in einem Knoten. Einige Locken, die dem Heiligenschein aus eisengrauen Schlangen um Mamas Kopf ähnelten, waren herausgerutscht und kräuselten sich um ihr Gesicht. Friday hatte Kleidung geflickt, eine Reihe Nadeln steckte noch an ihrem Ärmel, und sie trug einen der Patchwork-Röcke, die Sunday so liebte. Friday konnte geschickt mit der Nadel umgehen, die sie von ihrer Fee bekommen hatte. Die Stoffhändler vom Markt gaben ihre Lumpen und Reste anstelle ihres Zehnten bei der Kirche, diese wiederum reichte die Sachen an Friday weiter, zusammen mit den Maßen aller kürzlich verwaisten Kinder und den Kleidungsstücken, die am dringendsten benötigt wurden. Im Gegenzug behielt Friday die Stoffreste und stellte daraus farbenfrohe Röcke her. Sunday mochte sie nicht nur wegen der lebhaften Farben am liebsten, sondern weil sie aus vielen arbeitsreichen Stunden resultierten, die Friday für die Liebe zu Kindern aufbrachte, die sie nie kennenlernen würde.

„Hol Wednesday vom Turm herunter“, sagte Mama zu Friday, die gerade die letzte Gabel auf den Tisch legte. „Vater wird gleich da sein.“

Papa trat wie auf Kommando durch die Tür, mit einem müden Peter und einer rotgesichtigen strahlenden Saturday im Schlepptau. Sunday dachte, dass ihre arbeitssüchtige Schwester selbst an der Schwelle des Todes ein rotes Gesicht und strahlende Augen haben würde.

„Guten Abend, mein Schatz“, sagte Papa und hängte seinen Hut auf. „Bei dem schönen Wetter gab es heute viel zu tun. Wir haben fast alles geschafft.“

„Schön, schön“, sagte Mama. „Na, dann los, wascht euch für das Abendessen.“ Peter war zu erschöpft, um zu protestieren. Saturday küsste Vater auf die Wange und trottete hinter ihrem Bruder her.

„Hallo, Sunday.“ Papa nahm sie in die kräftigen Arme und wirbelte sie im Kreis herum. Sie drückte ihn und inhalierte den vertrauten Geruch aus Schweiß, Harz und frischer Waldluft. „Hast du neue Geschichten?“

„Ich habe ein wenig geschrieben“, sagte sie. „Heute Abend will ich weiter machen.“

„Worte können mächtig sein. Sei vorsichtig.“

„Ja, Mama.“ Sobald die Rede auf ihre Schreiberei kam, ermahnte Mutter sie immer. Um nicht respektlos zu wirken, riss Sunday sich zusammen und verdrehte nicht die Augen. Stattdessen konzentrierte sie sich auf Papa, der den großen Körper auf den Stuhl am oberen Ende des Tisches sinken ließ. „Wie war dein Tag, Papa? Hast du neue Legenden für mich?“

Er seufzte und rieb sich die Schulter, was Sunday beunruhigte. Ereignislose Tage, ohne dass es etwas zu erzählen gab, kamen immer wieder vor, vor allem, wenn das Wetter schlecht oder die Arbeit beschwerlich war. Doch meistens brachte er ihr eine Kleinigkeit von der Arbeit mit: eine Geschichte oder ein Schmuckstück. Dann leuchteten seine Augen, seine Stimme klang verschmitzt und er lachte. In diesem kurzen Moment war Papa glücklich und gehörte nur ihr. Allerdings konnte nichts das Glück darüber trüben, dass sie einen Freund gefunden hatte. Aber eine Anekdote von Papa wäre das perfekte Ende eines perfekten Tages gewesen.

Papa lehnte sich zurück und legte die Hände auf den Tisch. Er betrachtete Sunday eine ganze Weile nachdenklich. Dann grinste er.

Sunday erwiderte es, denn in dem Grinsen lag eine potenzielle Anekdote.

„Heute sind wir tief in den Wald vorgedrungen." Er beugte sich vor, um ihr ins Ohr zu flüstern, als verriete er ihr ein Geheimnis, das niemand hören durfte. „In die Tiefe des Waldes, wo die Bäume so hochwachsen und das Laub so dicht ist, dass das Sonnenlicht nicht bis zum Boden durchdringt."

„Hast du dich gefürchtet?", flüsterte Sunday.

„Ein wenig schon", gab er zu. „Ich habe Peter und Saturday gesagt, dass sie am Waldrand bleiben sollen."

„Und Saturday hat deine Anweisung befolgt?" Die einzigen Anweisungen, die Saturday je befolgt hatte, waren Mamas. Alle befolgten Mamas Anweisungen. Und zwar ohne Ausnahme.

„Na ja, eigentlich nicht", sagte Papa. „Ich habe ihr ordentlich Arbeit aufgetragen und gesagt, dass sie zu mir kommen soll, wenn sie damit fertig ist."

„Ist sie fertig geworden?"

„Nein. Es war wirklich viel."

„Das war klug."

„Ich habe nun mal viel Erfahrung damit, meine schlitzohrigen Kinder aus der Gefahrenzone herauszuhalten", sagte er. „Am Waldrand ist es zwar am sichersten, doch tief drinnen findet man die besten Bäume. Die Alten Bäume. Ich suche mir immer nur einen aus und warte mehrere Monde, bis ich den nächsten hole. Das Holz dieser Bäume erzielt stets die höchsten Preise. Es ist das schönste und ewig haltbar. Kein Feuer kann das Älteste Holz verbrennen."

„Hast du heute einen der Ältesten Bäume gefällt?"

„Das habe ich tatsächlich. Ich habe die Götter um ihre Erlaubnis und den Baum um Vergebung gebeten, bevor ich ihn zwang, sein Leben zu geben. Weil sich niemand in der Nähe befand, habe ich den Fall des Baums auch nicht angekündigt."

Sunday schnappte nach Luft. Jeder, der in der Nähe des Waldes lebte, wusste, wie wichtig es war, einen stürzenden Baum mit einem Schrei anzukündigen. Es zu unterlassen, konnte äußerst riskant sein.

„Der Baum fiel mit einem spektakulären Knall! Als es im Wald wieder ruhig wurde, hörte ich ein Jaulen."

„Hast du jemanden getroffen?" Sie fürchtete sich vor der Antwort. Mama hingegen machte sich keine Sorgen, sie wuselte weiterhin in der Küche herum, als würde sie Papa nicht hören.

„Fast. Es dauerte eine Weile, bis ich auf der anderen Seite des Baums war. Dort angekommen, stieß ich auf einen hüpfenden Kobold."

„Ein Kobold? War das etwas Gutes?", bemerkte Sunday skeptisch.

„Gut für ihn! Dass er noch lebte und hüpfen konnte", sagte Papa. „Sein Bart war eingeklemmt und darüber war er sehr verärgert." Sunday lachte.

„Du hast ihn hoffentlich um sein Gold gebeten", ertönte Mamas Stimme vom Backofen, als sie das Brot herausholte.

„Natürlich habe ich das getan, Weib! Für was für einen Mann hältst du mich denn?"

„Meistens für einen Narren", murmelte Mama. Sie wischte sich die Hände an der Schürze ab und nahm ein Messer, um das Brot zu schneiden. „Nur zu, erzähle zu Ende."

„Ich danke dir, Frau." Papa beugte sich wieder vor und fiel in den erzählerischen Tonfall zurück. „Der Kobold flehte mich an, ihn zu befreien."

„Hast du es getan?"

„Erst habe ich ihn um sein Gold gebeten." Papa warf Mama einen Blick zu, ihr war jedoch nicht anzumerken, ob sie ihn gehört hatte. „Er hat mir alles versprochen. Und er sagte, wenn ich ihn mit meiner Axt befreie, würde er mich hinführen." Mama schnalzte mit der Zunge und hörte zu. „Ich habe ihm natürlich nicht geglaubt. Er sagte, er hätte drei

Goldmünzen in der Tasche, mit denen er eine Anzahlung leisten würde, damit ich nicht mit leeren Händen dastehe, falls er doch wegläuft."

„Hast du die Münzen genommen?"

„Das habe ich. Drei glänzende Stücke aus massivem Gold. Ich habe sie in die Tasche gesteckt." Er tätschelte seine Hüfte. „Anschließend habe ich den Kobold befreit. Weißt du, was er dann getan hat?"

„Was?"

„Er beschwerte sich! Der kleine freche Mistkerl. Er sagte, ich hätte seinen schönen Bart ruiniert und er würde nie wieder nachwachsen. Ich sagte ihm, dass ich ein Waldarbeiter bin und kein Barbier. Dieser eitle Wichtel! Er hätte dankbar sein sollen, dass er noch lebt!" Sunday kicherte verlegen, weil sie sich ihren stämmigen Papa als Friseur vorstellte. „Er wollte nichts davon wissen und sagte, ich hätte das Gold nicht verdient, weil ich seine schönen Locken ruiniert hätte. Er wackelte mit der Nase und löste sich vor meinen Augen in Luft auf."

„Hattest du die drei Goldstücke noch?"

„Die hatte ich tatsächlich, deshalb fühle ich mich auch nicht betrogen. Ich habe sie mitgebracht, um sie dir zu geben." Er griff in seine Tasche und Sundays Herz machte vor Freude einen Satz. Welchen Schatz Papa auch mitgebracht hatte, er würde der Familie zugutekommen, aber es bedeutete ihr alles, dass er einen solchen Wirbel darum machte, um ihn ihr zu geben. Mama gab vor, nicht auf sie zu achten, hielt aber im Brotschneiden inne.

„Ich fürchte, sie haben ein paar Kratzer." Papa öffnete die Hand und ließ die Münzen auf den Tisch fallen.

„Bäh", schnaubte Mama bei deren Anblick. „Narrengold und Feensteine. Das ist das Los dieser Familie. Das hätte ich mir denken können."

Sundays Schatz bestand aus drei kleinen Steinen. Ein Stein war glatt, tiefblau wie der Ozean und von weißen Linien durchzogen, einer war moosgrün mit einem blassen bernsteinfarbenen Rand, der dritte hatte scharfe Kanten und war milchig rosa. Narrengold hin oder her, sie würde die Steine behalten, denn für sie waren sie tausendmal wertvoller, als Gold es je sein würde. Papas Erzählung würde in diesen Steinen fortbestehen; und immer, wenn Sunday sie betrachtete, würde sich daran erinnern. Sie hatte bekommen, worauf sie gehofft hatte: das perfekte Ende eines perfekten Tages.

„Sie sind wunderschön", sagte Sunday und beugte sich über die glänzenden Steine.

„Wenn du willst, kannst du sie behalten."

Sunday warf sich Papa in die Arme und drückte ihn erneut.

Mama stellte den Brotteller neben ihnen auf den Tisch. „Schluss mit dem Unsinn. Sunday, sieh nach dem Eintopf. Jack, wirf Kohlen ins Feuer und ruf die Kinder. Wir können zu Abend essen."

2

Gespräche mit Feen

Meine Schwestern und ich sind das Produkt einer Frau, die genauso unkreativ ist wie ihre Mutter. Deshalb erhielten wir ebenso kluge wie unkomplizierte Namen, die genauso lästig sein konnten. Nach Jack Junior kamen die Zwillinge zur Welt und sicherten so die weibliche Mehrheit im Haus, die sich weiter durchsetzen sollte. Monday erstrahlte tatsächlich in schöner Gestalt, aber Tuesday tanzte im vollen Lichterwald.

Erzählungen zufolge war Tuesday ein schmächtiges Mädchen gewesen, das wie eine Motte an der Flamme flatterte oder wie ein Schilfrohr im Wind wackelte. Sie war immer in Bewegung und so anmutig, dass sogar die Sterne und die untergehende Sonne sie beneideten. Tuesday war eine Stimmungskanone und wurde zu allen möglichen Anlässen eingeladen, unter anderem zu königlichen Bällen und

Jahrmärkten (von denen Monday immer wunderschön zurückkehrte).

Auch wenn Mama sich über ihre große Beliebtheit freute, konnte sie nicht anders, als sich über die daraus resultierenden Spesen und den hohen Verschleiß an Schuhen zu beklagen. Denn sie musste Tuesday so viele Schuhe kaufen, dass sie damit zwölf tanzende Prinzessinnen versorgen könnte, wie sie behauptete. Es schien ein Geschenk des Himmels zu sein, als ein Elfen-Schuhmacher Tuesday ein Paar scharlachrote Schuhe schenkte, die sich angeblich nie abnutzen würden. Mama bezweifelte es, hoffte aber, dass der Schuhmacher recht behielt. Ihre Hoffnung sollte sich erfüllen, denn Tuesday tanzte diese Schuhe nicht zu Tode.

Stattdessen tanzten die Schuhe sie zu Tode.

Tuesday kam etwa ein Jahr nach Jack ums Leben (die Geschichte meiner Familie ist unterteilt in Ereignisse vor und nach Jack Junior). Alle trauerten sehr um sie, aber niemand trauerte so sehr wie Monday. Schlimmer noch, Mondays Trauer machte sie sogar schöner. Sie hielt ihre Zunge im Zaum, damit andere keine Gerüchte streuten, doch ihr Schweigen machte sie noch eigentümlicher. Über sie wurden Lieder gesungen, in denen sie als die schönste Frau des Landes beschrieben wurde. Monday hasste jede Minute eines jeden Tages. Sie verließ das Haus nur, um die vielen Meilen zum Friedhof auf dem Berg zurückzulegen und Blumen am Grab ihrer Zwillingsschwester abzulegen. Entgegen dem Wunsch unserer Eltern suchte sie jeden Dienstag das Grab auf, egal ob es regnete, schneite oder graupelte.

An einem kränklichen, grünen Morgen geriet Monday in einen Sturm, der den Eingeweiden der Hölle entsprang. Vom erbarmungslosen Wind durchgepeitscht, vom Regen bedrängt und von Eisfäusten geschlagen, verirrte sich Monday im Wald und fand sich an der Türschwelle einer Jagdhütte wieder. Darin machten ein dunkelhaariger und ein blonder Prinz Urlaub und feierten den Sturm, wie die meisten Männer eben alles feiern.

Während sie zum x-ten Mal aufeinander anstießen, beglückwünschte sich der blonde Prinz zu seinem jüngsten Erfolg, die perfekte Frau gefunden zu haben. Er hatte das Mädchen auf die Probe gestellt, indem er sie drei Zimmer voller Stroh zu Gold spinnen ließ. Als der dunkelhaarige Prinz das hörte, verkündete er in betrunkenem Zustand, dass seine Frau so schön und zartbesaitet sein würde, dass sie nicht ruhig schlafen könnte, wenn auch nur eine Erbse unter ihrer Matratze liegen würde. Kurz darauf erschien die tropfnasse und sturmgeplagte Monday auf der Treppe und bat um Asyl. Man bot ihr widerwillig ein Zimmer an und schob ihr eine Erbse unter die Matratze. Am nächsten Morgen begrüßte meine schöne Schwester ihre Gastgeber mit einigen frischen blauen Flecken am Körper. Da fiel der brünette Prinz auf die Knie und hielt um ihre Hand an.

Unser heutiges Auskommen verdanken wir Monday. Ihr Brautgeschenk war ein Turm am Rande des Waldes, der keine Tür hatte …

„Keine Tür?“, quakte Grummel ihr ins Wort.

„Es gibt nur ein hohes Fenster im obersten Stockwerk. Der Turm wird seit Generationen innerhalb der königlichen weiblichen Linie weitervererbt. Er wurde nie benutzt, weil man ihn nicht betreten konnte“, sagte Sunday. „Wenn er überhaupt je Teil einer Burg gewesen sein sollte, ist der Rest längst zerfallen. Gestört hat uns das nicht, denn damals krochen wir in unserem winzigen Haus wie die Ratten umeinander her. Also schlug Papa eine Tür in den Turm und baute den Rest unseres Hauses um den Sockel herum. Wir nennen es das Turmhaus.“

„Das eine Mitgift war. Sehr schlau.“

Sunday seufzte. „Ja, ich glaube, den Namen hat sich Papa ausgedacht. Blöderweise sieht es nicht wie ein Schloss aus. Eher wie … ein Schuh.“ Während ihrer Schulzeit hatte sie jahrelang den Spott deswegen ertragen müssen.

„Ein Schuh.“

Er sprach es auf eine Weise aus, dass Sunday kichern musste. Sie lachte, bis ihr die Wangen wehtaten; kein Freund hatte sie bisher so zum Lachen gebracht wie Grummel. Es war schön, so unbeschwert zu sein, auch wenn es nur für ein paar Stunden war. „Von Tuesdays Schicksal bis zu unserem Haus spielen Schuhe eine wiederkehrende Rolle in meinem Leben."

„Und was ist mit deinen anderen Schwestern?"

Nachdem Sunday von Monday berichtet hatte, legte sie sich das Tagebuch auf den Bauch und streckte sich auf einem Fleckchen verblassenden Sonnenlichts aus, bevor sie antwortete. „Wednesday ist eine Dichterin, ganz prosaisch und lyrisch."

„Mittwochskind trägt Schwermut tief in sich", zitierte Grummel. Er hätte vieles vergessen können, doch ausgerechnet an diesen kindischen, unsinnigen Reim über die Wochentage erinnerte er sich.

„Ich wüsste andere Dinge, die sie in sich trägt", sagte Sunday und versuchte sich auf dem moosbedeckten Boden bequem hinzulegen. Da der letzte Frost des Winters gegangen war, hatten sie an diesem Morgen stundenlang Bohnen gepflanzt. Die Bohnen wurden immer zuerst ausgesät. Jetzt führte sie eine angenehm leichte Unterhaltung mit Grummel, während ihr die Sonne die müden Knochen wärmte. Bei keinem anderen verspürte Sunday eine solche Ruhe. Sie wünschte, es könnte für immer so sein.

„Thursday ist mit dem Piratenkönig durchgebrannt, als sie etwas älter war als ich. Sie schickt gelegentlich Briefe und Geschenke. Sie weiß immer, wann wir etwas brauchen. Es ist immer ein kleines Ereignis, wenn ein Paket von Thursday eintrifft."

„Donnerstagskind geht weit und mehr." Grummel sprang in den Brunnen, um seine trocknende Haut zu befeuchten. „Gibt und liebt Friday denn?", fragte er, als er wiederkam.

„Friday ist die Beste. Sie verbringt die meiste Zeit in der Kirche, um den Waisenkindern und Alten zu helfen. Wenn sie abends mit dem Stopfen unserer Sachen fertig ist, näht sie Kleidung für sie. Sie vollbringt Wunder mit Stoffen, die längst verschlissen sein müssten.

Ich frage mich oft, was sie bewerkstelligen könnte, wenn sie das Material zur Verfügung hätte, das sie sich wünscht. Es gibt nur wenige, die Friday nicht um ihr Talent beneiden."

Grummel hörte ihre unausgesprochenen Worte heraus. „Und du gehörst zu diesen wenigen."

Es war merkwürdig, dass ihr jemand so aufmerksam zuhörte und sich aufrichtig für sie interessierte. Sunday genoss die Aufmerksamkeit so sehr, dass es sie ein wenig ängstigte. „Wenn es eine Sache gibt, die ich mir von Friday wünsche, dann ist es ihr Herz. Es ist von reiner, bedingungsloser Liebe erfüllt und weiß nicht, was Böswilligkeit oder Hintergedanken sind."

„Ich kann mir nicht vorstellen, dass du kein Mitgefühl in dir trägst."

„Ich bin genauso egoistisch wie jeder andere auch."

Glücklicherweise drängte Grummel nicht weiter. „Was ist mit Saturday? Arbeitet sie wirklich so viel?"

„Ihre Hauptbeschäftigung besteht darin, eine Nervensäge zu sein." Das entlockte Grummel einen kichernden Rülps. „Saturday ist am besten, wenn sie zu tun hat. Sie ist ein richtiges Arbeitstier und geht jeden Morgen in den Wald, um Papa und Peter unermüdlich beim Fällen von Bäumen zu helfen. Aber ich glaube, sie ähnelt Thursday mehr, als allen bewusst ist. Manchmal sehe ich Tagträume in ihren Augen. Und Unfug. Die Götter mögen uns beistehen, wenn sie sich jemals ausruht."

„Was uns zu dir führt. Dir ist ein glückliches Leben beschieden."

Sunday brach in Gelächter aus und überraschte sich damit selbst. Es war seltsam, die eigenen Worte aus dem Mund eines anderen zu hören. „*Fein, fröhlich, hübsch, gut und rein*. Wer könnte dem je gerecht werden? Das ist doch vollkommen unrealistisch. Ich will weder glücklich noch gut oder langweilig sein, sondern *interessant*."

„Ich kann dir versichern, meine hübsche Freundin, dass du sehr interessant bist. Und du bist Schriftstellerin. Wie deine ältere Schwester?“

„Na ja, ich triefe nicht gerade vor Melancholie wie Wednesday, unsere Dame der Ewigen Schatten … Aber ja, das bin ich. Auf meine eigene Art und Weise.“

„Du kannst gut mit Worten umgehen“, sagte Grummel.

„Es ist aber eher ein Fluch. Vielleicht ist es besser, dass ich nur über die Vergangenheit schreibe. Mama findet, dass ich zu viel Zeit in meiner kleinen Fantasiewelt verbringe und mich zu wenig in der richtigen Welt aufhalte.“

„Woher sollst du wissen, ob dein Leben interessant ist, wenn du nicht viel fantasierst?“

„Danke. Ich werde dieses Argument vorbringen, wenn Mama das nächste Mal das Thema anschneidet.“ Sunday warf einen Blick zum Himmel. „Wenn sie nicht heute Abend darauf zu sprechen kommt, dann spätestens morgen früh. Ich werde davon berichten, Sir Frosch.“

Grummel stieß ein halbes Quaken aus, das ein Froschlachen gewesen sein könnte, vielleicht lag er auch im Sterben. Oder beides. „Ich kann mich nicht erinnern, wann ich zuletzt ein Gespräch so genossen habe, Mylady. Aber da ich mich an praktisch nichts erinnern kann, sagt das womöglich gar nichts aus.“

„Ich fasse es mal als Kompliment auf.“

„Mach das.“ Er blähte seinen hellgelben Hals auf und seufzte. „Wenn ich doch nur ein Mann wäre, Sunday. Wenn ich dir morgen begegnen würde, würde ich um deine Hand anhalten.“

Von einem wohligen Gefühl erfüllt, redete Sunday frei von der Leber weg, bevor sie darüber nachdenken konnte. „Wenn du mir morgen begegnen würdest, würde ich wahrscheinlich Ja sagen.“ Sie setzte sich abrupt auf. Die Sonne war verschwunden und im Schatten jagte ihr die Brise einen kalten Schauer über den Körper. „Ich sollte nach Hause gehen, bevor man mich vermisst.“

Grummel nahm zwar nicht zur Kenntnis, wie sie auf seinen „Antrag" reagierte, dennoch erkannte sie, dass sie ihn glücklich gemacht hatte. Sie war selbst ein wenig glücklich. „Kommst du morgen wieder?", fragte Grummel. „Bitte?"

„Ich versuche es." Ihr Herz flatterte in der Brust und sie war sicher, schon wieder rot angelaufen zu sein. Sie fuhr sich mit den Fingern durchs Haar, befreite es von Gras und Zweigen und verbarg ihre Verlegenheit vor ihrem neuen Freund, der gestern noch ein Fremder gewesen und heute schon so viel mehr war. Es hatte sich rasch ein starkes Band zwischen ihnen gebildet, sodass ihre Gefühle für etwas, das gar nicht geschehen dürfte, viel zu mächtig schienen.

War sie etwa im Begriff, sich in diesen Frosch zu verlieben? Wusste sie denn überhaupt, was Liebe war? Wenn schon einmal ein Mann um sie geworben hätte, wüsste sie, ob ihre Gefühle echt waren oder nicht. Sie sehnte sich danach, über die Macht zu verfügen, Grummel in einen Mann zu verwandeln, damit sie es herausfinden konnte.

„Sunday?"

Sie hörte auf, sich zu säubern und zwang ihr dummes Gehirn, das Geplapper einzustellen. „Ja?"

„Küsst du mich, bevor du gehst?"

Es war, als hätte er ihre Gedanken gehört. Sie wollte es noch einmal versuchen, auch wenn es gestern nicht funktioniert hatte und es keinen Grund zu der Annahme gab, dass es heute anders verlaufen würde. Sunday fühlte sich schrecklich. Doch Grummels kleines Herz schien von mehr Hoffnung erfüllt, als die meisten Menschen in einem ganzen Leben aufbringen konnten. Warum konnte sie diesen Optimismus nicht aufbringen? Wenigstens hätte die Magie eine Antwort auf die Frage, ob ihre Liebe oder was immer sie empfand, echt war. Sie wischte sich das Haar aus dem Gesicht und bückte sich, um abermals seinen Rücken zu küssen.

Auch dieses Mal geschah nichts. Erneut war sie nicht sicher, was sie empfinden sollte.

„Gute Nacht, Grummel."

„Gute Nacht, meine Sunday."

Als die Dunkelheit die Umgebung in ein dunstiges Zwielicht hüllte und Sundays alberne Gedanken sich überschlugen, erschreckte Saturday sie zu Tode. Sie hockte auf der steinernen Gartenmauer und kam wie eine riesige Wildkatze aus dem Schatten gesprungen. Sunday kreischte und verengte beim Anblick von Saturdays verschmitztem Grinsen die Augen. Manchmal war sie schlimmer als Trix.

Außerdem war sie merkwürdig. Nach einem schweren Arbeitstag hatte Saturday normalerweise keine Zeit für ihre faule, verträumte Schwester. Sunday hatte Mama mit dem Kochlöffel in der Hand am Tor erwartet, die ihr damit wegen der Verspätung auf die Finger klopfen wollte. Wednesday lief regelmäßig in der Abenddämmerung im Garten umher, nachdem sie so lange in den Himmel gestarrt hatte, dass sie nicht wusste, ob sie sich in dieser oder einer anderen Welt befand (bei Wednesday konnte es auf diese oder jene Weise ausgehen). Im Großen und Ganzen bedeutete Saturdays Anwesenheit, dass etwas geschehen war, daher war Sunday ganz Ohr.

„Du hast sie verpasst, Sunday! Beide waren äußerst anschnlich, jeder hatte einen Dolch im Stiefel, und sie haben die Sätze des anderen beendet. Das war ein wenig seltsam, weil einer einen komischen Akzent hatte. Aber komisch auf eine gute Art, weißt du? Eine perfekte Art sogar." Sie zog *perfekt* derart in die Länge, als wollte sie das Wort bis zum Mond dehnen.

Saturday stieg wie immer an der falschen Stelle ein. Sunday sollte sie eigentlich tadeln, doch ihre Begeisterung war furchtbar mitreißend. „Wer war denn hier?", fragte Sunday, um Saturday entgegenzukommen, die diese Frage erwartete, aber auch, um die eigene Neugier zu befriedigen. „Wer war da? Wen hab ich verpasst?"

„Sie hießen Krähe und Elster. Elster hatte diesen komischen Akzent. Oder war es Krähe? Jedenfalls sind sie gekommen und gegangen, ohne dass du sie gesehen hast. Sie haben aber eine Truhe von Thursday dagelassen." Sie nahm Sundays Hand und zerrte sie zur Tür hinauf. „Wir mussten auf dich warten, und du hast schrecklich lange herumgetrödelt. Beeil dich!"

Obwohl Saturday einen Kopf größer war und unter ihrer jungenhaften Kleidung vor Kraft strotzte, unterschätzte sie ständig die eigene rohe Stärke. Sunday konnte geradeso mithalten, dass ihr die Schulter nicht ausgekugelt wurde. Obwohl Thursday keinen Geburtstag, Jahrestag oder Namenstag vergaß, bliebe ihr und ihrem Mann zu wenig Zeit für die Piraterie, wenn sie regelmäßig Karten und Geschenke schicken würde, zudem würde sie sonst in Gefahr vor diversen Behörden schweben, daher trafen in unregelmäßigen Abständen Truhen oder Kisten mit Geschenken ein.

Sunday bedauerte, dass sie Krähe und Elster verpasst hatte. Sie würde sich später nach ihnen erkundigen müssen – nur bei wem? Saturday würde sich die gewünschten Informationen absichtlich aus der Nase ziehen lassen, nur um ihr auf die Nerven zu gehen, aber irgendwann käme Sunday schon daran. Mama würde sie zweifellos dreckige Schurken nennen, die es auf das Silber abgesehen hatten. Wednesday würde irgendwelche eloquent klingenden, scheinbar unzusammenhängenden Adjektive endlos aneinanderreihen, die Monate später einen Sinn ergaben. Papa würde ihnen vielleicht gerecht werden, sofern er nach dem Ausräumen der Truhe nicht zu erschöpft war.

Saturday platzte mit Sunday im Schlepptau zur Tür herein. Bis auf Friday drehten alle den Kopf in ihre Richtung. Sie kniete vor einer riesigen Truhe, wobei sich ihr Patchwork-Rock wie ein Regenbogen um sie herum ausbreitete. Trix hockte im Schneidersitz auf dem

Deckel; sie würden ihn verscheuchen müssen, wenn sie die Truhe öffnen wollten. Mama und Wednesday saßen auf dem Sofa. Peter hockte schlaff daneben und gab sich größte Mühe, die schweren Augenlider offenzuhalten. Papa stopfte mit dem Schürhaken Holz in den Ofen, um ihm etwas Wärme zu entlocken. Beim Anblick von brennendem Holz musste Sunday immer an Papa denken.

„Willkommen zu Hause, Kleines. Ist dir wieder die Zeit durch die Finger geronnen, als du mit den Feen gesprochen hast?"

Saturday blieb so abrupt stehen, dass Sundays Gesicht in ihr Baumwollhemd eintauchte. Sie schubste ihre riesige Schwester von sich. „Sie kennen eben die besten Märchen", sagte Sunday zu Vater.

Papa schlug sich die Hand vors Herz. „Etwa Bessere als meine? Das tut weh! Dann sehen wir uns die Beute an, die meine Tochter, die Piratenkönigin, geschickt hat." Trix sprang von der Truhe herunter. Papa drehte am Riegel und öffnete den Deckel so geräuschvoll, dass Peter aufwachte. Friday keuchte und schlug die Hände vor den Mund.

In der Truhe lag der erlesenste Stoff, den Sunday je gesehen hatte. Im Schein des Feuers schimmerte er wie Feenflügel. „Ich kann ihn nicht anfassen", flüsterte Friday. „Er ist zu schön."

Papa tätschelte ihr den Kopf. „Nimm dir ruhig Zeit, Liebling." Er griff über sie, um das zusammengefaltete Blatt Pergament herauszunehmen, das auf dem hypnotisierenden Stoff lag. Während er Thursdays Brief laut vorlas, schloss Sunday die Augen und stellte sich vor, dass ihre temperamentvolle, feurige Schwester bei ihnen war.

„Meine geliebte Familie,

meine Schatztruhe erreicht euch hoffentlich in einem Stück. Krähe und Elster werden mir berichten, wenn sie beschädigt sein sollte. Oder wenn sie niemanden antreffen. Denn ich vermute, dass Sunday den ganzen Tag im Wald unterwegs ist, wie immer, wenn der Frühling den Boden erwärmt.

Ihr werdet diesen Brief besser verstehen, wenn ihr eure Geschenke gesehen habt. Legt also los und stellt die Truhe auf den Kopf. Papa kann weiter vorlesen, wenn ihr alles ausgeräumt habt. Friday, der Stoff ist für dich. Wie sollst du ihn denn verarbeiten, wenn du ihn nicht anfasst?"

Papa faltete den Brief lächelnd zusammen und steckte ihn in die Tasche. Auch wenn Ozeane und Kontinente zwischen ihnen lagen, wusste Thursday genau, wie sich ihre Familie verhalten würde. Friday wischte sich die Hände an ihrem Rock ab und nahm den silbernen Feenstoff zaghaft aus der Truhe. Darunter befanden sich zwei weitere Streifen in Scharlachrot und Altrosa. Während sie die Schicht aus schillerndem Blaugrau freilegte, traten ihr die Tränen in die Augen.

„Alle Schwestern werden Kleider bekommen", verkündete Friday. „Die schönsten auf der ganzen Welt!"

„Kann ich stattdessen eine Hose haben?", jammerte Saturday.

„Kleider, die für göttliche Jungfrauen entworfen werden", sagte Wednesday verträumt.

„Die Töchter eines Holzfällers brauchen keine schicken Kleider", meckerte Mama.

„Ich möchte ein silbernes", rief Sunday.

„In der Truhe muss doch noch etwas anderes sein!" Alle Frauen starrten Trix an, bis auf Saturday, die hinter ihm hockte und ihn anspornte. Friday streckte ihm die Zunge heraus und entnahm eine mit Damast bespannte Schachtel, an der ein Zettel mit ihrem Namen befestigt war. Sie keuchte beim Öffnen. „Richtiges Schneiderzubehör!"

Trix hatte die Nase voll von dem ganzen Wäschekram, schubste Friday zur Seite und stürzte sich kopfüber in die Truhe. Papa hörte auf zu kichern und sagte: „Sachte, mein Sohn." Es war wie immer zu spät.

„Ein Bogen!", rief Trix triumphierend. „Und Pfeile! Sie hat auch Pfeile für dich hineingelegt, Peter, aber keinen Bogen. Schade."

„Peter braucht einen großen Bogen für einen Mann, der hätte

nicht in die Truhe gepasst." Papa hob Trix mit einem kräftigen Arm aus der Truhe. „Du hast deinen Schatz, mein Junge. Jetzt sind deine Schwestern an der Reihe."

„Ich wäre dir dankbar, wenn du die Pfeile draußen verschießt", sagte Mama warnend. Trix hatte bereits den Köcher umgelegt und stolzierte damit herum, wobei er versuchte, die Sehne zu spannen.

Friday überreichte dem inzwischen hellwachen Peter die längeren Pfeile. Er zog einen davon aus dem Köcher und betrachtete ihn angestrengt. Peter hatte es schon immer fasziniert, auf welche Weise gewisse Dinge verarbeitet wurden.

„Die Bücher sind bestimmt für dich, Wednesday." Friday nahm vier dicke, ledergebundene Bücher und gab eines nach dem anderen an Wednesday weiter, deren Lächeln immer breiter wurde, während der Stapel in ihrem Schoß wuchs. Sunday versuchte ihren Neid im Zaum zu halten, immerhin durfte sie stets Lesestoff aus Wednesdays Bibliothek oben im Turm leihen.

Mama bekam ein großes Nudelholz aus Marmor. Papa ersparte es Friday, seinen neuen Schleifstein und einen Beutel mit dunklen Samen herauszunehmen und kümmerte sich selbst darum. Saturday und Sunday erhielten kleine Seidenbeutel, deren Verschlussbänder mit dickem Papier versehen waren, auf denen ihr Name stand. Sundays Beutel enthielt zahlreiche glänzende Haarnadeln mit winzigen Sternen, Insekten und mythischen Tieren darauf. In Saturdays Tasche lagen eine wunderschöne Haarbürste und ein Spiegel. Die Bürste hatte einen eleganten Griff aus Ebenholz, über den silbernen Spiegel zogen sich kunstvoll geschnitzte Rosen reliefartig von den Seiten bis zur Rückseite. In beide Stücke waren Worte eingraviert, die Französisch gewesen sein könnten, Sunday konnte es jedoch nicht mit Sicherheit sagen, da Saturday die kränkenden Gegenstände nur kurz zur Schau stellte. Sie packte beides wieder in den Seidenbeutel und setzte sich darauf. Auch wenn Thursday es gut meinte und noch dazu ein allwissendes magisches Fernglas besaß, tat sie, als wäre Sunday ein Baby – und Saturday ein Mädchen.

Offenbar hatte sie vergessen, dass eine Schwester fehlte. Auf dem Boden der Truhe lag eine einsame, längliche, dünne Tasche aus Seide. An deren Schleife befand sich ein Stück Papier, auf dem MONDAY geschrieben stand.

Keiner machte Anstalten, die Tasche zu nehmen.

Sunday hatte Monday kurz nach ihrer Hochzeit und bevor die Woodcutters in das Turmhaus zogen, zuletzt gesehen, da war sie noch ein kleines Kind gewesen. Mama und Monday redeten nicht mehr miteinander. Sunday wusste zwar nicht, warum, hatte aber so eine Ahnung. Um es kurz und knapp zu beschreiben: Es war schwierig, Mama zu lieben. Ihre Devise lautete, dass man sich seinen Wohlstand mit Blut, Schweiß und Tränen verdienen sollte, statt durch eine Heirat an Geld zu kommen und bei der ersten Gelegenheit das Elternhaus zu verlassen. Mama akzeptierte Thursdays Geschenke nur, weil sie schon immer starrköpfig und aufsässig gewesen war und Mamas kleinliche Kommentare und Tadel als Liebeserklärung aufgefasst hatte (Die Mädchen hatten von Thursday viel über den Umgang mit ihrer Mutter gelernt.). Ihr Geschenk für die verstoßene Schwester war nur eine weitere Demonstration ihrer Aufsässigkeit. Es war seltsam und unangenehm, kam aber gewiss nicht unerwartet.

Monday stand auf einem anderen Blatt. Sie hatte ihr Brautgeschenk im Tausch gegen ihre Freiheit hergegeben und den Kontakt zur Familie abgebrochen. Das Turmhaus war nicht nur der Anfang, sondern auch das Ende von Mondays Großzügigkeit gewesen, weil Mama Almosen genauso missbilligte wie alles andere auch.

Letzten Endes nahm Wednesday die kleine Tasche aus der Truhe. Sie steckte sie ein und sagte höflich: „Bitte lies den Rest des Briefes vor, Papa.“

Dass Wednesday in der Lage war, einen zusammenhängenden

Satz zu äußern, schockierte Sunday ebenso sehr wie das Geschenk für Monday. Wie gewünscht holte Papa das Pergament aus der Tasche und fuhr fort:

„Jede Frau verdient es, etwas Schönes zu besitzen. Meine Schwestern bilden da keine Ausnahme. (Zieh kein mürrisches Gesicht, Saturday, irgendwann bist du mir vielleicht dankbar.) Friday, fertige bitte auch ein Kleid für dich an. Ich weiß doch, wie du bist. Peter, ich wusste, dass du lieber einen eigenen Bogen schnitzen willst. Benutze Trix' Bogen als Vorlage. Papa wird dir helfen.

Ich liebe und vermisse euch alle und denke jeden Tag an euch. Keine Sorge, Mama: Ich habe nicht die geringste Absicht, mein perfektes Heim auf See aufzugeben. Denn hier fallen die Sterne direkt ins Wasser und die Stürme toben so wild, dass du nur daran denken kannst, welch göttliches Privileg es ist, am Leben zu sein. Träum von mir, meine geliebte Familie. Erfreut euch an der Ausbeute meiner letzten Plünderung und an meinen Abenteuern. Und wenn die Wellen mich heute Nacht in den Schlaf wiegen, werde ich von euch träumen.

Grüßt Monday von mir.
Eure Lieblingstochter und -schwester
Thursday."

3 Geschenke sind wie Worte

Grummel? Bist du da?" Sunday schlich vorsichtig auf Zehenspitzen um die zerbröckelten Steine des Brunnens herum, einen Eimer fest in der Hand. Die sengende Hitze drückte sie nieder, und die Steine waren feucht und glitschig. Plötzlich verlor sie den Halt und begann zu rutschen. Instinktiv streckte sie die Arme aus, um sich abzufangen und den besten Freund, den sie je hatte, nicht zu verletzen. Für einen Moment schwankte sie bedenklich hin und her, bevor sie ihr Gleichgewicht zurückgewann.

Plötzlich ertönte zu ihrer Linken ein tiefes, grollendes Froschlachen.

„Fängst du dich wieder?"

„Ja", erwiderte Grummel. „Obwohl ich befürchtet habe, dass du es nicht schaffst."

Sunday fand eine ebene Fläche am Boden und ließ sich darauf fallen. „Anmutig geht wohl anders, oder?"

„Wohl wahr, wohl wahr." Er hüpfte näher heran. „Du bist heute früh auf. Musst du nicht arbeiten?"

„Schön wär's! Ich soll Trix zum Markt begleiten, damit er die Kuh verkaufen kann. Was ich heute früh nicht geschafft habe, wartet noch auf mich, wenn ich nach Hause komme. Und morgen helfe ich Friday in der Kirche, was bedeutet, dass noch mehr Arbeit auf mich wartet. Arbeit, immer nur Arbeit. Manchmal hab ich das Gefühl, nur noch zu schuften."

„Kommt dein Bruder denn allein zurecht?"

„Er weiß genau, wem er die Kuh verkaufen und welchen Preis er verlangen muss. Er wird schon klarkommen", sagte sie eher hoffnungsvoll als überzeugt. Sunday war jeden Schritt mit Trix durchgegangen, aber er war unberechenbar. Sie wollte nicht einmal daran denken, was alles schiefgehen könnte, und lenkte lieber vom Thema ab. „Ich habe ein Geschenk für dich." Sie reichte ihm den kleinen Eimer.

„Ich ..."

Grummel wusste nicht, wofür er sich bedanken sollte, und sie lachte. „Wir reden schon so lange, dass du allmählich austrocknest. Auf diese Weise ..." Sie beugte sich über die Brunnenmauer, warf den Eimer ins Wasser und füllte ihn bis zum Rand. „Musst du dich nicht entschuldigen, wenn du schwimmen gehen musst." Sie klemmte den Eimer zwischen zwei großen Steinen ein. „Siehst du? So musst du nicht zum Brunnen gehen, denn ich habe den Brunnen zu dir gebracht."

„So etwas Nettes hat noch niemand für mich getan", sagte er.

„Doch, bestimmt", sagte sie. „Du erinnerst dich bloß nicht mehr daran."

Er widersprach nicht.

Für Sundays Familie spielte das Geben und Nehmen eine

wichtige Rolle, denn Geschenke waren wie Worte und trugen eine immense Kraft in sich. Sie konnten genauso viel Glück wie Unheil bringen und Beziehungen stärken oder zerstören. Der Eimer war nur eine symbolische Geste von Sundays Wertschätzung für Grummels Freundschaft, aber es freute sie, dass sie ihm genauso viel bedeutete. Wenn sie ihn schon nicht in einen Menschen verwandeln konnte, so konnte sie ihn wenigstens glücklich machen.

Sunday fuhr mit dem Daumen über die Seiten ihres Buchs. „Gestern Abend hatte ich keine Zeit zum Schreiben. Aber du wirst verstehen, wieso ich nicht dazu gekommen bin." Grummel hüpfte auf einen großen Stein neben seinem neuen hölzernen Planschbecken und setzte sich hinein, während Sunday von Thursdays prächtiger Truhe, ihrem Piratengatten und dem magischen Fernrohr erzählte, das sie von ihrer Feen-Patentante zum Namenstag bekommen hatte. Dieses Fernrohr hatte die Fähigkeit, aus fernen Orten in die Vergangenheit, Gegenwart und Zukunft zu sehen.

Sunday ließ kein Detail aus. Grummel lachte, als sie von Trix' Plan, die Reichen zu bestehlen und den Armen zu geben, berichtete und überlegte, welches Geschenk Monday wohl bekommen haben könnte. Nachdem sie geendet hatte, verlangte er noch mehr, also schlug sie ihr Buch auf und las vor, was sie über ihre Geschwister und die Namenstagsgeschenke von ihrer Feentante Joy geschrieben hatte.

Jedes einzelne Wort erfüllte Sunday mit Freude. Sie hatte das Gefühl, Grummel schon ihr Leben lang zu kennen, nur dass ihre Erzählungen für ihn neu waren. Sie hoffte, dass sie für immer Freunde bleiben würden, obwohl sie bedauerte, dass sie nicht mehr als das sein konnten. Zwischen den weiteren unzähligen Geschichten, die sie zu erzählen hatte, und den Abenteuern, die vor ihnen lagen, würde es immer etwas geben, worüber sie reden könnten. Immer.

Dennoch wusste sie, dass es unmöglich war, denn ihre Freundschaft würde nur so lange halten, bis Grummel sein Gedächtnis verlor. Ihr Vater hatte ihr erzählt, dass ein Mensch, der im Körper eines Frosches gefangen war, mit der Zeit vergaß, dass er ein Mensch gewesen war. Dann wäre er nicht mehr in der Lage, ihr zuzuhören oder zu sprechen. Eines Tages würde Grummel Sunday nicht mehr erkennen. Obwohl es unausweichlich war, fürchtete sie den Verlust ihres Freundes, nachdem sie ihn endlich gefunden hatte.

Grummel schien ähnliche Gedanken zu haben. „Ich vergesse langsam, wie es ist, ein Mensch zu sein“, gestand er. „Ich kann mich weder an Gesichter noch an Namen erinnern. Selbst meinen eigenen Namen habe ich vergessen. Ich weiß nicht mehr, wie es ist, morgens aufzustehen, wie sich Kleidung auf der Haut anfühlt, wie ein Frühstück schmeckt oder Essen im Allgemeinen. Ich glaube, ich habe es einmal genossen.“

Sunday empfand Mitgefühl für ihn.

„Wenn ich dir zuhöre, kann ich Orte, Menschen und Farben sehen. Ich empfinde Gelächter, Kummer und Neugier. Ich vergesse, dass ich ein Frosch bin. Stattdessen fühle ich mich wie ein Mann, der im Wald bei seiner hübschen Freundin sitzt und sich die Ereignisse aus ihrem interessanten Leben anhört. Du bist zauberhaft, Sunday.“

Sie biss sich auf die Lippe. Seltsame Gefühle brodelten in ihr hoch. Das war das Schönste, was sie je gehört hatte.

„Du hast mich auf eine erstaunliche Art und Weise verwöhnt. Bevor du aufgetaucht bist, war mir nicht bewusst, wie sehr ich tatsächlich nach Gesellschaft verlangte. Wenn deine Worte nicht da sind, um mich zu begleiten, sind die Nächte noch dunkler. Die Stille, die sich ausbreitet, ist erdrückend, und ich fühle mich unendlich leer. Denn in solchen Momenten vermisse ich dich und deine liebevollen Worte, meine geliebte Sunday.“

Egal, wie sehr sie sich auch bemühte, die Tränen zurückzuhalten, es war zwecklos – sie flossen unaufhaltsam. Obwohl sie wusste, dass sie machtlos gegen den Fluch war, konnte sie ihm dennoch etwas geben, auch wenn es nur ein kleiner Beitrag war. Sie schlug das Buch auf, blätterte zur nächsten leeren Seite und begann zu schreiben. Als sie ihre Gedanken zu Papier brachte, spürte sie eine Welle der Erleichterung durch ihren Körper strömen. Als sie schließlich fertig war, lehnte sie sich zurück und betrachtete das Geschriebene mit einem kleinen Lächeln, das ihren Freund erhellte.

„*Sunday war nichts*“, las sie vor, „*bis sie Grummel begegnete, der ein wundervoller Mann mit der Seele eines Poeten war. Er war ihr bester Freund auf der ganzen Welt, und sie liebte ihn von ganzem Herzen.*“ Sie klappte das Buch zu und legte es sich in den Schoß. Ihr Herz schmerzte. Ihre Hände zitterten. „Oh, ich wünschte so sehr …“

„Sunday!“ Ein Ruf hallte aus der Ferne. „Sunday!“

Trix? Warum war er so früh zurück? Sie kniff die Augen gegen die gleißende Sonne zusammen. Er sollte frühestens in einer Stunde zurückkommen oder vielleicht zwei …

„Suuuuuun-daaaaaaaay!“, brüllte Trix durch die Bäume.

„Hier drüben!“, rief sie zurück. „Ich bin hier.“ An Grummel gewandt sagte sie: „Ob es dir gefällt oder nicht, du wirst gleich jemanden aus meiner Familie kennenlernen.“

„Es wird mir eine Ehre sein“, sagte der Frosch.

Trix brach durch das Gebüsch und stolperte auf die Lichtung, den Köcher auf dem Rücken, den gespannten Bogen in einem zitternden Arm. Es war irgendwie süß, dass er dachte, sie müsse gerettet werden, aber gleichzeitig beunruhigend, dass er bewaffnet und bedrohlich wirkte.

Sunday hob eine Hand, um ihn aufzuhalten. Die wilde Idee, sie auf stürmische Weise zu retten, wich aus seinem Blick, und er senkte den Bogen. „Ooooh“, hauchte er atemlos. „Ein Zauberbrunnen.“ Sunday packte sein dürres Handgelenk, bevor er über die rutschigen Steine springen und sich das Genick brechen konnte. Das brachte ihn zum Stillstand.

„Das kannst du laut sagen, junger Mann“, sagte Grummel. „Das ist allerdings ein Zauberbrunnen. Fast hätte ich es vergessen."

Trix blieb erschrocken stehen und starrte den Frosch an.

„Trix, das ist mein Freund Grummel. Grummel, das ist mein Bruder Trix."

„Wow", sagte Trix.

„Verflucht", sagte Grummel.

„Hast du die Fee etwa gesehen?", fragte Trix den Frosch.

„Das habe ich", sagte der Frosch. „Sie hat den Leuten im Vorbeigehen Streiche gespielt und sich köstlich darüber amüsiert."

Die Antwort des Frosches verwirrte Sunday. Nach dem aktuellen Stand der Dinge war schon lange niemand mehr am Brunnen gewesen. Also konnte Grummel noch nicht allzu lange ein Frosch sein, sonst hätte er längst vergessen, dass er einmal ein Mensch gewesen war. Vielleicht erinnerte er sich an etwas anderes?

„Hat sie dich reingelegt?", fragte Trix. „Ist das der Grund, warum du ein Frosch bist?"

„Nein", erwiderte Grummel. „Ich habe sie aber gefragt, ob sie mich von meinem Fluch befreien kann."

„Und was hat sie gesagt?"

„Offenbar kann nur die Fee, die den Fluch ausgesprochen hat, ihn aufheben. Jede andere Fee kann ihn nur ein wenig mildern. Die Strafe verkürzen. Sie hat mir ein weiteres Jahr in Menschengestalt verschafft, bevor der Fluch wieder zuschlägt und mir eine Ausstiegsklausel gegeben."

„Wie den Kuss der wahren Liebe?", fragte Trix mit großen Augen.

„Ganz genau", sagte Grummel. Er hob zwar nicht den Kopf, um Sunday anzusehen, doch Trix war viel zu schlau und roch den Braten.

„Hast du ihn etwa...", begann Trix.

Sunday konnte es nicht ertragen, an ihren Misserfolg erinnert zu werden. „Die Kuh. Hast du sie schon verkauft?", stieß sie schnell und hoffnungsvoll aus.

Er grinste breit, was beunruhigend wirkte. „Ich bin ein gerissener und glücklicher Geschäftsmann! Im Wald ist mir zufällig ein Mann begegnet, der auf dem Weg zum Markt war, um eine solche Kuh zu kaufen. Schade, dass du nicht dabei warst, Sunday. Du hättest etwas von deinem großen Bruder lernen können."

Die Aufregung, die noch vor wenigen Minuten in Sundays Kehle aufgestiegen war, lag ihr nun schwer im Magen. Nein. Bitte, ihr Götter, nein.

„Ich habe sie ihm für das hier verkauft." Trix öffnete ganz langsam die Hand und neckte Sunday, indem er sie nur einen kurzen Blick auf seinen Verdienst werfen ließ.

„Bohnen." Sie stand kurz davor, sich zu übergeben.

„*Zauber*bohnen", sagte Trix stolz. „Dieser hinterhältige Kerl wollte mir nur eine mickrige Bohne geben. Weil ich so schlau bin, hab ich ihn auf *fünf* hochgehandelt. Ich meine: Was, wenn eine davon nicht keimt? Das war clever, was?" Trix steckte die goldgelben, mit Schweiß verklebten Bohnen in die Tasche und tätschelte sie. „Die säe ich unter meinem Baumhaus und dann … Sunday? Geht's dir gut?"

Sunday stockte der Atem. Sie war eine tote Frau. Eine dämliche, dumme, tote Frau. Was hatte sie sich bloß dabei gedacht? Sie hatte die Verantwortung für Trix übernommen und ihn allein losziehen lassen, und nun hatte er ihre beste Kuh eingetauscht gegen … gegen …

„Sunday?" Plötzlich klang Trix besorgt.

„Mama wird mich umbringen", murmelte sie. „Wir brauchen dieses Geld, Trixie. Wovon sollen wir jetzt Lebensmittel kaufen?"

„Du wirst schon sehen", antwortete er mit einer Stimme voll kindlichem Staunen und grenzenloser Hoffnung. „Meine Zauberbohnen werden richtig groß. So große Bohnen hast du noch nie gesehen und wir werden immer etwas zu essen haben."

Seine Naivität war niedlich und frustrierend zugleich. „Es dauert lange, bis Bohnen gewachsen sind", erklärte Sunday. „Was sollen wir denn morgen essen? Und übermorgen?"

Der Ernst der Lage schien durchzusickern. „Sunday, es tut mir leid", sagte er leise. Er legte die dürren Arme um Sundays Schultern und drückte sie fest an sich. „Ich möchte nicht, dass du verhungerst und stirbst."

„Darf ich etwas dazu sagen?"

In ihrer Not hatte Sunday Grummel völlig vergessen. Der Frosch hockte geduldig neben einem runden, schmierigen Stein. Trix ließ Sunday stehen und setzte sich neben Grummel. „Was hast du da?" Er hob den kugelförmigen Stein auf.

„Etwas, um das Leben deiner Schwester zu retten", sagte er. „Ein Leben, das mir in den vergangenen Tagen ungemein wichtig geworden ist."

Sunday schüttelte ungläubig den Kopf. Was für eine schöne Geste. Auf Grummel musste die Kugel wie ein wertvolles oder verzaubertes Schmuckstück gewirkt haben, oder wie …

„Gold!", kreischte Trix.

„Was?" Sunday entriss Trix die Kugel und beinahe ließ sie sie fallen, da sie überraschend schwer war. Mit dem Fingernagel kratzte sie den Schmutz ab und enthüllte die glatte, harte Oberfläche darunter. „Tatsächlich!", rief sie aus und begann vor Freude zu hüpfen. Dabei drückte sie die Kugel fest an sich, bis ihr plötzlich bewusst wurde, dass sie kein geldgieriger Kobold war. Sunday reichte Grummel die Kugel. „Das können wir nicht annehmen."

„Sunday, ich bin ein Frosch. Ich habe nichts davon", entgegnete er gelassen.

„Aber sie ist wertvoll. Bestimmt…", versuchte Sunday zu argumentieren.

„Weder diese Kugel noch hundert andere können mir das geben, was ich mir wirklich am meisten auf dieser Welt wünsche", unterbrach er sie. „Aber wenn diese Kugel deine Familie auch nur für einen

Augenblick glücklich macht, dann hat sie für mich einen höheren Wert als alles Geld der Welt."

Dennoch konnte Sunday die Kugel noch immer nicht guten Gewissens annehmen. Ihr Blick schweifte zwischen Trix und Grummel hin und her, während sie moralische und materielle Bedürfnisse gegeneinander abwog. Beides schien genauso schwer wie fünfhundert Gramm pures Gold zu sein.

„Bitte", bat Grummel. „Nimm sie als Geschenk an."

Ein Geschenk. Da er ihr Geschenk nicht abgelehnt hatte, sollte sie seines auch nicht zurückweisen. Auch wenn sie für ihn nur einen Eimer hatte und er ihrer Familie Glück versprach. Sunday fragte sich, ob Grummel überhaupt ahnte, wie viel Macht er über sie hatte. Sie schloss die Augen, nickte schließlich und steckte die Kugel in ihre Tasche. Bevor sie es sich anders überlegen konnte, beschloss sie, dass es Zeit war, zu gehen. Doch bevor sie verschwand, beugte sie sich zu Grummel hinunter, nahm ihn in ihre Hände und gab ihm einen herzhaften Kuss auf die Wange. „Danke, mein lieber Freund. Ich werde das niemals vergessen."

Seine Gelassenheit war unerschütterlich, er ließ sich nicht von ihrem Überschwang beeindrucken. „Wir sollten jetzt gehen. Auch wenn ich in die Kirche gehe, komme ich morgen wieder und werde dir alles erzählen. Das verspreche ich!" Sie hörte nicht mal, wie er sich verabschiedete. Sunday tollte aufgeregt neben Trix durch das dichte Gebüsch. Sie sprinteten um die Wette bis zum Waldrand, als sich am Horizont das Turmhaus abzeichnete. Als ihre Kräfte schwanden, verringerten sie ihr Tempo und setzten ihren Weg gemütlich fort. Die goldene Kugel baumelte beruhigend zwischen Sundays Buch und ihrem Bein und erinnerte sie daran, dass das Leben gleichzeitig Furcht einflößend und wunderbar sein konnte.

„Er liebt dich", sagte Trix plötzlich. Sunday zuckte zusammen. Typisch Trix. Mal wild und ungebändigt, dann wieder unglaublich weise. Vielleicht hatte er recht. Aber Grummel war ein Frosch und Sunday ein Mädchen – ein Fluch trennte sie wie ein unüberwindbarer Ozean. Selbst wenn Grummel sie tatsächlich lieben sollte, änderte das nichts daran, dass die Welt Furcht einflößend und wunderbar zugleich war.

„Und du liebst ihn", fügte Trix hinzu.

Doch auch das würde nichts ändern.

4 Von den Göttern Ausgespuckt

Wenn du aufwachst, hast du das Gefühl, gerade in Öl frittiert, auf Eis geworfen und bei lebendigem Leib gehäutet worden zu sein. Du wirst dich übergeben, obwohl dein Magen längst leer ist, und es wird sich anfühlen, als würde dir jemand die Welt durch ein Nadelöhr in den Schädel stopfen. Du wirst dich fragen, ob jeder einzelne Knochen in deinem Körper vom Stiefel eines Riesen zerquetscht und an der falschen Stelle wieder zusammengesetzt wurde. Du wirst dich nicht erinnern, wie man spricht. Ihr Götter, du wirst kaum noch wissen, wie man denkt."

Rumbold würde auf keinen Fall in Tränen ausbrechen. Im kommenden Sommer würde er sechs werden und sein Vater hatte gesagt, dass er dann ein Mann und kein Junge mehr war. Männer weinten nicht. Und Prinzen erst recht nicht.

Jack nahm seine Gedanken auf. „Du wirst heulen. Oft und lange wie ein jämmerliches kleines Baby. Du wirst weinen, weil du nur noch daran denken kannst, wie großartig es ist, wieder ein Mensch zu sein. Das ist der schmerzhafteste Teil des Ganzen." Seine Stimme wurde leiser, als er den Kopf abwandte. „Die Rückkehr ist Teil der Belohnung."

Der junge Prinz nickte schweigend. Er hatte all seinen Mut gesammelt, um Jack in seinem Krankenzimmer zu besuchen, nachdem der ältere Junge von einem Hund in einen Menschen zurückverwandelt worden war. Rumbold musste die Gelegenheit beim Schopfe packen, damit er etwas über das Schicksal erfuhr, das ihm ebenfalls bevorstand. Rumbolds Fee hatte Jack in einen Hund verwandelt, um ihn zu bestrafen, weil er den geliebten Welpen ihres Patensohns getötet hatte. Jacks Fee hatte seine Strafe auf ein Jahr verkürzt und Rumbold verflucht, indem sie ihm eine Verwandlung auferlegte, die an seinem achtzehnten Geburtstag stattfinden sollte. Niemand durfte ein Wort über den Gegenfluch verlieren. Der König hatte dem tatsächlich zugestimmt.

Es war einfach ungerecht. Rumbold hatte Jack weder verflucht noch um die Tötung seines Geburtstagsgeschenks gebeten. Es war ein bedauerlicher Unfall gewesen. Er hatte gesehen, wie sein Welpe bei Jacks Füßen nach Essensresten geschnappt hatte. Jack hatte instinktiv nach ihm getreten. Es war gar nicht fest gewesen, und die Hunde im Speisesaal der Wachen hätten es ausgehalten. Die Feen hatten einfach überreagiert. So ungerecht es auch war, der Fluch wurde dennoch ausgesprochen: In zwölf Jahren würde Rumbold zwölf Monate lang im Körper eines Froschs leben.

Damit er Demut lerne, wie Jacks brillante Fee strahlend verkündet hatte. An jenem Abend hatte sie vieles gesagt, Rumbold hatte jedoch erst zugehört, als sein Name fiel. Der Verlust seines

Hundes hatte die Leere in ihm vergrößert, die der Tod seiner Mutter hinterlassen hatte. Er hatte dem Welpen noch nicht einmal einen Namen gegeben.

Jack wirkte furchteinflößend auf Rumbold. Jack war ein Großer Held. Er erlebte Große Abenteuer und tat Erstaunliche Dinge. Bei seinem Anblick zitterten selbst Hexen. Sogar Dämonen fürchteten ihn. Jack war so alt, wie Rumbold es sein würde, wenn der Fluch in Kraft trat. Der junge Prinz hoffte, dass er zu diesem Zeitpunkt wenigstens halb so stark sein würde wie Jack. Und halb so starrköpfig. Und wenigstens die Hälfte seines Mutes besitzen würde. Im Moment jedoch fürchtete er sich nur. Er wusste, dass er noch einen weiten Weg vor sich hatte.

Jack biss ein kleines Stück von seinem trockenen Toast ab. Die Krankenschwester hatte gesagt, dass Jack „im Handumdrehen wieder auf den Beinen“ wäre, wenn er feste Nahrung zu sich nahm. Und sobald er das Bett verließ, würde er schnurstracks durch das Schloss und zur Tür hinausmarschieren, bevor Rumbold die Möglichkeit hatte, ihn zu befragen. Deshalb hieß es jetzt oder nie.

„Wenn du schlau bist“, sagte Jack, während er kaute, „verwahrst du deine Erinnerung an uns an einem sicheren Ort. Denk jeden Tag daran: beim Aufwachen, bevor du einschläfst, beim Essen und beim Entleeren deiner Gedärme. Wenn du das schaffst, wird es das Erste und Einzige sein, woran du denken kannst, sobald du wieder in deinem Körper erwachst. Auch wenn du jahrelang verwandelt warst. Hörst du mir zu?“

Rumbold lauschte aufmerksam. Er spürte das Rascheln der Bettdecke unter Jacks Beinen. Das Knirschen des Toasts zwischen seinen Zähnen drang an seine Ohren. Das leise Klappern, als mit einem Löffel in der dampfenden Brühe auf dem Tablett gerührt wurde, war deutlich zu hören. Er vernahm, wie Jack durch die Nase einatmete, bevor er sprach. Sogar das leise Gleiten des goldenen Anhängers über das Band um Jacks Hals, als er sich aufrichtete, entging ihm nicht.

„Zwei Dinge sind essenziell", begann Jack ruhig. „Erstens: Du darfst nicht vergessen, wie man atmet. Es ist wie beim Schwertkampf: Mund auf Luft in die Lunge saugen und wieder ausstoßen. Nimm die Zunge aus dem Weg. Wenn du vergisst, wie man atmet, spielt alles andere keine Rolle mehr. Verstanden?"

Rumbold nickte schweigend, seine Aufmerksamkeit gespannt auf Jack gerichtet.

„Zweitens: Rühr dich nicht. Versuch bloß nicht aufzustehen." Jack warf Rumbold ein schiefes Lächeln zu, ein seltsamer Ausdruck in seinen Augen. „Vertrau mir, du willst nicht aufrecht stehen, wenn dein Geist zurückkehrt."

Er sehnte sich nach dem Tod und dieses Verlangen fühlte sich wie die reinste Erlösung an.

Mund auf.

Luft in die Lunge saugen und wieder ausstoßen.

Nichts geschah.

Nimm die Zunge aus dem Weg.

Das Leben brannte in seiner Lunge wie ein wildes Feuer. Beim Ausatmen entwich ihm ein ohrenbetäubender Schrei, der die Vögel aus den Bäumen aufscheuchte, die ihn nackt und mutterseelenallein in der wilden Stille des Frühlings zurückließen.

Sein Körper bebte, von kaltem, ursprünglichem Schleim bedeckt. Haut. Er würgte erneut und überlegte, den Kopf zur Seite zu drehen. Kopf. Magen. Haut. Schmerzen durchfluteten seinen Körper in pulsierenden Wellen. Körper. Er bewegte seine Finger und Zehen qualvoll und doch … anders.

Doch nicht anders.

Richtig.

So unfassbar richtig.

Er versuchte zu lachen, doch dann fiel ihm ein, dass er vergessen hatte, wie es funktionierte. Im Laufe der Zeit würde er sich daran erinnern. Er würde heilen. Er würde wieder er selbst sein. Er würde wieder auf eigenen Füßen stehen und ein Mann sein. Er würde so sein, wie er einst gewesen war, und er würde der Mann sein, der er jetzt war.

Aufstehen.

Er legte eine Hand auf den Boden und stemmte sich hoch.

Rühr dich nicht.

Die Stimme des Mannes hallte schneidend in seinem Kopf wider. War das etwa seine Stimme? Er fragte sich, welche hinterlistige Verbissenheit ihn davon abhielt, einfach aufzustehen und nach Hause zu laufen.

Nach Hause.

Erinnerungen stiegen auf und der Damm, den der Fluch in seinem Kopf errichtet hatte, brach. Er konnte nicht mehr schreien, da eine Schwärze ihn verschlang.

Sanfte Tränen weckten ihn. Das brachte ein Lächeln auf seine Lippen.

Starke Männer weinten nicht. Vielleicht würde das Weinen ihn als Schwächling erscheinen lassen, aber dennoch war er ein Mann.

Ein Specht hämmerte irgendwo in der Ferne. Ein Luftzug streifte über seine nackte Haut und ließ ihn zittern. Der Himmel war so hell, dass er sogar durch seine dünnen Lider schimmerte. Er öffnete die Augen.

Es war viel zu grell.

Er schloss sie wieder.

Immer mit der Ruhe.

Er lauschte eine Weile in den Wald hinein, hörte die Vögel und Insekten, den Wind in den Blättern, das Rascheln der kleinen Tiere im

Gebüsch. Er atmete tief ein, roch Moos, Erde und dann seinen eigenen Geruch, während die warme Sonne ihn zum Schwitzen brachte. Er spreizte die Finger und spürte den Wind dazwischen tanzen. Er strich mit den Fingerspitzen über die zerklüfteten, moosbedeckten Steine unter sich. Er zog einen Stock unter seinem Rücken hervor und war ganz aufgeregt, dass er wieder einen Rücken besaß, auf den er sich legen konnte.

Er berührte seinen Bauch, seinen Hals, sein Gesicht und fuhr sich über seine Augenbrauen, seine Ohren, sein Haar und sein Lächeln. Seine Augenwinkel waren feucht und hinter seinen Lippen steckten Zähne. Seine Zunge war jetzt hinten am Gaumen befestigt und nicht vorn. Sein Haar war länger, als er es in Erinnerung hatte.

Erinnerung.

Er hielt inne, bevor sein Verstand ihn wieder in den allumfassenden Rückfluss seines Lebens beförderte. Er atmete langsam ein und kehrte in die Geborgenheit des Waldes zurück. Er würde hier beginnen und sich rückwärts vorarbeiten. Das war einfacher. Sicherer. Weniger schmerzhaft.

Sie ergriff unmittelbar Besitz von seinem Verstand, sodass sein Herzschlag aussetzte. Vor seinem geistigen Auge leuchtete die Sonne in ihrem goldenen Haar, während sie sich neben ihm auf dem Boden ausstreckte. Sie zog ihre Schuhe aus, und ihr Rock bauschte sich um die helle Haut ihrer Füße. Sie war so frisch, wild, unschuldig und geheimnisvoll wie der Wald. Sie kannte so wenig von der Welt und doch schien sie alles mit ungewöhnlich weisen Augen zu sehen. Ihre Stimme, kristallklar und hell, beruhigte ihn, und ihr Lachen erfüllte den Raum. Ihr Lächeln strahlte und ihre Schönheit war unvergleichlich wie die eines neugeborenen Rehkitzes, und ihre Unwissenheit darüber machte sie nur noch strahlender. Selbstsüchtig und großzügig, zugleich undankbar und gütig. Ihr Name war Sunday.

Und sie liebte ihn.

Um sicherzustellen, dass er tatsächlich unverletzt in seine menschliche Gestalt zurückgekehrt war, berührte er noch einmal seinen Körper. Obwohl ihn grausame Schmerzen durchzuckten, fand er keine Wunden. Zufrieden mit dieser Erkenntnis kehrte er in Gedanken zu seinem Mädchen zurück. Falls die Götter es zuließen, würde er sie finden und für immer an sich binden, und seine Welt würde wieder in Ordnung sein.

Er hob eine Hand vor sein Gesicht und betrachtete die Welt durch seine Finger hindurch. Die satten Farben der Natur faszinierten ihn. Als seine Augen an der Luft trockneten, versuchte er, das innere Lid zu schließen, das nicht mehr existierte. Das Blätterdach über ihm leuchtete in einem strahlenden Grün, das den Frühling in seiner ganzen Pracht repräsentierte. Ein Blauhäher pickte im Gras in der Nähe, dessen blaugrünes Gefieder den Himmel auf Erden widerzuspiegeln schien.

Ein heiserer Seufzer entwich ihm, als er noch nicht bereit war, sich auf seine langen Beine zu erheben. Stattdessen kroch er auf allen vieren zum Eimer neben dem Brunnen. Mit zitternden Armen hob er den glatten hölzernen Rand an seine Lippen und trank gierig daraus, während das Wasser seitlich über sein Gesicht und seine Brust lief. Er füllte den Eimer mehrmals nach und leerte ihn sich über den Kopf, um sich vom Schleim zu befreien und das Elend von seinem Körper zu waschen. Er fühlte sich nicht nur wie ein neuer Mensch, er war ein neuer Mensch. Sein Spiegelbild kräuselte sich auf der Wasseroberfläche und blickte ihm mit dem alten vertrauten Gesicht entgegen. Es war das Gesicht des Prinzen, jenem Prinzen, mit dem ihre Familie nichts zu tun haben wollte.

Er heulte wütend auf und zerschmetterte den Eimer am Brunnen. Ein paar kleine Steine hob er auf und schleuderte sie in den Wald, doch selbst das brachte ihm nur eine vorübergehende Erleichterung, da sie nur ein klägliches Stück weit flogen. Das Schicksal schien nach wie vor bösartig und grausam zu sein, und das Leben ungerecht. Er und Sunday waren Opfer ihrer Vergangenheit. Vielleicht hatte sie ihn wirklich geliebt und tat es hoffentlich noch immer, dennoch würde er nie von ihr verlangen, dass sie das Band zu ihrer Familie kappte. Von allen Frauen des Landes hatte das Schicksal ausgerechnet Jack Woodcutters kleine Schwester für ihn vorgesehen. Welch ein ausgesprochen grausamer Scherz des Schicksals. Er musste sie finden.

Indem er seine Muskeln dazu zwang, erhob er sich behutsam und stolperte ein Stück vorwärts, wobei er versuchte, sich an Bewegungen zu erinnern, die fast zwanzig Jahre lang selbstverständlich gewesen waren. Dorne und Zweige kratzten in der Sprache des Waldes Striemen in seine zarte, frische Haut. Glücklicherweise schoben sich dünne Wolken vor die sengende Sonne. Er suchte den Boden nach dem Pfad ab, den die Füße seiner wahren Liebe an drei aufeinanderfolgenden Tagen beschritten hatten.

Er stürzte kopfüber in eine Erinnerung: Pferde und Hunde sprangen vor ihm her. Er hatte es schon mal getan. Er war Jäger. Er hatte sowohl den Hirsch als auch das Wildschwein aufgespürt und die Beute nach Hause gebracht, um sich daran gütlich zu tun und zu feiern. Es hatte Essen in Hülle und Fülle gegeben und so viele Lieder, dass sie tagelang und nächtelang singen konnten … und Frauen, diese Frauen … waren nun hübsche Schatten in der Erinnerung an ein anderes Leben. Er konzentrierte sich auf etwas anderes, auf die einzige Sache, für die es sich zu leben lohnte. Auf ein kleines Ding mit funkelnden Augen und einem Lächeln, das sein Blut vibrieren ließ.

Die Wolken verdichteten sich und der Pfad verschwand vor seinen Augen. Er hob den Kopf und erkannte mit einiger Mühe den Waldrand hinter den Bäumen. Ein Abgrund aus entrindeten Stämmen starrte zurück. Neugierig senkte er den Kopf und schlurfte weiter von einem hellen Stein zum nächsten, während die Dunkelheit zunahm. Endlich erreichte er den Waldrand. Nur wenige Meter trennten ihn von der grünen Weide jenseits der Bäume. Das Turmhaus erhob sich kühn am Horizont und zog ihn in die Welt der Menschen. Seine Beine brannten, seine Brust schmerzte. Blut sickerte aus seiner zerkratzten Haut und seinen ausgetrockneten Lippen. Der Wind peitschte ungebremst über die baumlose Ebene, jagte Wellen über das hohe Gras und ließ sein langes Haar wild um seinen Kopf wehen.

An der hohen Steinmauer vor dem Turmhaus entlanggehend, erreichte er eine Frau, die hastig die Wäsche abhängte. Die Kleidungsstücke flatterten und wirbelten im aufkommenden Sturm, doch sie behielt die Kontrolle und warf sie geschickt in den großen Korb auf ihrer Hüfte. Ihre Haare und Augen waren von demselben intensiven Grau wie die bedrohlichen Wolken am Himmel.

„Es ist höchste Zeit“, rief sie über die Leine in seine Richtung. „Steh nicht so da rum. Komm und hilf deiner Mutter.“

Obwohl sie ihn offensichtlich verwechselte, öffnete er das Tor und ging hinüber, um ihr zu helfen.

„Willst du nicht …“ Doch dann sah sie ihn endlich an, und ihre wilden Augen durchbohrten ihn von Kopf bis Fuß. Er hatte vor lauter Schmerzen vollkommen vergessen, dass er nackt war, und dankte den Göttern, dass sie nicht zu schreien begann. In ihrem Gesicht zeigte sich ein gewisses Staunen, vielleicht auch Mitleid oder leichte Verwirrung, bevor es einem strengen Ausdruck wich.

„Du musst den Göttern Bauchschmerzen bereitet haben, dass sie dich gleich wieder ausgespuckt haben, was?“ Sie riss weiter die Wäsche von der Leine und streckte sie ihm entgegen. „Zieh das an. Mein Sohn ist ungefähr in deinem Alter. Er ist nicht ganz so groß und dürr wie du, aber es wird schon gehen.“

Er starrte das Stoffbündel an, das sie ihm in die Arme drückte: raues, selbst gesponnenes Material, das entweder vom vielen Waschen zu einem blassen Braun oder vom häufigen Tragen zu einem dunklen Weiß geworden war. Er wollte sich bedanken, doch seine neu geformte

Zunge weigerte sich, Worte zu bilden, und er stieß nur ein einziges, erbärmliches Krächzen aus.

„Du siehst aus wie ein Mann, klingst aber wie eine Krähe und stehst jetzt bettelnd vor meiner Haustür. Na los, zieh dich an, sofern du dazu in der Lage bist. Ich hole Wasser."

Sie spuckte ihre Befehle auf eine Weise aus, die keinen Widerspruch zuließ. Er streifte sich das Hemd unbeholfen über den Kopf und zog die zu große Hose an. Die Frau kam mit einem Becher und einer Kordel zurück. Sie drückte ihm den Becher in die Hand, und er jammerte, da einige wertvolle Tropfen verschüttet wurden. „Trink", befahl sie. Das kühle Wasser brannte auf seinen Lippen und ließ seine Kehle gefrieren, aber er begrüßte das. Die Frau wickelte ihm die Kordel um die Taille, während er den Becher hinunterstürzte, anschließend holte sie Nachschub. „Setz dich, bis ich fertig bin."

Sie zeigte auf eine Bank, er schlurfte hinüber und trank dabei vorsichtig das Wasser. Er schaute zu, wie sie die flatternde Wäsche aus dem Wind schaffte. Ihr ruppiges Verhalten stand in einem seltsamen Widerspruch zu ihrer Güte. Im Wald gab es Tiere, die sich genauso verhielten, wenn sie sich oder ihre Jungen schützen wollten. Er fragte sich, wo die Kinder waren.

Auf der Bank raschelte etwas. Er senkte den Blick und sah, wie ihm die flatternden Seiten eines alten Freundes zuwinkten. Er nahm das Buch in die Hand und staunte, wie klein es jetzt wirkte, obwohl es einst wie ein Riese neben ihm gelegen hatte. Er wollte es an sein Herz drücken und daran schnuppern, um zu sehen, ob es nach ihr duftete. Am liebsten würde er es behalten, doch dann wäre sie betrübt und er konnte es nicht ertragen, ihr Kummer zu bereiten. Der Wind blätterte die Seiten zu ihrem letzten Eintrag. Er vermutete, dass sie beim Lesen des kurzen Abschnitts von Freude erfüllt gewesen war. Er hörte die Worte mit ihrer Stimme in seinem Kopf widerhallen:

Sunday war nichts, bis sie Grummel begegnete, der ein wundervoller Mann mit der Seele eines Poeten war. Er war ihr bester Freund auf der ganzen Welt, und sie liebte ihn von ganzem Herzen.

Sie liebte ihn. Das zu lesen war erfrischender als eine Million Gläser voll Wasser. Sie liebte ihn und ihre Liebeserklärung hatte ihn gerettet. Dass sie ihn liebte, verlieh ihm die Kraft, das Notwendige zu tun. Hoffentlich war ihre Liebe groß genug, dass sie ihm vertraute und ihn weiterhin liebte, wenn alles überstanden war. Hoffentlich liebte sie ihn noch, wenn sie erkannte, wer er wirklich war.

Die Frau stand mit dem Wäschekorb vor ihm. Er streckte ihr das Buch entgegen, sie warf es hinein. „Zerstreute närrische Tochter. Komm mit rein“, sagte sie.

Unter Aufbietung all seiner Kräfte schüttelte er den Kopf. Er nahm die freie Hand der Frau und hob sie an seine aufgesprungenen Lippen.

„Du bist ja ein ganz charmanter“, sagte sie auf sanfte, aufrichtige und machtvolle Weise. „Du könntest jedes Mädchen im Land haben.“ Dann kehrte die beherrschte Miene zurück. „Natürlich, nachdem du dich gewaschen hast. In dem Zustand bist du nicht mal geeignet, das Püppchen eines Trolls zu sein.“

Er lächelte und krümmte ihre Finger um den leeren Becher. „Daaaankee-eee“, sagte er vorsichtig. Dieses Mal klang es schon eher wie das Wort, das er hatte sagen wollen.

„Gern geschehen.“

Er verbeugte sich kurz und ging durch das Tor in der Steinmauer. Er erreichte den Fuß des Hügels, drehte sich um und betrachtete das Turmhaus. Die Mutter seiner wahren Liebe stand am Tor und beobachtete ihn, während sie den Korb in der Hand hielt und ihr Rock um sie herumwirbelte.

Noch bevor er die Stadtgrenze erreichte, setzte der Regen ein.

Dicke Tropfen trieben den Staub von der Straße in die Höhe und verwandelten ihn in Matsch zwischen seinen Zehen. Die Schmerzen kehrten allmählich zurück und wurden stärker. Glücklicherweise kam ihm ein Mann mit gelben Augen und einem Heuwagen entgegen, der ihn in die Stadt mitnahm.

Das Schloss zeichnete sich wie eine finstere Bestie vor dem Horizont ab, der höchste Turm tauchte tief in das Auge des Sturms ein. Es war schwindelerregend, so viele Menschen durch die regennassen Straßen eilen zu sehen. Nachdem der Wagen zum Stehen gekommen war, dankte er dem Mann und forderte ihn mit möglichst wenigen Worten auf, sich beim König zu melden. Er hatte seinen Spruch während der Fahrt geübt, damit er sich nicht verhaspelte.

Das Laufen war qualvoll. Seine Fußsohlen waren voller Blasen. Seine überanstrengten Muskeln zitterten. Die Hoffnung, die ihn am Turmhaus beflügelt hatte, wich einer lähmenden Erschöpfung. „Nicht mehr weit", sagte er sich immer wieder, als er tapfer weiterging.

Am Eingang hielt ihn ein Wachmann mit seinem Speer zurück. „Na, wo willst du denn hin?"

„Aaawik."

„Was?"

Konzentriere dich. „Erik", sagte er deutlicher.

Der Wachmann drehte den Kopf und brüllte in den Eingang hinter sich. „Erik! Da ist ein Bettler, der zu dir will."

„Ein Bettler? Grundgütiger, womit soll ich mich denn noch herumschlagen und…" Ein korpulenter Mann mit einem Mopp aus rot-goldenen Haaren erschien im steinernen Torbogen. Er wischte sich mit dem Handrücken über den Mund, als hätte man ihn beim Essen gestört. „Was ist denn los?"

Erik gehörte zur königlichen Garde und hatte dort mit Jack gedient. Von allen Männern des Königs sollte Erik ihn so kennen, wie er früher ausgesehen hatte. Der Prinz konnte sich seine jetzige

Erscheinung nur vorstellen: grimmig, ausgemergelt, scheußlich. Von den Göttern ausgespuckt. Nicht gerade die glamouröse Rückkehr des verlorenen Sohns. Seine Hoffnung schwand weiter. Er richtete sich auf und legte eine Hand auf die Schulter des Wachmanns.

„Erik. Bit-tteeee. Hilf mir."

Eriks Miene wirkte erst wütend, dann irritiert und schließlich erkannte er ihn. „Rum…?"

Er kniff die Augen fest zusammen, als ob er damit verhindern könnte, *den Namen* zu hören. Es war so lange her, dass er ausgesprochen worden war, dass er noch einen Moment brauchte. Der einstige und wieder gewordene Prinz legte einen zitternden Finger vor die Lippen. „Bitte nicht."

Erik warf ihm erfreut einen Arm um die Schultern und zog ihn ins Schloss. „Es ist Jahre her, Mann", dröhnte er. „Du siehst schlimm aus! Komm aus dem Sturm und erzähl mir, wie es deiner Mutter, also meiner Tante, geht. Ist sie immer noch so eine Nervensäge?" Erik setzte die Scharade fort, während sie die Halle der Wachen durchquerten und hielt weiter seinen Monolog, bis sie die Schlossmauern hinter sich gelassen hatten. „Hol Rollins", sagte er zu einem Laufburschen. „Sag ihm, dass er in den Gemächern seines Herrn gebraucht wird."

Erik trug ihn beinahe die hintere Treppe hinauf und setzte ihn auf die Kante seines Betts, wo er unkontrolliert zitterte. „Kalt hier drin", sagte Erik. „Ich mache Feuer."

Er nickte schwach, doch der Wachmann hatte sich bereits abgewandt. Jeder einzelne Muskel zitterte, sein Verstand taumelte am Rande des Deliriums. Rollins würde hoffentlich bald eintreffen. Dieser Wunsch wurde erfüllt.

„Was soll diese Blasphemie?", donnerte der kleine, gut gekleidete Mann von der Tür aus. War Rollins Stimme schon immer so laut und lallend gewesen? Der Prinz sammelte die letzten Kräfte und setzte zu der Rede an, die er unterwegs eingeübt hatte. „Es gibt einen … Mann.

Heuwagen im …" Die verfluchten Zähne hörten nicht auf zu klappern. „Regen. Wird den König ansprechen. Bez… Bezahlt ihn."

Rollins nahm Haltung an. „Ja, Euer Hoheit."

„Kündigt. Ball an. Jede junge Frau … im Land. Dr… drei …" Er wusste nicht, ob ihn zuerst seine Stimme oder seine Atmung im Stich lassen würde.

„Drei Bälle oder drei Tage, Majestät?"

Sich aufrecht zu halten und zusammenhängend zu reden, war so anstrengend, dass ihm der Schweiß auf der Stirn ausbrach. „Beides. Außerdem … schickt … Schreiben. Pf-Pfandleiher." Rollins trat vor, und der Prinz murmelte seine Anweisungen mit so wenigen Worten wie möglich. Rollins nickte, verbeugte sich und steuerte die Tür an. „Wie Ihr wünscht Majestät. Auf der Stelle, Majestät."

„Rollins." Sein Diener hielt inne. Der Prinz atmete tief durch und konzentrierte sich darauf, seine zerstreuten Gedanken zu sammeln. „Sagt meinem Vater bitte … dass ich zurück bin."

Rollins verbeugte sich noch einmal lächelnd. „Schön, dass Ihr wieder da seid, Majestät."

Rumbold ließ sich das durch den Kopf gehen. *Wieder da.* Er war wieder da. Erschöpft sackte er auf die seidene Bettwäsche und verlor immer wieder das Bewusstsein. Er hörte Eriks tiefen Bariton vom Kamin herüberdringen, wo er hockte und den alten Holzscheiten Flammen entlockte.

„Sieh an, sieh an. Das dürfte interessant werden."

5 Niederträchtig

Jemand stupste Sunday in die Seite und weckte sie. Als sie die Augen aufschlug, ragte ihre Mutter über ihr empor. Da wegen des heftigen Sturms alle zeitig zu Bett gegangen waren, erwartete Mama, dass sie umso früher aufstanden. Seven Woodcutter gehörte nicht zu den gutmütigen, Kekse backenden Müttern, sondern war eher die mit der eisernen Rute. Wenigstens züchtigte sie ihre Kinder nicht damit. Jedenfalls nicht mehr.

Sunday bemerkte das vertraute Rascheln von Papier unter ihrer Wange – sie war schon wieder beim Schreiben eingeschlafen. Ihr Blick huschte zum Nachttisch mit dem Kerzenständer, auf dem sich ein kurzer Stummel befand. Die gütige Friday musste sie gelöscht haben. Wenn Mama morgens eine komplett heruntergebrannte Kerze entdeckte, die bewies, wie verschwenderisch sie war, hielt sie Sunday eine deftige Standpauke.

Die Zaubersteine und Grummels glänzende goldene Kugel lagen neben dem Kerzenhalter. Als Sunday ihrer Familie die Kugel gezeigt hatte, sagte Mama nur, dass sie sich nicht zu sehr daran gewöhnen solle, da man sie umgehend zu Geld machen müsse, um den Verlust der Kuh auszugleichen.

Mama war ein furchtbarer Pfennigfuchser, allerdings hatte Sunday den Verdacht, dass kein Gold der Welt sie glücklich machen würde. Sie fragte sich, ob es überhaupt etwas gab, das sie glücklich machte. Sie überlegte, ob ihre Mutter jemals glücklich gewesen war. Wenn dem so sein sollte, hätte sie es gern miterlebt.

Noch ein Stupser.

„Es hat eine Kundgebung gegeben", sagte Mama.

Sunday stöhnte. Königliche Kundgebungen bedeuteten mehr Arbeit, weniger Nahrung und den Verlust von etwas, das selbstverständlich gewesen war.

„Prinz Rumbold wird drei Bälle abhalten."

Jener Kronprinz, der durch die böse Fee ihre Familie für immer ruiniert hatte. Jener Prinz, der sich plötzlich aus der Öffentlichkeit zurückgezogen hatte und von dem in den vergangenen Monaten behauptet worden war, er sei entweder krank, verschwunden oder tot. Nun schien er jedoch genesen, gerettet oder wieder auferstanden zu sein. Wie dem auch sei, offensichtlich hatte jemand Seiner Lästigen Hoheit zuflüstert, drei Bälle zu veranstalten. Und er war so anmaßend, dass er sie sogar auf dem Land verkünden ließ, als ob hier auch nur ein Hahn danach krähen würde.

„Schön für Prinz Rumbold." Sunday drehte sich um. Das weiche Kissen roch herrlich nach Schlaf.

Ein weiterer Stupser. „Alle geeigneten Frauen des Landes sind eingeladen. Wenn du brav bist und deine Aufgaben erledigst, darfst du hingehen."

Sunday konnte sich nichts Schlimmeres vorstellen, als an einer langweiligen politischen Veranstaltung teilzunehmen. Sie würde viel lieber zum Brunnen gehen und Grummel besuchen. „Viel Spaß dabei. Ohne mich."

Das Buch wurde unter ihrer Wange hervorgezogen. Sunday streckte die Hand aus und wollte es packen, Mama war jedoch zu schnell.

„Du gehst heute auf den Markt und verkaufst die goldene Kugel", befahl Mama. Sunday heftete den Blick auf das Buch in Mamas Hand. „Trix soll mit dir gehen. Er muss ebenfalls Wiedergutmachung leisten. Abgesehen von den Sachen, die wir ohnehin benötigen, besorgst du sämtliches Zubehör, das Friday zum Nähen eurer Kleider braucht. Sie sitzt schon in der Küche und stellt eine Liste zusammen. Den Göttern sei Dank für Thursdays Weitsicht."

Man könnte auch Joy dafür danken, dass sie Thursday ein verzaubertes Fernrohr geschenkt hatte. Oder Grummel, dessen goldene Kugel alle rettete. Oder seiner interessanten und großzügigen Freundin Sunday, die zu abgelenkt war, um zu widersprechen.

„Danach erledigst du deine Aufgaben und übernimmst zusätzlich Fridays Arbeit für die nächsten drei Tage. Dann darfst du die Bälle besuchen."

„Etwa alle drei?", jammerte Sunday.

„So ist es."

„Und wie steht Papa dazu?" Sunday konnte sich nicht vorstellen, dass Vater in dieser Angelegenheit klein beigeben würde, schließlich ging es um die grässliche königliche Familie.

„Dein Vater hat hier nichts zu sagen. Jedes Mädchen im Land wurde eingeladen, und jeder wohlhabende Mann wird eine Einladung erhalten. Was dieser grauenvolle Prinz auch getan haben mag, interessiert mich nicht. Immerhin könnte das die einzige Gelegenheit für meine Töchter sein, sich einen anständigen Mann zu angeln. Bis Ende der Woche möchte ich mindestens eine von euch glücklich verlobt sehen. Ist das klar?“

Sunday konnte sich nicht vorstellen, dass daraus irgendetwas „Glückliches“ entstehen könnte, aber sie nickte gehorsam, während ihr Buch in Mamas Tasche verschwand.

„Sunday.“ Mama klang plötzlich anders. Erschreckt wandte Sunday den Blick von der Tasche ab, die ihr Buch gefangen hielt. „Du hast doch nicht etwa vor, dein ganzes Leben hier zu verbringen, oder?“, sagte Mama trällernd.

„Nein.“

„Wenn du tust, was ich dir sage, bekommst du jeden Abend vor dem Schlafengehen dein Tagebuch. Morgens nehme ich es aber wieder an mich. Verstanden?“

„Ja, Mama.“ Sundays Mutter erhob sich vom Bett. Wenn ihre Schürze nicht nach Mehl gerochen hätte, hätte sie womöglich nicht geglaubt, dass Mama überhaupt da gewesen war. Zum ersten Mal seit sechzehn Jahren hatte ihre Mutter tatsächlich *mit* ihr geredet und nicht nur an ihr vorbei.

Benommen zog Sunday sich an und nahm die goldene Kugel vom Nachttisch. Sie drückte sich das kalte Metall an die Brust und dachte an ihren Freund. Anschließend steckte sie die Kugel in die Tasche und ging nach unten, um Trix und Friday zu holen.

Der Sturm hatte auch im Wald sein Unwesen getrieben. Papa zufolge sorgten die Feen für Unwetter, weil sie das Gleichgewicht aus dem Lot bringen wollten. In der Welt der Magie musste aber eine Ausgewogenheit bestehen, da sonst das Gefüge der Welt vernichtet wurde. Deshalb nahmen die Feen nie ein Kind an, sich ohne ein Wechselbalg an seiner Stelle zurückzulassen. Sie belohnten eine Person und bestraften eine andere. Wenn nur ein mächtiger Zauber ausgesprochen oder gebrochen wurde, geriet das Gleichgewicht ins Wanken. Die Stürme waren eine Möglichkeit, die Aufmerksamkeit der Götter zu erregen.

Beim Abendessen hatte Wednesday erwähnt, dass es der erste schlimme Sturm, seit Mondays Auszug gewesen sei. Natürlich hatte sie es mit blumigen Worten umschrieben und es eher angedeutet, als es direkt zu sagen, und es hatte sich *gereimt*. Dennoch hatte Mama es sehr gut verstanden, denn sie schickte sie mit unmissverständlichen Worten auf ihr Zimmer, ohne blumig zu reden.

Sunday kletterte hinter Trix über einen gewaltigen Felsen, um einen zersplitterten Baum zu umgehen. Auch wenn sie zu jung war, um sich an Mondays Sturm zu erinnern, würde sie diesen garantiert nicht vergessen. Von den Göttern geschickt oder nicht, er hatte ein ziemliches Chaos angerichtet.

Friday plapperte auf dem ganzen Weg zum Markt, als würden Sunday und Trix sich auch nur im Geringsten für Bänder, Knöpfe oder Schleifen interessieren. Trix schlug Räder, während Friday über Säume und Rüschen quasselte. Sunday stellte sich vor, dass die Wolken wie Figuren aussahen, während Friday jammerte, zu wenig Zeit für ordentliche Stickereien zu haben. Währenddessen behielt sie Trix im Auge, um sicherzustellen, dass er nicht vom Weg abkam. Friday träumte derweil von einer kleinen Bordüre, die sie gern hätte. „Es ist natürlich Luxus, aber eine kleine Bordüre wäre schön, verstehst du."

Sunday blieb stehen, als sich die Steinsäule und der krumme Baum vor ihnen abzeichneten. Sie markierten den Weg zum Zauberbrunnen – zu Grummel. Sie hätte sich am liebsten von ihren Geschwistern getrennt, doch Friday war viel zu sanftmütig, um Trix im Zaum zu halten. Wer wusste schon, welchen Unsinn die beiden anstellen würden, wenn sie ohne Aufsicht waren. Es war auch so schon schwer genug, ohne dass sie die wertvolle Kugel einem Pfandleiher übergeben musste.

„Sunday?"

Friday rief nach ihr. Sunday bemerkte, dass sie wie angewurzelt stehen geblieben war und in den Wald starrte. Trix nahm ihre Hand und drückte sie. „Tut mir leid", sagte sie. „Mir geht's gut. Gehen wir weiter." Vorsichtig trotteten sie weiter den zerstörten Pfad entlang.

Die Woodcutters hatten im Laufe der Jahre regelmäßig mit Johan Schmidt Geschäfte gemacht. Der Mann war immer für eine gute Geschichte zu haben und hörte genauso gern, welche, wie Sundays Vater welche erzählte. In der Zwischenzeit war sein Haar schütter und seine Brillengläser immer dicker geworden. Und vom ständigen Brüten über Pergamenten und Münzstapeln hatte er einen Buckel bekommen. Er saß mit finsterer Miene über einem Pergament gebeugt, während sie sich näherten.

„Lächerlich", brummelte er. „Einfach absurd. Menschenskind, es ist bloß … Miss Woodcutter! Wie schön, dich zu sehen."

„Guten Morgen, Mister Schmidt", grüßte Sunday. „Wie geht es Ihnen?"

„Gut gut. Wie geht es deinen lieben Eltern?"

„Beide sind gesund und munter, danke." Sunday klammerte sich an die Kugel in ihrer Tasche, die ihr einen letzten wertvollen Augenblick lang gehörte. „Ich hoffe, Sie können uns bei einer etwas eigenartigen Sache helfen."

Er hob eine Augenbraue. „Das Wort *eigenartig* klingt aus dem Mund eines Woodcutters in der Tat eigenartig. Ich werde mein Bestes geben. Was kann ich für euch tun?"

„Ich frage mich, wie viel Sie uns dafür geben können." Die Kugel landete mit einem dumpfen Knall auf dem Tisch. Wo eben noch die Kugel gelegen hatte, fühlte sich ihre Hand viel zu leicht und leer an.

Schmidt starrte sie an. Sein Blick wanderte zum Pergament in seiner Hand, dann zu Sunday und zur Kugel zurück. Er hob sie hoch. „Nun, ich kann euch jedenfalls nichts dafür geben." Schmidt räusperte sich. „Panser!"

Ein dürrer junger Mann in einem schlotternden Anzug kam herbei. Friday beugte den Kopf, schaffte es aber nicht, ihr Grinsen zu verbergen, als sie sein struppiges dunkles Haar und die geröteten Wangen sah. Panser lächelte Friday schüchtern zu und nickte höflich in Sundays Richtung. „Ja, Meister Schmidt?"

Schmidts Augen klebten noch immer auf dem goldenen Ball. „Hol die Geldbörse von meinem Schreibtisch. Die Violette aus Samt. Und beeil dich." Schmidt rückte seine dicke Brille zurecht und schielte Sunday über die Gläser hinweg an. Sie wappnete sich. Er würde wahrscheinlich wesentlich weniger bieten, als die Kugel wert war, und sie würde verhandeln müssen. Da sie ihren Vater oft dabei beobachtet hatte wusste sie, wie der Hase lief. Sie würde es schon schaffen.

Schmidt räusperte sich erneut. „Miss Woodcutter, ich muss zuerst mit einigen Kollegen besprechen, welche Summe ich für so ein seltenes und merkwürdiges Exemplar bieten kann."

„Wir können warten", sagte Sunday.

„Es wird aber länger dauern. Alte Kerle wie wir streiten gern über merkwürdige Dinge." Panser kam mit dem violetten Beutel zurück, Schmidt hielt ihn Sunday hin, ohne ihn zu öffnen. „Ich will euch nicht vom Einkaufen abhalten. In diesem Beutel sind Gutscheine, damit könnt ihr eure Besorgungen bezahlen. Auf ihnen steht mein Siegel und ich bürge an jedem Stand für euch."

Trix' Missgeschick hatte Sunday misstrauisch gemacht. Sie wollte ihre weltlichen Habseligkeiten nicht für eine Handvoll irgendwas eintauschen. Entschlossen schnürte sie den Beutel auf, den der Pfandleiher auf den Tisch geworfen hatte. Darin befanden sich einige metallene Wertmarken mit einem aufgeprägten Drachen, der vom königlichen Siegel abgeleitet worden war. Wenn jede Marke auch nur einen halben Silberling wert war, war das mehr, als sie an einem Tag ausgeben wollte. „Aber Sir …"

Schmidt hob eine Hand. „Glaub mir, junge Dame, du wirst den Wert der Kugel nicht in Waren umsetzen können. Sag den Markthändlern, dass sie deine Einkäufe zu mir schicken sollen."

„Vielen Dank, Sir." Sie knickste und Friday zerrte sie davon, bevor Schmidt es sich anders überlegen konnte.

Weil Trix darauf bestand, entnahm Sunday dem Samtbeutel einige Wertmarken und überreichte sie ihm mit mahnenden Worten. „Du kaufst weder Kühe noch tauschst du irgendetwas gegen Bohnen ein oder reitest auf Zentauren."

„Keine Sorge", sagte er. „Ich passe auf." Sprach's und verschwand in der Menge.

Sunday beobachtete, wie Friday an jedem Stand um Stoffreste und Garnituren feilschte. Trotz Fridays gutmütigem Wesen erwies sie sich als sturer Verhandlungspartner – scheinbar hatte sie doch einiges von Mama geerbt. Es dauerte aber nicht lange, bis Sundays Faszination nachließ und ihr die Waren an den anderen Ständen ins Auge fielen. Das Hinsehen allein war schon Luxus, da es sich die Ärmsten nicht leisten konnten, sich zum Stöbern verleiten zu lassen.

Friday weigerte sich strikt, den Beutel an sich zu nehmen und verhandelte, indem sie behauptete, kein Geld zu haben. Deshalb versuchte Sunday, sich nicht allzu weit zu entfernen. Sie lungerte bei einem Goldschmied herum und vermisste die goldene Kugel und ihren Freund, während Friday ausführlich über die Details feiner Spitze diskutierte. Hinter dem Stand saß eine Hochschwangere und fächelte sich trotz des kühlen Vormittags Luft zu. „Du bist wunderhübsch", sagte sie zu Sunday.

„Danke sehr." Sunday war nicht an Komplimente gewöhnt.

„Kann ich dir helfen?" Die Frau stemmte sich eine Hand ins Kreuz und erhob sich von ihrem Stuhl.

„Nein, bitte." Sunday hob eine Hand. „Machen Sie sich keine Umstände. Ich befürchte, Ihre Ware ist ein wenig zu extravagant für jemanden wie mich."

Die Frau lächelte erleichtert und setzte sich wieder. „Ich weiß, was du meinst", sagte sie. „Wir können uns die Herstellung kaum leisten.

Aber die Stücke sind wunderbar, nicht wahr?“

„Ja“, sagte Sunday. Es fiel ihr schwer, die Augen davon abzuwenden. Die Halsketten und Armreifen waren schlicht, aber elegant. Die Ringe waren mit filigranen Details und kleinen wertvollen Steinen versehen. Dem zerfledderten Kleid und dem Papierfächer der Frau nach zu urteilen, waren sie und ihr Mann wohl gezwungen, eher auf Qualität als Quantität zu setzen. Was weise war, denn die kleineren Stücke musste man genauer unter die Lupe nehmen, zudem hoben sie sich von den langweiligen Artikeln der anderen Stände ab.

„Manchmal stelle ich mir vor, dass sie mir gehören“, fuhr die Frau fort, wobei ihre Stimme leise durch die Luft schwebte, während Sunday von den Schmuckstücken so gebannt war, dass sie nicht bemerkte, dass die Frau aufgestanden und zu ihr herübergekommen war. „Als wäre ich eine Prinzessin.“ Ihre weit auseinanderstehenden violetten Augen funkelten, eine schwarze Locke war aus dem Kopftuch gerutscht und bildete einen starken Kontrast zu ihrer hellen Haut. Vermutlich war sie einmal hübsch gewesen, doch da sie ein Kind erwartete, würde der Traum, Prinzessin zu sein, nicht in Erfüllung gehen. Sunday empfand Mitgefühl für die Frau und überlegte, ob sie etwas kaufen sollte. Es würde sicher kein Problem darstellen. Grummel wusste, dass sie die Kugel ihrer Familie zuliebe verkaufen musste, und hätte sicher gewollt, dass sie etwas für sich erstand, um sich an die großzügige Geste ihres Freundes zu erinnern.

Sundays Hand schwebte über einem kostbaren Einsteckkamm. Sie erkannte die winzigen, in den Steg eingelassenen blassblauen Steine nicht, die fast weiß wirkten. Die Ätzungen um den Rand herum waren so schön, dass Sunday ihn näher betrachten musste. Die Runen riefen ihren Namen. Sie konnte ihn beinahe dazwischen geschrieben sehen. Die Frau nahm den Kamm, und Sunday sehnte sich danach, ihn selbst in der Hand zu halten. „Möchtest du ihn anprobieren?“

Sunday konnte an nichts anderes mehr denken. Sie musste den

Kamm berühren. Sie brauchte ihn. Er gehörte ihr. Er war eigens für sie angefertigt worden. Hörte die Menge denn nicht, wie er ihren Namen sang? Sie streckte ihre unwürdigen Finger aus, um den herrlichen Gegenstand zu ergreifen.

„Ooooh, was hast du denn entdeckt?“, platzte Friday heraus. Sie rempelte Sunday mit der Hüfte an, sodass sie den Kamm verfehlte, als sie danach griff. „Was für eine schöne Brosche. Sunday, hast du die gesehen?“

Sunday verzog mürrisch das Gesicht.

„Jeder Gegenstand hier würde sich geehrt fühlen, solch schöne Frauen zu schmücken.“

„Vielen Dank, das ist sehr freundlich von Ihnen“, sagte Friday. „Ich fürchte, wir haben heute noch viel zu erledigen. Vielleicht ein andermal. Einen schönen Tag.“

Sunday stieß Friday leicht in die Seite, bevor sie sich vom Stand wegführen ließ. „Friday, das war furchtbar unhöflich.“

„Tut mir leid, aber wir haben keine Zeit. Wir müssen an so vieles denken! Unterwäsche beispielsweise. Hast du dir schon Gedanken gemacht, was du unter deinem schicken silbernen Kleid tragen willst?“

Das hatte Sunday allerdings nicht. Sie musste sich geschlagen geben und ihrem Glücksstern danken, dass Friday jede Kleinigkeit berücksichtigte. Anschließend schleppte Friday sie von einem Stand zum anderen, bis sie das Einkaufen so verabscheute, dass sie nie wieder zum Markt gehen wollte.

„Friday“, sagte Sunday irgendwann, „ich flehe dich an. Wenn ich nicht bald etwas esse, falle ich auf der Stelle tot um.“ Es war bereits Nachmittag und ihr Kopf hämmerte von der Hitze, dem grellen Licht, dem Trubel und der Anstrengung, sodass sie den Gedanken, Friday den Hals umzudrehen, unterdrücken musste. Ihr drang der Geruch von gegrilltem Fleisch und gebackenen Süßigkeiten in die Nase, sodass ihr Magen laut und vernehmlich knurrte. „Bitte.“

„Na gut“, seufzte ihre unermüdliche Schwester. „Gib mir ein paar Marken, damit ich die Dinge kaufen kann, die wir fürs Haus brauchen. Such mich, wenn du fertig bist. Und trödele nicht!“ Sunday übergab ihr die Marken und sah, wie Fridays Patchwork-Rock entschlossen um die Ecke schwang. O ja, Friday schlug auf jeden Fall nach ihrer Mutter.

Sundays Magen knurrte erneut angesichts der Fülle an überwältigenden Angeboten. Es war wesentlich einfacher, etwas zum Essen zu finden, wenn man es sich wegen eines schmalen Geldbeutels nicht leisten konnte, wählerisch zu sein. Jetzt konnte sie haben, was immer ihr Herz begehrte! Sie wollte am liebsten alles probieren und sich für eine Sache entscheiden zu müssen, machte sie ganz krank.

Sie bog in einen anderen Gang ein, wo die leuchtende Auslage eines Obstverkäufers ihre Aufmerksamkeit erregte. Dort standen Körbe voller saftiger Orangen, reifer Bananen und anderer seltsamer Früchte, die ihr fremd waren, aber köstlich aussahen. Das Beste war aber ein Korb mit perfekten roten Äpfeln. Sunday staunte über die Fülle, solche Früchte hatten eigentlich noch nicht Saison. Der Verkäufer betrieb wohl mit Schiffen aus dem Süden Handel oder mit Feen. Da Sunday in der Nähe des Waldes aufgewachsen war, war sie jedoch an ungewöhnliche Dinge gewöhnt.

Sie stand über den Äpfeln und ihr lief das Wasser im Mund zusammen. Sie konnte beinahe das knackige süße Fleisch schmecken. „Entschuldigung“, rief sie in den hinteren Teil des Standes.

Ein Haufen zerfledderter Lumpen erwachte zum Leben und verwandelte sich in eine hagere, bucklige und überwiegend zahnlose alte Frau. „Komme schon, meine Liebe“, krächzte sie. „Alte Knochen, du verstehst.“

Sunday wartete ungeduldig, während die Alte auf ihren krummen Gehstock gestützt langsam nach vorn humpelte. Sie hob den Kopf und schaute mit blassen, vom Alter trüb gewordenen Augen zu Sunday auf. „Was kann ich für dich tun, meine Hübsche?“, fragte sie, wobei ihre knotige Hand bereits nach dem obersten Apfel griff. Sie streckte ihn Sunday entgegen, seine dunkelrote Schale glänzte dermaßen, dass sich Sundays Gesicht darin spiegelte. Ihr Magen verkrampfte sich vor Hunger, sie konnte kaum sprechen. Sie nahm eine Marke heraus, um den Apfel zu bezahlen.

Da krachte etwas und jemand schrie: „Ich schneid dir die Ohren ab, Junge!"

Sunday atmete schneidend ein.

Trix.

„Für Ihre Mühen, Großmütterchen." Sunday drückte der alten Frau die Wertmarke in die Hand und hastete davon, um ihren dummen, ungestümen Bruder zu retten. Sie fand ihn halb vergraben unter einem umgekippten Wagen mit Pasteten.

Sie packte Trix an einem Ohr – die einzige Stelle, die nicht mit Saft, Fleisch oder Teig beschmiert war – und zerrte ihn unter dem Wrack heraus. Das Gesicht des Pasteten-Verkäufers war so rot, dass man auf seiner Stirn Kuchen hätte backen können. Er presste die Zähne aufeinander, dünne Adern zeichneten sich an den Schläfen ab.

Normalerweise würde Sunday sich davor fürchten, was der Mann ihr oder ihrer Familie antun konnte. Heute trug sie aber einen Samtbeutel an der Taille und strotzte vor Selbstbewusstsein. „Bitte Sir, geben Sie diesen Gutschein Johan Schmidt, dem Pfandleiher. Er bürgt für uns und wird für den Schaden aufkommen."

Der Mann starrte die winzige Marke in seiner riesigen Hand an. Sunday erwartete, gleich von ihm heruntergeputzt zu werden. Sie verschränkte die Hände, um das Zittern zu verbergen und sah, wie die Zornesröte im Gesicht des Pasteten-Manns verblasste. Er zog den Hut von seinem kahlen Schädel und drückte ihn an die Schürze vor seiner Brust. „Vielen Dank, Mylady. Sehr freundlich von Euch. Ich werde ihm gleich einen Besuch abstatten."

Auch wenn sie mit Merkwürdigkeiten spielend zurechtkam,

überstieg das alles bisher Dagewesene. Wurden wohlhabende Leute immer so zuvorkommend behandelt? Sie und Trix hatten einen ordentlichen Rüffel verdient, egal, wie viel Geld in ihrer Börse steckte. Wie dem auch sei, sie freute sich, keinen Ärger zu bekommen. Sie dankte stumm den Göttern und zerrte Trix fort, um Friday zu suchen. Sie durchsuchte die Menge nach Fridays auffälligem Rock.

„Es war ein Unfall." Trix' verschmitzt funkelnde Augen sagten etwas anderes, genau wie der getrocknete Sirup in seinem Haar.

Sunday schüttelte den Kopf. „Du siehst furchtbar aus."

Er fuhr sich mit einem Finger über die Wange und leckte ihn ab. „Furchtbar lecker." Er zog einen leicht zerdrückten Kuchen aus seiner Tasche und hielt ihn ihr hin. „Für dich, Mylady."

Bei der ganzen Aufregung hatte Sunday ganz vergessen, dass der Hunger drohte, sie in Stücke zu reißen. Dankbar nahm sie den Kuchen. „Du musst dich irgendwie sauber machen", flehte sie ihn an. „Weil ich Mama deine Mätzchen erklären musste, habe ich mir in letzter Zeit nur Scherereien eingehandelt." Er stimmte zu und sie stapfte widerwillig davon.

Sie fand Friday bei einem Stand, an dem es Bänder in Hülle und Fülle gab. Sie hingen in unzähligen Regenbögen vom Dach herab und wiegten sich in der Brise, wobei sie im Sonnenlicht wie Feenstaub blinkten und glitzerten. Jetzt war Sunday zum ersten Mal begierig darauf, Friday zu helfen.

Die junge Verkäuferin faltete die Bänder und packte sie in die Taschen. Friday und Sunday erstanden so viele Bänder, dass sie sie niemals alle würden tragen können. Sunday wollte zahlen, und die Verkäuferin mit den tiefvioletten Augen winkte sie lächelnd nach vorn. Sunday fiel zum ersten Mal auf, dass es auf dem Markt viele Leute mit violetten Augen gab, zweifellos waren alle miteinander verwandt.

„Meine Familie weiß Euren Brauch zu schätzen, Mylady", sagte die Verkäuferin und nahm die Marke entgegen. „Ihr wisst nicht wie sehr.„Sie nahm ein leuchtend blaues Band vom Dach des Standes. „Bitte lasst mich mit diesem Geschenk meiner Dankbarkeit Ausdruck verleihen."

Sunday hob ihr Haar an, damit das Mädchen ihr das Band um den Hals legen konnte. Sie war froh, endlich ein Andenken an diesen Tag zu haben, für das sie kein schlechtes Gewissen haben musste, obwohl sie insgeheim hoffte, dass das Mädchen Schmidt den Preis dafür nennen würde. Von Ehrfurcht erfüllt berührte Sunday das seidene Band um ihren Hals. „Ich werde es in Ehren halten."

„Es passt zu Euren Augen." Die Verkäuferin neigte den Kopf. Sunday nickte ebenfalls höflich und rannte anschließend los, um ihre Geschwister einzuholen.

Panser stand an der Bude des Pfandleihers. Der Auszubildende entdeckte sie und holte rasch seinen Meister. Schmidt erschien auf der Stelle, lächelte und rieb sich selbstzufrieden den Bauch. Sunday erwartete, sich mit der aufgeschobenen Verhandlung herumplagen zu müssen und hielt den Atem an. „Ich gehe davon aus, dass Sie sich inzwischen mit Ihren Kollegen beraten haben", sagte sie beherzt.

„Das habe ich tatsächlich", kicherte Schmidt. „Das habe ich wahrlich. Hast du die Geldbörse noch?"

Sunday legte den Samtbeutel auf den Tresen. Sie hatten nur wenige Marken ausgegeben, aber Sunday fragte sich, was der Mann für jede davon berechnen würde. Sie behielt Schmidt im Auge, während er die Wertmarken zählte und zu schiefen Stapeln stapelte. Er hatte sie vor der Übergabe nicht gezählt, und jetzt bereute sie es nicht gleich nach dem Erhalt getan zu haben.

Schmidt schnappte sich eine weitere Tasche von Panser und bemerkte gar nicht, dass er Friday unentwegt anlächelte. Schmidt nahm für jede Wertmarke auf dem Tisch ein Goldstück aus dem Beutel.

Sunday war verwirrt. Wenn man das Gold auf dem Tresen

einschmelzen würde, käme eine Kugel dabei heraus, die dreimal so groß war wie die ursprüngliche Kugel. Und nach dem Zählen würde er ihre Ausgaben davon abziehen, dachte Sunday, doch das tat Schmidt nicht. Er schob die aufgetürmten Goldmünzen in den Samtbeutel und schnürte ihn zu.

„Bitte sehr, meine Liebe. Panser hat einen Wagen besorgt, damit ihr eure Einkäufe transportieren könnt."

Sie versuchte nichts zu erwidern, aber das war zu viel. „Sir, ich glaube …"

Schmidt warf ihr einen eindringlichen Blick über die dicken Brillengläser zu. „Du stellst mich doch nicht infrage, oder?"

„Nein, Sir."

„Nimm die Tasche und geh schnell nach Hause. Grüß deine lieben Eltern von mir."

„Ja, Sir", murmelte sie. Die Tasche war so schwer, dass sie sie kaum heben konnte. „Vielen Dank, Sir."

Panser führte sie zu dem Wagen, wo die Ausbeute des Tages wartete. Er half Friday auf den Sitz neben dem Kutscher. Sunday und Trix stiegen hinten ein.

Das Gold war so schwer in Sundays Tasche, dass ihr Kleid vorn heruntergezogen wurde. Sie richtete ihre Schürze, bis der Beutel angenehmer auf ihrem Schoß lag. Hatten sie wirklich so wenig ausgegeben? Sunday hätte Friday eventuell vom Feilschen abhalten können, aber sie hatte solchen Spaß daran gehabt, dass Sunday ihr nicht in die Quere kommen wollte.

Noch merkwürdiger war aber die Rückfahrt durch den Wald, die sie über die Straße führte, die sie vorher zu Fuß zurückgelegt hatten. Der Weg war jetzt frei, es sah aus, als hätte der Sturm nie stattgefunden. Nur ein großer Ast versperrte den Weg. Der Kutscher hielt an und entfernte ihn, indem er ihn an einer Steinsäule und einem krummen Baum vorbei ins Gebüsch zerrte.

O Grummel. Sie könnte einfach vom Wagen springen. Es dauerte schließlich noch eine Weile, bis die Dämmerung hereinbrechen würde. Niemand würde sie oder die Münzen in ihrer Tasche vermissen, da keiner damit rechnete. Aber Trix würde bestimmt mitkommen wollen, und dann wäre Friday beleidigt, weil sie auf dem Wagen bleiben musste.

Sunday drehte sich um und sah ihre hübsche Schwester auf dem Kutschbock an. Die liebe, gute, süße Friday, deren Herz von reinerem Gold war, als es jede Kugel je sein oder eine Fee es erschaffen konnte. Die entzückende Friday mit dem mahagonifarbenen Haar und den rauchgrauen Augen und den Patchwork-Röcken, die sich wie ein Heiligenschein der Liebe um sie bauschten. Sunday hatte gesehen, wie Panser um Friday herumscharwenzelt war. Alle scharwenzelten um sie herum. Soweit Sunday wusste, war sie das einzige Mädchen, an das sich Grummel erinnerte. Auch wenn er sie vielleicht liebte, kannte Sunday ihn kaum und wusste nicht, ob sie darauf vertrauen konnte, dass er sie noch liebte, wenn er erst ihre schöne Schwester getroffen hatte.

Sunday befühlte das seidene Band um ihren Hals, die einzige greifbare Erinnerung an diesen Tag und spürte, wie eine altbekannte Boshaftigkeit sie übermannte. Sie wusste genau, was sie war. Undankbar. Selbstsüchtig. Eifersüchtig. Niederträchtig. Böse. Es war hoffnungslos.

Trix folgte ihrem Blick zur Säule und sah Sunday in die Augen. Er hob fragend eine Augenbraue, und sie schüttelte den Kopf. Sie wollte Grummel mit niemandem teilen, auch wenn es bedeutete, einen Tag auf seine Gesellschaft zu verzichten.

Nachdem der Kutscher den Ast aus dem Weg geräumt hatte, setzte er die Fahrt fort. Er hielt vor dem Haus und bot seine Hilfe beim Entladen der Einkäufe an. Friday klimperte mit den Wimpern. Sunday dankte ihm. Trix rannte ins Haus, zweifellos begierig darauf, ihren Eltern von dem aufregenden Vormittag mit dem umgekippten

Pasteten-Wagen und ihrem neu entdeckten Reichtum zu erzählen.

„Mama! Papa! Ihr könnt euch nicht vorstellen ...“, begann Trix und verstummte.

Neben Mama stand eine fremde Frau. Sie war knapp einen Kopf größer als ihre Mutter, sah aber viel jünger aus. Ihr dunkles Haar war zu einem lockeren Knoten gebunden, in ihren ebenso dunklen Augen funkelte etwas Temperamentvolles. Sie trug einen hübschen wollenen Rock, ein steifes Leinenhemd mit Spitzenbesatz und einer kleinen Brosche am Kragen.

Wenn sie etwas jünger gewesen wäre, wäre sie Wednesdays Ebenbild gewesen.

Sunday wollte nichts sagen und ließ ihren mürrischen Gesichtsausdruck für sich sprechen.

„Nun denn“, sagte die Frau. „Offenbar bin ich gerade noch rechtzeitig gekommen.“ Sie ging zu Sunday, riss ihr das seidene Band vom Hals und warf es in den Kamin.

Sundays schönes Geschenk ging in Flammen auf. Während es verbrannte, wurden die Flammen grün. Giftiger Qualm stieg auf und schwebte über dem Holz. Der Rauch verwandelte sich in eine zischende und spuckende Schlange, die sich kurz darauf auflöste und den Kamin hinaufstieg. Die Überreste des Bandes zerfielen zu Asche.

Sunday ging auf die Frau los. „Wer sind Sie?“

„Du erkennst mich natürlich nicht, mein Kind. Du warst noch zu jung.“ Sie packte Sunday an den Armen und küsste sie auf die Wangen. „Ich bin deine Tante Joy.“

6 Düstere Harmonie

Rumbold benötigte einige Zeit, um zu realisieren, dass das Feuer erloschen war. Nachdem er monatelang beim Aufwachen das Summen und Rascheln des Waldes gehört hatte, war er nun von einer Leere und Einsamkeit erfüllt. Es war seltsam, dass im Schloss keine Insekten summten, keine Eulen heulten und das Gebüsch nicht raschelte. Es gab kein fahles Mondlicht, das die finsteren Pfade beleuchtete. Es flüsterte kein Wind über das Wasser, sodass es gegen die Wände des Brunnens klatschte.

Aber es gab ein Flüstern.

Eine alte Angst aus Kindheitstagen schlich sich mit neuer Macht in sein Herz. Damals hatte sich das Flüstern immer zur Geisterstunde in und um seine Gemächer herum geregt, ihn gequält und seinen Kopf mit gesäuselten Worten erfüllt. Wenn er sich etwas in die Ohren gestopft hatte, um das körperlose Geschwätz loszuwerden, überfiel es ihn beim Essen oder in der Empfangshalle. Im Laufe der Zeit waren die Geräusche verschwunden, möglicherweise war es jedoch mit dem Älterwerden einfach vergessen gegangen.

Während seines Lebens als Frosch hatte er gelernt, mit den ständigen Geräuschen der Umgebung zu leben. Dort hatten sie ihn angeleitet und beschwichtigt. Hier erschütterten sie ihn bis ins Mark.

Sein Instinkt drängte ihn dazu, sich zu verstecken, sich die Decke über den Kopf zu ziehen und sich die Ohren zuzuhalten. Er bildete sich ein, dass die merkwürdigen Geräusche, die durch den Flur drangen, von den murmelnden Dienern stammten. Er stellte sich vor, dass sie sich nicht in seinem Zimmer befanden. Keine Schreie hinter dem Schleier hervordrangen und sich keine uralten, in Stein gemeißelten Erinnerungen in den kalten, erdrückenden Wänden um ihn herum befinden würden. Er erzählte sich selbst Geschichten und malte sich aus, dass sie von Sundays süßer Stimme wiedergegeben würden, wobei ihr goldenes Haar das Sonnenlicht reflektierte und seine Seele erhellte. Er konzentrierte sich auf ihre sonnengebräunte Haut, ihre herzförmigen Lippen, ihre saphirartigen Augen …

Immmeeerrr.

Das lang gezogene „M“ drang in seine Ohren. Hatte er das wirklich gehört? Früher hatte das Geflüster aus undefinierbaren Worten und einem unverständlichen Mischmasch misstönender Laute bestanden. Rumbold konzentrierte sich, um ein bestimmtes Wort aus den rauschenden Klängen herauszuhören. Da er inzwischen ein Mann und kein Kind mehr war, versuchte er, Worte herauszuhören und auf sie zu hören, statt das Weite zu suchen.

Er konzentrierte sich auf den Bass, auf das tiefe, regelmäßige Pochen, das einem schlagenden Herzen ähnelte. Es könnte seinen Namen rufen: *Rumbold. Rumbold.*

Das zischende Flüstern wurde eine Note höher, bevor es sich schließlich zu einem gedämpften Satz formte: *Ich werde immer bei dir sein.*

In der Botschaft lag etwas Wehmütiges wie bei getrennten Liebenden oder einer Familie, die von Zeit und Trauer zerrissen worden war. Der darin enthaltene einsame Schmerz hallte in ihm wider. Er hatte gerade begriffen, worauf er gestoßen war, da stolperte er über die nächste Entdeckung: *Töte mich.*

Rumbold begann zu zittern und versank langsam in seiner Kindheitsangst. Fortan würde das Geflüster nicht mehr im Lärm untergehen. Deutlich hörte er jedes einzelne Wort in seinem Kopf, während sie ihn mit ihrer düsteren Harmonie verfolgten.

Rumbold. Rumbold. Rumbold.

Ich werde immer bei dir sein.

Töte mich.

Befreie mich.

Immer und immer wieder … Obwohl er sich anfangs anstrengen musste, um sie zu hören, war die Kakofonie nun ohrenbetäubend. Er sprang aus dem Bett und tastete sich zum Kamin vor, indem er auf fremden Beinen herumstolperte. Wenn das Flüstern mit der Dunkelheit zu tun hatte, verstummte es womöglich, wenn er sie vertrieb.

Während er auf dem Boden herumkrabbelte, wich der blank geputzte Steinboden Asche und Ruß. Blindlings suchte er nach Holzscheiten, Zündholz, Feuerstein und Stahl. Er fand alles, wusste aber nicht, was er damit anfangen sollte. Er hatte monatelang als Frosch gelebt, die Bedürfnisse eines menschlichen Körpers zu erfüllen war etwas völlig anderes.

Töte mich.

Befreie mich.

Trotz aller Bemühungen brachte er nur ein paar jämmerliche

Funken zustande, die nicht reichten, um das Holz zu entzünden. Also zog Rumbold einen wollenen Bettstrumpf aus, der beim dritten Versuch Feuer fing und qualmte. Er legte die Socke quer über die unordentlich gestapelten Hölzer, die schließlich brannten. Das knisternde Feuer übertönte das Flüstern und dämpfte es ein wenig. Er warf einen Blick zu seinem Bett mit den zur Hälfte zugezogenen Vorhängen, das im Schatten lag.

Am Fußende des Bettes saß eine Gestalt.

Die Gestalt war so groß wie ein Mensch, Rumbold konnte ihr Gesicht nicht erkennen und wollte es auch nicht. Er schichtete weiter Kleinholz auf, damit die hungrigen Flammen höher und heller loderten, als könnte er sie mit schierer Willenskraft in die Sonne verwandeln, um die Schatten aus dem Zimmer zu vertreiben. Um den unheiligen Besucher nicht sehen zu müssen, zog er die Knie an die Brust und vergrub den Kopf in den Händen.

Der Prinz wiegte sich vor und zurück, während das heiße Feuer unerbittlich auf seine Flanke und seinen Rücken prasselte. Er stellte sich vor, dass der Schein des Feuers ihn in eine schützende Decke hüllte. Wenn es nur einen Wunsch brauchte, um etwas in Erfüllung gehen zu lassen, dann würde es ihm gut gehen.

Rumbold erwachte auf dem kalten Steinboden, während ein Vogel ohne Zunge ein hohles Zwitschern von sich gab und ihm schwach die Erinnerung an das Krankenbett eines Helden aus vergangenen Zeiten kam.

Atme.

Langsam nahm er einen tiefen, schmerzerfüllten Atemzug und versuchte, sich zu erinnern. Die grauenvolle Kälte unter ihm stammte von den unnachgiebigen Steinplatten des Kamins; das Zwitschern rührte von einem Silberlöffel, der in einer Porzellanschüssel klapperte.

Er vernahm das leise Pfeifen des erlöschenden Feuers und das Schlurfen von Rollins' Schuhen auf dem harten Boden. Die übrige Welt bestand aus Stein, Ruß und gesegneter Stille. Mit dem Tageslicht war das Flüstern verstummt.

Er wagte es nicht, sich bei Rollins zu erkundigen, was es mit den nächtlichen Lauten auf sich hatte. Seine geistige Verfassung war ohnehin fragwürdig, und er musste zurechnungsfähig und gesund wirken.

Er öffnete ein Auge.

Er durfte keine Mühen scheuen, um seine vollkommene Gesundheit vorzutäuschen.

Man musste Rollins Hochachtung zollen, dass er seinen Schützling mit einem einfachen „Guten Morgen, Majestät" begrüßte und weiter um das Tablett mit dem dampfenden Frühstück herumwuselte, als er ihn vor dem unbequemen Kamin fand, wo er ausgestreckt mit von Asche befleckter Haut und Bettkleidung lag, wobei ihm eine Socke fehlte. Nachdem Rumbold sich endlich in eine sitzende Position geschafft hatte, streckte Rollins ihm die Hand entgegen. Er half dem Prinzen beim Aufstehen und bugsierte ihn auf den Stuhl beim kleinen Tisch. Das Samtpolster war wie eine Wolke unter den steifen Muskeln und schmerzenden Knochen.

„Die Bälle wurden wie gewünscht verkündet, Majestät. Und dem hiesigen Pfandleiher wurden bereits Eure Wünsche übermittelt."

Da es Rumbold schwerfiel zu reden, nickte er nur dankbar. Vor ihm standen ein großer Krug mit Wasser, eine Schüssel mit brauner Brühe, die wie frischer Eintopf roch und ein kleines Glas Ziegenmilch. Tag eins nach dem Fluch: keine feste Nahrung. Die Köchin hatte also daran gedacht. Als er die Sachen sah, wurde er hungrig und dennoch überkam ihn eine Übelkeit.

Rollins drückte sanft seine Schulter. „Nehmt Euch Zeit, Majestät", sagte er. „Ich bereite ein Bad vor."

Rumbold griff nach Rollins' Hand. „Meh …“ Diese grässlichen Worte. „Mei Vattaah.“

Er spürte, wie sich Rollins' Muskeln anspannten. „Euer Vater heißt Euch zu Eurer Rückkehr willkommen. Er wird sich morgen Abend Zeit nehmen und Euch in seinen Gemächern empfangen.“ Er leierte es emotionslos herunter, was bedeutete, dass die Anweisung auf dieselbe Weise überbracht worden war.

Und das war der Stand der Dinge: In ein abscheuliches Ungeheuer verwandelt, monatelang verschwunden, überraschend früh vor seiner erwarteten Rückkehr wieder aufgetaucht, und Rumbold war es immer noch nicht wert, dass sein hochgeschätzter Vater ihm eine unvorhergesehene Audienz gewährte. Es war beinahe beruhigend, dass sich nichts geändert hatte.

Rumbold wartete, bis Rollins in den anderen Raum geschlüpft war, bevor er den schweren Löffel in die unbeholfenen Finger nahm. Die Sonne blinzelte ihm aus dem in den goldenen Griff eingelassenen Edelstein entgegen, und er staunte darüber, wie nutzlos ein Schmuckstück in so einem Utensil doch war. Er konzentrierte sich auf das Zimmer, dessen Wände mit prächtigem Leinen und ehrwürdigen Porträts in breiten Rahmen ausgekleidet waren. Er musste einen Weg finden, sich dieses fantastische Leben voller Verschwendung und Ausschweifungen wieder zu eigen zu machen. Er musste sich daran erinnern, dass er ein Prinz war. Ein von Asche geschmückter Prinz. Ein Prinz, mit dem *ihre* Familie nichts zu tun haben wollte.

Liebe und Zorn brannten ihm in der Brust und krochen ihm unter die Haut. Sie bettelten nach seiner Stimme, seinen Tränen, seiner Wut. Hastig schluckte er den Löffel voll Suppe hinunter. Die Brühe verbrannte ihm die rohe Kehle. Sein Magen rebellierte. Die Gewürze stiegen ihm in die Nase und trieben ihm die Tränen in die Augen, er unterdrückte den Reiz zu würgen jedoch.

In Öl gekocht und auf Eis geworfen.

Schlucken.

Atmen.

Mund öffnen. Luft rein und wieder ausstoßen.

Alles andere spielte keine Rolle.

… und sie liebte ihn von ganzem Herzen.

Er würde auf keinen Fall in Tränen ausbrechen. Starke Männer weinten nicht. Er würde seine letzten kläglichen Kräfte sammeln und seinen Körper zwingen, ihm zu gehorchen. Er würde es sich selbst befehlen, wenn es sein musste. Er dachte an Jack: unerschütterlich, tapfer, starrköpfig. Rumbold würde es auf jeden Fall schaffen. Als der Schmerz nachließ, schluckte er einen weiteren peinigenden Löffel voll Suppe.

Die Rückkehr war Teil des Gewinns.

Während Rumbold im lauwarmen Badewasser lag, wurde ihm bewusst, dass ihm viele Erinnerungen fehlten. Er wusste noch, wie man lief und sprach, konnte sich aber nicht an sein früheres Leben erinnern. Vor seinem geistigen Auge sah er sich als Kind, aber nicht als Erwachsenen. Das Jahr vor seiner Verwandlung war wie ein leeres Blatt. Je mehr er versuchte, die Erinnerungen heraufzubeschwören, umso schneller entglitten sie ihm. Er griff aber nicht danach, sondern vertraute darauf, dass sie im Laufe der Zeit zurückkehren würden. Er hasste die Zeit.

Seltsame Blitze deuteten auf eine Fülle nutzloser Trägheit hin, aber mehr gab es nicht, um das Monster zu erklären, das in ihm tobte. Er war erschöpft und hätte sich Ruhe gönnen und Zeit nehmen sollen, um wieder auf die Beine zu kommen, bevor er sich der Welt und Sunday stellte. Doch die rasende Energie in ihm wollte das nicht akzeptieren. Sie wollte beschäftigt werden. Auf der Stelle.

Da Rumbold sich nicht an sein eigenes Leben erinnern konnte, erinnerte er sich stattdessen an Jacks Leben. Obwohl Jack jung, gesund und gut in guter Verfassung gewesen war, hatte er sich mehrere Tage ausgeruht. Natürlich war Jack länger verwandelt gewesen, allerdings hatte er im Körper eines kräftigen Tieres gelebt, das über Schnelligkeit und Ausdauer verfügte. Er war ein Jahr lang der erste Hund bei der Königlichen Jagd gewesen, unter seiner Leitung hatte sich kein Fuchs lange verstecken können.

Rumbold hingegen hatte neun Monate lang das unterwürfige, minimalistische Leben eines Froschs geführt, der sich kein einziges Mal von der kleinen Lichtung um den Brunnen herum entfernt hatte. Jetzt, da er gerade so laufen, unter Umständen springen, schwerlich rennen, weitestgehend reden und singen konnte –, auch wenn er das vorher nicht weiter getan hatte –, wollte er all das auf der Stelle tun, ungeachtet seiner jämmerlichen Schwäche. Er hatte noch sein ganzes Leben vor sich und wollte keinen einzigen wertvollen Moment davon vergeuden.

Diese Entschlossenheit führte ihn zum Übungsplatz der Königlichen Garde, die Jacks Heimat fern von zu Hause gewesen war. Da Rumbold keine eigenen Fußstapfen hatte, in die er treten konnte, würde er welche nehmen, die er kannte.

Rumbold bemerkte, dass ihm das Gehen leichter fiel, wenn er sich nicht darauf konzentrierte. Sobald er sich den Bewegungsablauf ins Gedächtnis rief, geriet er ins Straucheln. Deshalb überließ er die Sache seinem Unterbewusstsein und vertraute darauf, dass er nicht mit dem Gesicht voraus zu Boden stürzte.

Mit seinen langen Menschenbeinen bewegte er sich stetig vorwärts. Er passierte Steine, die noch vor einer Woche wie Felsen gewirkt hatten und Blumenbeete mit Veilchen, deren Blütenblätter er wie einen Hut hätte tragen können. Er dachte über die Existenz dieser Dinge nach und fragte sich, wie lange es wohl dauern würde, bis er sie nicht mehr bewusst wahrnahm, wenn das überhaupt je geschehen sollte.

Er geriet ins Stolpern und zwang sich, nicht mehr über das Gehen nachzudenken.

Rollins hatte vorgeschlagen, den Weg auf dem Pferd zurückzulegen, doch als Rumbold gestern Abend durch die Stadt marschiert war, hatte er gemerkt, dass die Tiere ihm noch nicht vertrauten. Pferde witterten Flüche. Zudem traute er sich nicht zu reiten, obwohl er von Kindesbeinen an im Sattel gesessen hatte. Normales Gehen stellte schon eine Herausforderung dar. Er stolperte erneut.

Eine leichte Brise zerzauste das frisch geschnittene Haar des Prinzen. Nachdem er gebadet hatte, hatte er sich von Rollins das lange Haar schneiden lassen. Das Ergebnis war nicht gerade ansehnlich. Selbst im nassen Zustand ließ es sich mit dem königlichen Kamm nicht bändigen. Rumbold kam zu dem Schluss, dass es sich wegen des Fluchs so störrisch verhielt. Außerdem störte es ihn nicht.

Die Bäume entlang des Wegs waren massiv und unangemessen zugleich –, auch wenn sie ihn überragten, fehlte ihnen die würdevolle Erhabenheit der alten Wächter des Waldes. Das Laub verfügte weder über eine Persönlichkeit noch eine Seele. Der Himmel war viel zu grell und wolkenlos, der Rahmen aus dichtem Laub fehlte. Das Blau erinnerte ihn jedoch an Sundays Augen, und die Sonne spiegelte ihr Lächeln wider, das warm auf ihn schien. Er hoffte innig, dass sie ihn nicht so armselig empfand, wie er sich fühlte, wenn er ihr als Mann gegenüberstand. Obwohl er sich nach Erinnerungen sehnte, glaubte er, dass es nichts gab, was er mehr herbeisehnte, als seine Sunday wiederzusehen.

Das Übungsgelände befand sich etwa eine Meile weiter auf dem Berg, der den Wald überblickte. Er diente obendrein als Stützpunkt. An einem Tag wie heute konnte er in der Ferne den Fluss als schmale grüne Linie und nördlich davon die von Schnee bedeckten Berge sehen.

Diesem Weg war Jack täglich gefolgt, doch Rumbold hatte früher nur im Sommer mit der Königlichen Garde geübt. Der Prinz wusste nicht, wann er das letzte Mal mit der Garde trainiert hatte, bevor er sich anderen Vergnügungen zuwendete. Da Jack nach seiner Genesung als Erstes hierhergekommen war, schien es sinnvoll, es ebenfalls zu tun. Möglicherweise fand der lodernde Kloß in seiner Magengrube hier Trost. Vielleicht gewann er sogar seine Kraft zurück. Auch wenn er nicht mehr wusste, was für ein Mann er früher gewesen war, konnte er wenigstens Stolz auf den gegenwärtigen Mann aufbringen.

Vor ihm tauchte die kleine Hütte auf, in der die Waffen und das Verbandsmaterial aufbewahrt wurden. Zu seiner Rechten führten Jungen mit langen Übungsschwertern Formationsübungen in synchronen Bewegungen aus. Hinter ihnen stapfte eine Gruppe junger Männer im Laufschritt über den ausgetretenen Weg um das Feld herum. Auf der linken Seite kämpften zwei Männer in den besten Jahren mit Holzstäben. Einer davon war Erik.

Als Rumbold sich näherte, hielt die jauchzende, johlende Versammlung inne. Einige Männer mit gebrochenen Nasen neigten das Haupt, wer keine Stirnlocke zum Zupfen hatte, tippte sich an den Kopf. Die locker sitzende Kleidung der Männer war staubig.

Der Prinz hakte sich bei Erik unter, dessen Hemd und rotbraunes Haar nass geschwitzt waren. Der Wächter hatte in einem Arm mehr Kraft als Rumbold im ganzen Körper, doch das unauslöschliche Feuer in seinem Inneren brannte hartnäckig.

„Guten Morgen, Hoheit." Erik wirkte nicht im Geringsten überrascht, ihn zu sehen. „Erinnert Ihr Euch an Cauchemar?"

Der Prinz sah Eriks Gegner in die Augen. Er erinnerte sich tatsächlich: Velius Morana, sein adliger Cousin und Duke of Cauchemar – jedoch nur dem Titel nach. Von der Unsterblichkeit verführt klammerte sich Velius' kränkelnder Vater mit verzweifelten Mitteln ans Leben, um weiter an der Seite der Königin von Faerie zu leben. Da er nicht in die Fußstapfen seines Vaters treten wollte, bevor sie ihm rechtmäßig gehörten, überließ Velius seiner kompetenten Mutter die Befehlsgewalt über die Ländereien, während er mit der Königlichen Garde trainierte. Das Abkommen kam beiden gelegen und funktionierte bereits seit Jahrzehnten. Genau wie die Aussicht von der Hügelkuppe waren Velius' geschmeidiger Körper, sein rabenschwarzer Pferdeschwanz und sein ausgeglichenes Gemüt schon Bestandteil des Trainingsplatzes gewesen, bevor Rumbold in Kindheitstagen dort trainiert hatte. Wie Rollins und Erik war Velius schon dort gewesen, als Jack und Rumbold verflucht wurden.

Seit Rumbold Velius kannte, war er um keinen Tag gealtert.

Rumbold kreuzte das Handgelenk mit dem seines ironischen, finsteren Cousins und bemerkte, dass Velius summte. Es war weniger ein Geräusch, vielmehr ein Gefühl, das er wiedererkannte. In Velius' tief liegenden indigoblauen Augen spiegelte sich dasselbe Feuer, das gerade in Rumbolds Mitte loderte. Es war ein roher, wellenförmiger, vibrierender Blitz und wich nur geringfügig von dem des Prinzen ab, als befänden sie sich im Einklang miteinander.

Rumbold kamen die kalten, aschebedeckten Steine der vorigen Nacht in den Sinn. *Töte mich. Befreie mich.*

Velius musterte Rumbold. „Er will es wohl versuchen", verkündete der Duke mit so leiser Stimme, dass man eine Stecknadel hätte fallen hören können. Er ließ Rumbolds Hand gerade rechtzeitig los, dass er ungeschickt den Stab auffing, den Erik ihm zuwarf. Eigentlich hatte heute kein Kampf auf dem Plan gestanden, er wusste nicht mal, warum er den Platz aufgesucht hatte. Doch dieser flammende innere Dämon ergriff Besitz von ihm und brüllte vor Vergnügen. Er trat einen Schritt zurück und nickte Velius zu, wobei er ein Grinsen unterdrückte. Er wirbelte den Stab zweimal herum, schätzte sein Gewicht ein, brachte ihn ins Gleichgewicht und packte ihn fest.

Wie ging es weiter?

Denk nicht darüber nach.

Er durfte nicht darüber nachdenken, damit er tun konnte, was man von ihm erwartete. Solange er nicht nachdachte, übernahm sein innerer Teufel die Führung. Vielleicht würde er in dem Drill ein wenig Frieden finden und ihn dann in Ruhe lassen. Jedenfalls hoffte er es. Es war entweder ein sehr kluger oder vollkommen dämlicher Zug.

Denk nicht nach.

Langsam umrundeten sie einander. Rumbold konzentrierte sich auf Velius' tiefblaue Augen. Sie waren so dunkel wie ein Bluterguss, steckten voller Leben und waren so klar wie …

Velius machte einen Ausfallschritt, Rumbold blockte seinen Angriff. Rumbold konterte erneut und startete einen Gegenangriff. Ihre Stöcke prallten immer wieder und immer schneller aufeinander, in einem abgehackten Rhythmus kreuzte sich das schmutzige Holz wie bei einem komplizierten Tanz. Dem Prinzen brach der Schweiß aus. Seine Muskeln brüllten. Das substanzlose Biest tobte weiter.

Rumbold wandte den Blick kein einziges Mal von Velius' strahlenden dunklen Augen ab, denn sie offenbarten jede seiner Bewegungen. Rumbold blickte tief in Velius' kaltes Herz, das ungenutzt vergessen und einsam war – genauso linkisch würde Rumbolds Körper sein, sobald dieses flüchtige Feuer aus ihm wich. Er schmeckte Velius' Seele, dessen widerwillige Hoffnungslosigkeit ihm bitter auf der Zunge lag. Und dort, tief in seinem Inneren, brannte die Flamme, dieses lodernde, unersättliche, unsagbare Bedürfnis, das seinem eigenen glich.

Ein falscher Schritt ermöglichte es dem Duke, Rumbolds Knöchel zu treffen, dann erwischte es seine Flanke, sie kämpften dennoch weiter. Keine Zeit für Schmerzen. Die Stäbe waren eine verschwommene Masse und prallten wiederholt in einem Rhythmus aufeinander, dass es wie ein einziges Geräusch klang. Ein Geräusch, das eine Melodie vollendete, eine Melodie, die durch ein einziges Wort in Stücke gerissen wurde.

„Prinz", murmelte Velius.

Und der Bann war gebrochen. In dem Moment, in dem er sich daran erinnerte, wer und was er war, wich der Zauber von ihm. Der Dämon ergriff die Flucht, sodass es Rumbold von den Füßen riss und er wie ein Sack voll Knochen zu Boden ging. Als er stürzte, fing der Duke ihn mit seinem Stock auf, indem er ihn gegen seine Brust stemmte und ihn wie ein Insekt hinter Glas festnagelte. Er hätte ohnehin nicht aufstehen können, denn sein Atem, der Schweiß, die Energie und sämtliche Sehnen, sogar sein Wesen schienen aus seiner Haut geflossen und in den Dreck gesickert zu sein. Rumbold hatte eine solche Abreibung erhalten, dass seine Schmerzen zehnmal stärker waren als zuvor. Seine geprellten Rippen stachen ihm in die Lunge. Die aufgeplatzten Finger waren blutüberströmt. Er spürte die Blicke der verwirrten Männer um sie herum, die nicht wussten, ob sie dem Gewinner des Duells gratulieren sollten.

Der Duke beugte sich mit überirdischer Anmut über den Prinzen. Seine violetten Augen packten Rumbold fester als der Stab an seiner Brust. „Also, wer ist sie?"

Schock. Überraschung. Rumbold wollte etwas erwidern, aber ihm kam kein einziges Wort über die Lippen. Die monatelange Auszehrung hatte ihn endgültig gelähmt.

„Nein, warte. Lass mich raten." Velius strich sich eine schwarze Haarsträhne hinters Ohr. Er schwitzte kein bisschen, war nicht einmal außer Atem. „Haut wie feinstes Porzellan. Haar wie die weichste Seide. Eine Stimme wie Vogelgesang, ein Lächeln wie Sonnenschein und ein Mund, der deine reinsten und geheimsten Wünsche erfüllen kann."

Rumbold fand seine Stimme und geplagte Zunge wieder. „Du hast … s-sie getroffen?"

Einige Wachleute kicherten. Der Duke legte die Stirn in

gespieltem Ernst in Falten. „O ja, mein Freund. Wir alle kennen sie. Wir sind ihr gefolgt. Ein paar von uns hatten das Glück, sie zu bekommen." Der Duke hob den Kopf und zwinkerte den Männern zu, die in schallendes Gelächter ausbrachen.

„Wir haben uns an ihrer Sünde berauscht, sind zu Narren ihrer Gunst geworden. Sie mag jedes Mal ein anderes Gesicht getragen haben, aber ihr Name war immer derselbe." Er senkte den Stock und beugte sich näher heran. „Ärger."

Rumbolds Stolz gab nach, bevor er das breite Grinsen des Dukes erwiderte. Nachdem er seine Lethargie überwunden hatte, streckte er Velius vertrauensvoll den rechten Arm entgegen und ließ sich beim Aufstehen helfen. Die Wachleute stießen kollektiv den Atem aus, gratulierten und klatschten. Erik stellte sich hinter den Prinzen und staubte ihm den Rücken ab, bevor er ihm die kräftige Hand auf die Schulter legte. Rumbold entspannte sich ein wenig. Da Velius' und Erik ihn fest im Griff hatten, würde er nicht stürzen und sich blamieren. Ihm war bewusst, dass sie es ebenfalls wussten.

„Holt einen Stuhl für seine Hoheit", rief Velius, worauf drei Kerle losrannten, um den Befehl auszuführen. „Es gibt vier Dinge, die einen Mann dazu bringen, so zu kämpfen wie du gerade", sagte Velius. „Liebe, Verzweiflung, Wut und Wahnsinn."

Erik zählte mit den Fingern mit. „Es geht um alles oder nichts. Entweder wurde es dir genommen oder du hast es verloren."

Velius' Gelächter vibrierte laut und rhythmisch durch Rumbolds Arm. „So ist es. Da du der Kronprinz bist, scheiden Verzweiflung und Wut aus. Auch wenn du gerade erst von deinem Fluch erlöst wurdest, wirkst du nicht wahnsinnig, sondern recht zurechnungsfähig auf mich." Er musterte Rumbold kurz. „Wenn auch etwas lädiert."

Rumbold dachte an das Feuer in Velius' Augen, ein Feuer, das noch immer tief im Inneren loderte und nicht gelöscht worden war. Vielleicht brannte es inzwischen so lange, dass es nicht gelöscht werden konnte. „U-und, was ist mit dir?“, fragte er.

„Ich bin ein wenig von allem Hoheit“, erwiderte Velius. „Die gefährlichste Kombination von allem.“

„Danke“, sagte Rumbold knapp, obwohl er sich nicht sicher war, ob er damit den Kampf, die joviale Begrüßung, das lautstarke Aufstampfen und das Stolzieren, das Verständnis oder einfach nur seine Aufrichtigkeit meinte. Sein Cousin sollte selbst entscheiden, wofür er sich bedankte.

„Noch nicht“, sagte Velius. Er legte die freie Hand über die blutigen Fingerknöchel des Prinzen und schloss die Augen. Eine warme Welle wie von einem geöffneten Ofen oder einem Schwall Badewasser überschwemmte Rumbold. Velius ließ die Hand des Prinzen los, sie wies weder Blut noch blaue Flecken auf, sondern war von frischer rosa Haut überzogen. „Ich kann dich doch nicht verletzt deine Bälle abhalten lassen, oder?“

Rumbold war froh, sich bereits bedankt zu haben, denn diese Geste machte ihn sprachlos. Velius und Erik führten ihn zu der kleinen Bank, die die drei Wachleute am Rand des Exerzierplatzes platziert hatten.

„Wir würden uns geehrt fühlen, wenn Euer Hoheit noch ein wenig bleiben, um die Besten des Landes im Einsatz zu sehen“, sagte Erik.

„Na-natürlich“, erwiderte Rumbold. Als wäre er in der Lage, sich auch nur drei Schritte vom Trainingsfeld zu entfernen, ohne mit dem Gesicht voraus in den Staub zu stürzen. Velius leistete ihm Gesellschaft und legte ihm eine Hand auf die Schulter. Der Druck der Hand war vertraut und dennoch fremd. Rollins hatte ebenfalls eine Hand auf seine Schulter gelegt, um ihm Kraft zu verleihen, genau wie Erik. Selbst seine unterkühlte Fee hatte ihn beim Verkünden des Fluchs, der alles ins Rollen brachte, dort berührt.

Aber Velius’ Finger gaben eine solche Hitze ab, dass Rumbold dankbar war, dass sich ein Hemd dazwischen befand. Es würde ihn nicht wundern, wenn an der Stelle später ein Brandzeichen in Form einer Hand prangte. Aber es wäre es wert gewesen. Sein erschöpfter Körper genoss die Wärme.

Velius sagte leise etwas, das nur der Prinz hören konnte. „Ich bin froh, dass du dich für das Leben entschieden hast, Cousin."

Rumbold versuchte nicht die Bedeutung seiner Worte zu verstehen, fand aber Trost in der Loyalität, die sie vermittelten. Er saß auf der Bank am Rande des Exerzierplatzes und beobachtete die Männer – seine Männer – während sein gepeinigter, magischer Cousin ihn heilte. Und er schwor, diesen Gefallen eines Tages zu erwidern.

7

Alles ist Relativ

Saturday weckte Sunday durch ihren starrenden Blick. Sie saß im Schneidersitz auf dem Boden, die Axt im Schoß. Nach den Ereignissen des Vorabends hatte Sunday eine Ewigkeit gebraucht, um einzuschlafen; sicherlich hatte niemand eine erholsame Nacht gehabt. Sie fragte sich, ob Saturday überhaupt geschlafen hatte oder ob ihre riesige Schwester mit den strahlenden Augen gerade dann gekommen war, um sie aus ihrem Elend zu erlösen, als die Dinge interessant wurden.

Es hieß, dass Geheimnisse am Boden einer Weinflasche zu finden wären. Gestern hatte sich Mama mit mehreren Gläsern bis zu diesem Punkt vorgearbeitet, ohne einen Ton von sich zu geben. Papa hatte nur seinen Stuhl an den Kamin gezogen und Pfeife geraucht. Die Kinder hatten auf den Sofalehnen oder am Boden gesessen und zugehört, wie ihre magische Tante Joy alles über die Familie erzählte, die sie zu kennen geglaubt hatten.

Sunday hatte nie daran gedacht, dass „Feen-Patentante Joy" Mutters Schwester sein könnte, denn nachdem sie Sunday ihr Namenstagsgeschenk gegeben hatte, war sie nach Faerie gefahren und nicht zurückgekehrt. Joys Zwillingsschwester Sorrow verfügte über dieselbe Macht und war zudem die Patentante des Prinzen. Und Trix, ihr hellseherischer Findlingsbruder, war in Wahrheit ihr Cousin und der Sohn der eigensinnigen Schauspielerin Tante Tesera.

Sunday hatte auch nie über die prophetischen Auswirkungen nachgedacht, die damit einhergingen, die siebte Tochter einer siebten Tochter zu sein. Mit ihrer Geburt und der folgenden Normalität waren Papas märchenhafte Vorstellungen widerlegt worden. Tante Joy hatte sich über diese naive Erkenntnis köstlich amüsiert und Sunday ein herrlich albernes Mädchen genannt.

Sundays Gedanken hatten sich bis in die frühen Morgenstunden überschlagen, weil sie ihr Leben nach Schlüsseln und Teilen eines Rätsels durchforstete, das sie schon immer gewesen war. „Wie spät ist es?", fragte sie.

„Es dämmert bald", sagte Saturday. Da die Kerze heruntergebrannt war, konnte Sunday sie nur schemenhaft sehen. „Das Leben ist ungerecht", sagte der Schatten.

Sunday grübelte über ihre eigene Lage nach, über die plötzliche Verantwortung, die mit ihren ungeahnten Kräften einherging, über ihre Zuneigung zu einem Mann, der im Körper einer Amphibie gefangen war. „Ich weiß", sagte sie bloß, da es ihr an tröstlichen Worten mangelte.

„Es überrascht mich nicht, dass Wednesday so exzentrisch ist und in Rätseln spricht und all das. Ich meine, sieh sie dir doch an, sie ist das Ebenbild der Feen-Königin, genau wie Tante Joy. Aber was ist mit uns? Friday ist mitfühlend. Thursday ist eine Seherin. Peter ist ein

Zauberer. Echt jetzt? Peter?"

Saturday und Peter standen sich genauso nah wie Sunday und Trix, deshalb konnte Sunday nachvollziehen, dass ihr bester Freund durch diese Offenbarung plötzlich ein Fremder wurde. Sie versuchte, Saturday zu beruhigen. „Peter ist Bildhauer. Du weißt doch, wie geschickt er mit Holz umgeht. Deshalb hat Tante Joy ihm ein Schnitzmesser zum Namenstag geschenkt."

Saturday deutete auf die Tür. „Welche *Tante* Joy sitzt gerade in der Küche und zeigt ihm, wie man Runen schnitzt?" Sunday zuckte so zusammen, dass Saturday ihre Schimpftirade mit gesenkter Stimme fortsetzte. „Trix ist gar nicht unser Bruder, sondern unser *Cousin*."

„Saturday, er war von Anfang an nicht unser Bruder."

„Aber er gehörte zur Familie."

„Das tut er immer noch." Es war sinnlos, in aller Frühe mit Saturday zu diskutieren. Oder generell.

„Und du besitzt so viele magische Kräfte, dass Tante Joy gar nicht weiß, wo sie anfangen soll."

„Ich bin mir nicht sicher, ob das etwas Gutes ist", sagte Sunday. „Wie kommt Papa damit zurecht?"

„Er ist wie im Rausch."

Sunday stöhnte.

„Papa wollte schon immer ein Wunderkind großziehen, das die Welt aus den Angeln hebt."

„Dafür hatte er doch Jack. Ich kann die Welt wohl kaum aus den Angeln heben."

„Na ja, offenbar glaubt er, dass du es noch schaffst. *Zu großem berufen* und so weiter", sagte Saturday. Ihr Tonfall deutete an, dass man eher einem Topf voll Suppe dieses Prädikat verleihen sollte.

„Zu großem berufen? Hat er das wirklich gesagt?"

„Wortwörtlich."

Sunday wünschte sich, wieder einzuschlafen und völlig

ahnungslos ein paar Tage in der Vergangenheit in einem sonnenüberfluteten Tal neben einem Zauberbrunnen aufzuwachen. „Und Mama?"

„Mama hasst Magie", sagte Saturday. „Sie will nichts damit zu tun haben. Sie hat schon vor der Dämmerung wie eine Verrückte in der Küche geschuftet."

„Ich dachte, es dämmert noch nicht."

„Dann eben seit gestern Abend", lenkte Saturday ein. „Sie hat Brot für die ganze Woche gebacken, einen Eintopf aufgesetzt, die Töpfe gescheuert und die Hühner gefüttert. Jetzt räumt sie die Speisekammer um." Sunday grinste über die erheblich gekürzte Liste. „Und sie redet mit niemandem. Nicht mal mit Tante Joy."

Saturday sagte *Tante* auf eine Weise, als würde es die Tatsache aus dem Weg räumen, dass Joy nicht nur eine Fee, sondern auch ihre Patentante war. „Wenn Mama mit niemandem redet, woher weißt du dann, ob sie die Sache aufregt?"

„Sie wird bestimmt mit *mir* reden", fauchte Saturday, „weil ich das *gewöhnliche* Kind bin."

Aha.

Saturday hielt ihre Axt in die Höhe. „*Das* war mein Namenstagsgeschenk. Für die robuste, verlässliche Saturday. Es ist mein Schicksal, immerzu beschäftigt zu sein und tagtäglich mit Papa im Wald zu arbeiten und meinen Geschwistern zuzusehen, wie sie eine Begabung meistern, um die ich sie immer beneiden werde. Ihr werdet losziehen und große Abenteuer erleben, über die man Lieder singen wird. Ihr seid *zu Größerem berufen*, während ich dazu verdammt bin, als arme Holzfällertochter zu leben und zu sterben."

Sunday glaubte keine Sekunde daran, aber es brachte nichts, etwas anzubieten, wenn nicht danach gefragt worden war. Eine arme Holzfällertochter, wohl wahr. Wobei *arm* eher mit Saturdays Selbstmitleid zu tun hatte und weniger mit dem Vermögen der Familie.

Saturday löschte die Kerze, doch Sunday wusste auch, ohne es zu sehen, dass in den wachen Augen ihrer unerschütterlichen Schwester Tränen standen.

„Papa und Peter suchen mich wahrscheinlich schon." Saturdays Kleidung raschelte beim Aufstehen. „Tante Joy erwartet dich", sagte sie von der Tür aus. „Dein Unterricht fängt beim Frühstück an."

Unterricht, dachte Sunday in der Stille, die Saturday hinterlassen hatte. Ein Unterricht, um etwas zu wecken, was seit nahezu sechzehn Jahren ungeahnt in ihr geschlummert hatte. Unterricht von einer Frau, die sie aus Erzählungen kannte, in denen liebevoll von ihr gesprochen wurde; eine Frau, die innerhalb eines Abends eine Fremde geworden war und von der Sunday nicht wusste, ob sie vertrauenswürdig war. Unterricht, der sie einen weiteren Tag vom Wald fernhalten würde.

Sie zog sich langsam an und schlich die Treppe hinunter. Sie lungerte im Wohnzimmer herum, bevor sie endlich die Küche aufsuchte. Der Geruch vom Backen, Braten, Kochen und Hacken hing in der Luft. Gesprungene Gläser mit verdorbenem getrocknetem Gemüse und Kräutern stapelten sich auf dem Boden vor der Vorratskammer. Ihre Mutter wühlte dort herum wie eine Ratte, die in der Wand festsitzt.

Fee – *Tante* – Joy saß am Tisch und wartete geduldig auf sie.

Sunday griff sich eine große Scheibe des frischen Brotes und ein Stück Käse von der Arbeitsfläche, wo ihre Mutter die Sachen hingelegt hatte. Sie nahm ihrer Tante gegenüber Platz und kaute gemächlich auf ihrem Frühstück herum, während sie überlegte, welche Frage sie zuerst stellen sollte. Tante Joy beantwortete sie nacheinander, obwohl Sunday manche gar nicht stellen musste.

„Dir liegt eine feenhafte Magie im Blut, die du von deinem Großvater geerbt hast." Sie warf einen Blick auf die Tür der Vorratskammer. „Von *unserem* Vater. Er hat viel Zeit am Hof der Feen-Königin verbracht. Das hat sein Wesen verändert."

„Verändern sich alle Menschen, wenn sie Faerie betreten?" Sunday schluckte das Brot hinunter und schob ein Stück Käse hinterher. Tischmanieren waren gerade ihre geringste Sorge.

Tante Joy achtete nicht darauf. „Das hängt von der Dauer des Aufenthalts und der Nähe zur Feenkönigin ab."

„Großvater ist ihr also sehr nahegekommen?"

„Er war ihr *Geliebter.*" Mama kam mit einem wütenden Funkeln in den Augen aus der Speisekammer. Sie bückte sich, um die ausgemusterten Sachen zu begutachten, und warf die halbwegs genießbaren Teile in einen Eimer für die Schweine.

„Nur im körperlichen Sinne", sagte Joy zu Sunday. „Sein Herz gehörte immer noch deiner Großmutter und ihres gehörte ihm. Wenn sie sich nicht aufrichtig geliebt hätten, wäre er nicht zu retten gewesen."

So wie Sunday nicht imstande gewesen war, Grummel zu retten. Dennoch verliehen ihr die Worte Hoffnung, zwar klein und unbedeutend, sie klammerte sich aber trotzdem daran.

„Da die Feen-Königin keine Kinder zur Welt bringen kann, wird ihre Macht auf die Menschen übertragen, die ihr am nächsten stehen. Vater war eine Zeit lang ihr liebster Gefährte, daher wurden seine Nachkommen mit magischen Fähigkeiten geboren." Joy tätschelte ihr schwarzes Haar. „Einige allerdings mehr als andere."

„Alle außer Mama", stellte Sunday fest.

Mama erstarrte über ihrem Eimer. Joy zog eine Augenbraue hoch. „Deine Mutter", sagte Joy, „ist bloß faul."

„Ich wollte nie etwas damit zu tun haben", sagte Mama zu dem Eimer.

„Nur weil du dir nicht die Mühe machst, zu denken, bevor du redest!"

Sunday saß schweigend da, während Mutter und Tante einander anstarrten, so wie sie und Saturday es oft taten. Reden. Worte. Mama ermahnte sie immer, dass Worte über Macht verfügten. Wie ging der

Reim noch? *Eins für Kummer, zwei für Freud, drei für ein Mädchen, vier für einen Knaben heut. Fünf für Silber, sechs für Gold, sieben für ein Geheimnis, das niemals wird enthüllt.*

Dieser Gedanke verlieh Sunday die Gewissheit, dass die Worte in Erfüllung gingen, die Mama äußerte. Deshalb öffnete sie hauptsächlich den Mund, um Befehle auszuspucken, denn sie wusste, dass die anderen nach ihrer Pfeife tanzten. Deshalb tadelte sie Sunday wegen ihrer geschriebenen Worte. Worte besaßen Macht. Mama war gar nicht herrisch, sondern versuchte nur, ihre Tochter davon abzuhalten, schreckliche Fehler zu begehen.

Nur dass Sunday diese Fehler bereits begangen hatte. Weil Mama sich ihrer Macht entzog, hatte Sunday keine Vorstellung, wie groß ihre eigene Macht tatsächlich war. Dank Mama blieb Sunday nichts anderes übrig, als möglichst viel von Tante Joy zu lernen. Sunday war stinksauer. Sie wollte ihre eigene Geschichte schreiben, eigene Entscheidungen treffen und nicht die dummen Entscheidungen und vergangenen Verfehlungen der anderen ausbaden.

Saturdays Schimpftirade schoss ihr durch den Kopf. Wenn Sunday über die Macht verfügte, etwas geschehen zu lassen, dann würde sie davon Gebrauch machen. Sie zog das Tagebuch aus ihrer Tasche und klatschte es aufgeschlagen auf den Tisch. Mit schwerer Hand schrieb sie: *ICH BIN GEWÖHNLICH.*

Eine Träne lief Sundays Wange herab. Es spielte keine Rolle, wie oft sie es schrieb, sie wusste, dass es nie der Wahrheit entsprechen würde. Sie war die siebte Tochter einer siebten Tochter und allein aus diesem Grund nicht gewöhnlich. Die hässlichen Worte verspotteten sie. Zum ersten Mal in ihrem Leben riss Sunday eine Seite aus dem Tagebuch heraus. Sie knüllte das Papier zusammen und legte es auf den Tisch.

Joy faltete es auseinander, las, was darauf stand und formte einen Ball daraus. „Sunday."

Sunday biss sich auf die Innenseite der Wange. Auch wenn sie wahrscheinlich nicht verhindern konnte, dass ihr die Tränen in die Augen stiegen, würde sie auf keinen Fall weinen.

Joy blies auf das Papier und plötzlich saß eine weiße Taube auf ihrer Hand. Sie hüpfte vor Sunday auf den Tisch. Ihre Tante lächelte sie über den Vogel hinweg an.

„Gewöhnlich ist relativ."

Sundays erste Stunde bestand darin, Wolle zu Gold zu spinnen. Sie hatten das Spinnrad im Garten aufgestellt, sodass Sunday in der Nähe ihres neuen Haustiers bleiben konnte, das nebenan im Baum saß und gurrte. Sunday war sich nicht sicher, inwiefern der Unterricht damit zusammenhing, dass ihre Niederschriften wahr wurden und sagte es Joy.

„Du weißt, wie man schreibt, richtig?"

„Ja."

„Warum sollte ich meine Zeit damit verplempern, dir etwas beizubringen, das du schon kannst?"

Unzufrieden mit der Antwort warf Sunday einen verdrießlichen Blick auf die Tasche voll Wolle. „Spinnt man denn nicht eigentlich Stroh zu Gold? So steht es jedenfalls in allen Märchen."

„Weißt du, wo du zu dieser Jahreszeit Stroh bekommen kannst?"

„Vielleicht ist welches im Stall, das ist aber für …".

„Und wenn ich Stroh hätte, wüsstest du, wie es gesponnen wird?"

„Nein, aber …"

„Dann hör auf, dich mit den Märchen anderer Leuten zu befassen und schreibe deine eigenen. Ich bin in einer Stunde zurück." Sprach's und drehte sie sich um, ging wieder in die Küche, um sich weiter mit Mama anzulegen.

Neben dem Anbau von Bohnen war Spinnen die langweiligste

Arbeit, die sie sich vorstellen konnte. Selbst Friday war dieser Meinung. Sunday bückte sich und nahm eine Handvoll bereits gekämmte Wolle aus der Tasche. Ihr Götter sei Dank für solche Kleinigkeiten. Sie wickelte ein Stück Restwolle um die Spindel und begann.

Sunday betätigte das Rad mit der rechten Hand und ließ die Wolle durch die Finger der linken gleiten. *Gold,* dachte sie. *Werde zu Gold.* Dann sprach sie es laut aus. Sie schloss die Augen und sang es in Gedanken. *Werde zu Gold.* Sie schlug die Augen auf. Kein Gold. Nur altes graues Garn von alten grauen Schafen.

Tante Joy war ja eine tolle Lehrerin. Bestand Unterricht denn nicht eigentlich aus *Unterweisungen?* Wie sollte Sunday ohne Aufsicht etwas lernen? Und Joy besaß die Frechheit, Mama faul zu nennen!

Sunday seufzte und machte weiter. Wenigstens würde Friday diese Aufgabe später nicht erledigen müssen. Sie war gerade mit der dritten Handvoll Wolle beschäftigt, als Trix kam und neben ihr Platz nahm. Seine nackten Füße und Hände waren mit Schmutz bedeckt, unter den Nägeln klebten schwarze Krusten. Die Knie seiner Hose waren voll Schlamm und sein Haar war zerzaust. Was für Trix nicht ungewöhnlich war. Eigentlich sah er aus wie immer.

Sunday wollte sich unbedingt unterhalten. „Ich verwandele die Wolle in Gold“, sagte sie.

„Das machst du aber nicht besonders gut.“

„Ich weiß.“ Sie zupfte an der Wolle. „Du siehst noch schmuddeliger aus als sonst.“

„Vielen Dank! Papa hat mir das Saatgut überlassen. Er sagte, ich solle einen Graben ziehen und die Samen um das Haus herum verteilen.“

„Und du bist schon fertig damit?“

„Ich hab die Maulwürfe und Würmer um Hilfe gebeten“, sagte er so beiläufig wie Sunday „Na ja, die Sonne ist heute früh aufgegangen“, gesagt hätte.

„Maulwürfe und Würmer?"

„Sie waren äußerst hilfsbereit, allerdings sind sie das immer. Wenn du sie lässt, plappern sie ununterbrochen. Es wäre doppelt so schnell gegangen, wenn ich mich nicht nach der Familie des einen erkundigt hätte. Maulwürfe haben weitläufige Familien. Kann man sich daran verletzen?"

Trix' Finger näherte sich langsam der spitzen Spindel. Es war eine dumme Frage, jedoch war sie eher in der Lage, darüber zu diskutieren als über Maulwürfe und deren weitläufige Verwandtschaft. Sie lächelte verschmitzt und kreischte: „Nicht anfassen!"

Trix zog den Finger zurück und sprang auf. „Warum denn nicht?"

„Sie könnte verflucht sein", erwiderte Sunday.

Trix spielte mit. „Glaubst du wirklich?"

„Man kann nicht vorsichtig genug sein", warnte Sunday. „Irgendwo in Arilland gibt es ein verfluchtes Spinnrad, aber niemand weiß mit Gewissheit, ob es sich nicht um das hier handelt." Sie näherte sich Trix auf dieselbe Weise wie Papa, wenn er ein Geheimnis lüften wollte. „Niemand weiß es."

„Warum wurde es verflucht?"

Beim Spinnen blickte Sunday verträumt zum Himmel, als würde sie das Märchen von den Wolken ablesen. „Vor langer Zeit lebte ein Mädchen, das das Spinnen abgrundtief hasste."

„Wie du", fiel Trix ein.

„Genau. So wie ich", stimmte Sunday zu. „Sogar noch mehr, das kannst du mir glauben. Sie hasste es so sehr, dass sie eines Tages sagte, sie würde lieber ihr Leben lang schlafen, als noch ein einziges Mal ein Spinnrad anzufassen."

„Was für ein dummes Mädchen."

„Das stimmt. Damit verzauberte sie nämlich das Spinnrad. Und da sie sich mit der Spindel in den Finger stach, besiegelte ihr Blut den Zauber für alle Zeiten."

„Ist sie eingeschlafen?"

„Und ob! Sie schlief hundert Jahre lang. Eines Tages erwachte sie und war eine gebrechliche alte Frau, die weder Freunde noch Familie hatte. Sie erkannte, wie dumm sie gewesen war und ließ sich das Spinnrad bringen, um es zu zerstören."

„Aber das ist nicht geschehen."

„Nein. Nachdem sie eingeschlafen war, dachte man, sie wäre schwer krank oder verflucht. Niemand wusste, dass das Spinnrad dafür verantwortlich war und es ging verloren."

„Was ist damit passiert?"

In Gedanken verloren, zog Sunday Wolle aus der Tasche und plapperte weiter. „Es fiel einer rachsüchtigen Fee in die Hände, der ein selbstsüchtiger König Unrecht getan hatte. Am Namenstag seiner Enkelin schenkte die Fee Demut und das Spinnrad. Weil die Untertanen anwesend waren, konnten die Eltern das Geschenk nicht ablehnen."

„Schlaue Fee."

„Schlau, gemein und mächtig. Sie veränderte den Zauber des Spinnrads auf eine Weise, dass nicht nur die Enkelin hundert Jahre lang schlief, sondern alle Bewohner des Schlosses. Auf diese Weise wollte sie das Königreich erobern. Die Fee musste nur warten, bis sich ein neugieriges kleines Mädchen an der Spindel stach."

„Hat sie sich gestochen?"

„Am Abend vor ihrem sechzehnten Geburtstag."

Trix schnappte nach Luft.

„Sämtliche Bewohner des Schlosses schliefen auf der Stelle ein. Der König und die Königin, die Köche und Dienerinnen, die Wachen und Laufburschen, die Pferde im Stall und die Hennen im Hühnerhaus. Nachdem der Zauber vollbracht war, zog die Fee eine Dornenmauer um das Schloss und ließ das Tor von einem Basilisken bewachen, damit niemand das Schloss betreten und sie hundert Jahre lang dort leben konnte."

„Aber jemand hat es betreten."

„Es gibt Helden, für die nichts unmöglich ist. Ein junger Prinz schlug ein Loch in die Dornenwand und tötete den Basilisken. Er ging zum höchsten Turm des Schlosses, wo sich die schlafende Prinzessin befand, und weckte sie mit einem von wahrer Liebe erfüllten Kuss." Wenn die wahre Liebe in ihrem eigenen Leben schon nicht so funktionierte, wie sie sollte, dann konnte sie wenigstens dafür sorgen, dass es bei einem anderen klappte. „Zuerst erwachte die Prinzessin anschließend das ganze Schloss. Die Fee verschwand für immer."

„Was ist mit dem Spinnrad?"

„Da die Prinzessin wohlauf war, wollte sie, dass das Spinnrad zu ihr gebracht und zerstört wurde."

„Wie das andere Mädchen."

„Und genau wie bei dem anderen Mädchen war das Spinnrad spurlos verschwunden. Es befindet sich noch heute irgendwo in Arilland."

„Glaubst du, dass es je gefunden wird?"

„Oh, es taucht bisweilen auf. Dann hört man von einem Mädchen, das von der Schlafkrankheit niedergestreckt wurde und nicht aufwacht. Wenn ihre Freunde und Familie befragt werden, stellt sich heraus, dass sie beim Ausbruch der Krankheit gesponnen hat. Dann nehmen sie ihre Fingerkuppe unter die Lupe und sehen das Einstichloch der Spindel, die ihr das Leben genommen hat. Anschließend suchen sie das Spinnrad, um es zu vernichten, aber es ist zu spät."

„Liegt es wirklich am Spinnrad?"

„Es gibt nur eine Möglichkeit, das herauszufinden." Bevor Trix protestieren konnte, streckte Sunday die Hand aus und stach sich die Spindel in den Finger.

„Nein!", schrie Trix und spießte direkt den eigenen Finger auf.

Sunday sah Blut aus Trix' Fingerspitze quellen. Sie hatte ihn mit dem Märchen erschrecken, aber nicht verletzen wollen. „Warum hast du das getan?“

„Wenn du hundert Jahre lang schläfst, will ich ebenfalls schlafen. Wenn wir aufwachen, können wir das Spinnrad suchen und dafür sorgen, dass es vernichtet wird.“

Trix hatte Liebe und Loyalität noch nie infrage gestellt. Die Welt wäre ein besserer Ort, wenn es mehr Menschen wie ihn gäbe. „O Trixie. Du bist der beste Bruder aller Zeiten.“

Er zog ein langes Gesicht. Der Zauber, den sie zwischen sich gesponnen hatten, wurde vom Wind davongetragen. „Ich bin aber nicht dein Bruder.“

Sunday betrachtete ihre Fingerspitze mit der roten Blutperle. Sie nahm Trix’ Hand und drückte ihre blutenden Finger aufeinander. „Du gehörst schon immer zur Familie. Für mich warst du schon immer mein Bruder. Jetzt teilen wir wieder dasselbe Blut. Du hast meins und ich deins. Du bist mein Bruder und ich bin deine Schwester. Lass dir bloß nichts anderes einreden.“

„So wie es war, wird es für immer sein“, sagte er feierlich.

Sundays Körper kribbelte. Mit ihren Worten erschuf sie einen kleinen Zauber und es kümmerte sie nicht, ob sie sich damit Ärger einhandelte. Schließlich veränderte sie nichts Gewaltiges, sondern bekräftigte nur ein Band, das schon immer bestanden hatte. Wenn sich Trix dadurch besser fühlte, war es die Sache wert.

Trix zog den Finger zurück und wickelte den Saum seines schmutzigen Hemds darum. „Was hast du vor, wenn du deine Aufgabe erledigt hast?“

Sunday senkte den Blick. Die ursprünglich grauen Wollfäden hatten sich in dickes Garn aus feinem Gold verwandelt. Auch wenn sie nicht wusste, was genau sie gelernt hatte, musste es irgendetwas gewesen sein. Vielleicht war Tante Joy doch nicht so faul wie gedacht.

Sie lächelte ihrem ehemaligen und wieder gewonnen Bruder zu.

„Ich sollte wohl herausfinden, worin meine nächste Aufgabe besteht."

Die Nachmittagssonne brannte vom Himmel, Sundays weiße Taube gurrte im Baum und Tante Joy brachte die Bohnen zum Wachsen. Es war äußerst merkwürdig, dass die vor wenigen Tagen ausgebrachte Saat bereits Früchte hervorbrachte, die in sämtlichen Reihen an Stangen und Schnüren nach oben rankten. Die Blätter entrollten sich in der Sonne, die Reben schlängelten sich umeinander, blühten und trieben überall dicke, samtige Schoten aus. Joy reichte Sunday einen Korb. „Hier ist deine nächste Aufgabe."

„Bohnen pflücken?"

„Jede Einzelne", erwiderte Joy. „Und pflücke sie so, wie ich es gerade gemacht habe."

Sunday erhob sich und wusste nicht, was sie sagen sollte, als ihre Tante sich zum Gehen abwandte. Trix riss sie aus ihren Gedanken, indem er an ihrem Ärmel zupfte. „Darf ich ihr helfen?", rief er Joy hinterher.

Joy lächelte wohlwollend und sagte: „Du darfst." Dann verschwand sie im Haus.

Trix rannte los, um einen Korb zu holen und unterstützte Sunday beim Bohnenpflücken.

„Du musst das nicht machen", sagte sie.

Trix setzte beide Hände ein. „Ich will aber."

„Danke." Die Sonne schien Sunday in den Nacken, Schweiß lief ihr über den Rücken. Kurz bevor ihr Korb voll war, leerte Trix den Inhalt in seinen und holte einen anderen. Er kehrte mit einem Becher Wasser zurück, den sie gierig hinunterstürzte.

„Lass noch was übrig!", sagte Trix, kurz bevor sie den Becher leerte.

Erschreckt fragte sie: „Wieso denn?"

„Für deinen Vogel."

Die Taube warf ihr einen fragenden Blick aus der nächsten Bohnenreihe heraus zu. Sunday betrachtete das Tier. Vor wenigen

Stunden war es noch ein Blatt Papier gewesen, auf das sie einen nutzlosen Traum notiert hatte. Jetzt bestand das Papier aus Fleisch und Blut, Federn und Knochen. Sunday hatte keinen blassen Schimmer, was sie mit dem Vogel anstellen sollte.

„Ich bin mir nicht mal sicher, ob es sich wirklich um einen Vogel handelt", sagte Sunday. „Tante Joy hat ihn gemacht, ich will ihn aber nicht behalten." Sie fuchtelte mit der Hand. „Husch! Geh weg, Taube. Du gehörst niemandem und am allerwenigsten mir."

Trix brach in Gelächter aus.

„Was ist?"

„Wenn der Vogel gemacht wurde, dann wollte er gemacht werden. Er ist hier, weil er bei dir sein will."

„Und ich habe dabei kein Mitspracherecht?"

„Hattest du nie."

„Fantastisch. Ich kann nicht mal auf mich selbst aufpassen. Was soll ich denn mit einer Taube anfangen?"

Trix legte die Hände aneinander und formte eine Schale damit. „Hier. Schütte das restliche Wasser in meine Hände." Das tat Sunday. Einige Tropfen schlüpften zwischen seinen Fingern hindurch. Der Vogel sprang zaghaft nach vorn, flatterte auf Trix' Finger und setzte sich zum Trinken darauf. Sunday betrachtete die winzigen Augen, den Schnabel und die vollkommen glatten Federn. Sie waren schneeweiß, genau wie Sunday sich Engelsflügel vorstellte.

„Du solltest ihr eine Aufgabe geben", sagte Trix.

„Sie ist ein *Vogel*", erwiderte Sunday. „Ihre Aufgabe besteht darin, ein Vogel zu sein. Ich glaube, dass sie davon wesentlich mehr versteht als ich."

„Du solltest sie um Hilfe bitten."

„Ich rede doch nicht mit einer Taube."

„Hast du aber gerade", sagte Trix. „Du hast ihr gesagt, dass sie verschwinden soll."

„Das war albern und kindisch."

„Dann rede mit Grummel."

Das war's. Sunday vergaß den Vogel. Ihr Blick verschleierte sich und ihr Herz war plötzlich zu schwer, um von einer Person allein getragen zu werden. „Ich vermisse ihn, Trixie."

„Dann geh zu ihm."

Aber sie sollte doch irgendwelche Lektionen lernen, ein Leben voller Magie in den Griff bekommen und ein ganzes Bohnenfeld abernten. Künftig würde ihr Leben aus Aufgaben bestehen, die kein Ende nahmen. Sie saß in einem Gefängnis fest, das mit ihrer Geburt errichtet worden war. „Ich kann nicht."

Trix löste die Hände langsam voneinander, das Wasser tropfte zu Boden. Er führte den Finger mit dem Vogel darauf behutsam in Sundays Richtung. Obwohl sie nichts von dem Tier wissen wollte, hob sie die Hand und streckte sie aus. Der dicke kleine Vogel hüpfte darauf. Er war federleicht, als würde er gar nicht dort sitzen. Seine winzigen Füße kitzelten ein wenig.

„Frag sie", sagte Trix.

Sunday atmete aus. Sie würde es schaffen. Trix bat schließlich auch Maulwürfe und Würmer um Hilfe oder nicht? Sunday erhob die Stimme und es klang, als würde sie einen Brief schreiben. „Lieber Vogel, ich wüsste es wirklich zu schätzen wissen, wenn du uns hilfst, die Bohnen zu pflücken." Bewegte der Vogel etwa den Kopf? Sunday schaute Trix um Rat suchend an.

„Frag sie, ob ihre Freunde uns auch helfen."

„Und wenn du Freunde hast, wären wir sehr dankbar, wenn sie uns ebenfalls zur Hand gehen." An Trix gewandt, fügte sie flüsternd hinzu: „Sollten wir ihnen nicht eine Bezahlung anbieten?"

„Sag ihr, dass sie einen Korb voll Bohnen haben können, wenn sie fertig sind."

„Hast du das gehört?", fragte Sunday. Der Vogel nickte wieder.

„In Ordnung", sagte sie, doch die Taube flog nicht davon. „Ich danke dir vielmals." Anschließend flatterte sie in die Bäume.

Sunday fühlte sich wie ein Idiot. Mit Vögeln reden – wirklich? Verfluchte Männer waren eine Sache, wilde Tiere hingegen etwas vollkommen anderes. Trix würde sich bestimmt gleich schlapp lachen. Sunday ging zu ihrer Reihe zurück und pflückte weiter.

Trix legte ihr eine Hand auf den Arm. „Warte", sagte er leise. „Warte nur ab."

Also wartete Sunday. Die Sonne brannte auf sie herab, während sie schweigend dastanden.

Die kleine weiße Taube kehrte allein zurück. Sie landete in der nächsten Reihe, riss eine fette Schote von der Ranke und ließ sie in den Korb hinunterfallen.

„Vielen Dank für deine Hilfe", sagte Sunday zu dem Vogel. „Auch wenn deine Freunde keine Lust haben. Dann bekommst du eben mehr Bohnen."

„Sunday, schau mal." Trix deutete auf etwas, das drei Reihen weiter flatterte. Ein Spatz streckte den Kopf heraus, kam direkt auf sie zu und ließ im Flug eine Bohne in den Korb fallen. Ganz gleich, wo Sunday hinsah, überall waren flatternde Vögel. Es waren Schwalben und Lerchen, Tauben und Häher, Rotkehlchen und Schneevögel. Sie füllten Sundays Korb innerhalb weniger Minuten, sodass Trix weitere Behältnisse holen musste.

„Ich kann es kaum glauben", sagte Sunday.

„Wenn du willst, dass etwas funktioniert, musst du nur daran glauben."

Sie lachte. Er hatte recht. Ein schlauer Bruder dieser Trix.

„Geh schon", sagte er. „Ich behalte die Vögel im Auge."

Sunday rannte in den Wald, ohne einen Blick zurückzuwerfen. Sie war verschwitzt und schmutzig, in ihrem Haar hingen Federn, die Hände waren spröde vom Spinnen, sie trug ein altes, zerschlissenes Kleid und ihr Buch lag auf dem Küchentisch, doch das spielte alles keine Rolle. Sie hatte Grummel einiges zu erzählen. In der kurzen Zeit – der Ewigkeit – in der sie getrennt waren, hatte sich so viel ereignet. Sie brauchte ihn, um bei Verstand zu bleiben, damit er sie zum Lachen brachte und sie sich vollständig fühlte. Vor lauter Glück stiegen ihr die Tränen in die Augen. Sie hüpfte über den zugewucherten Pfad unter den länger werdenden Schatten der Bäume hindurch und überlegte, wovon sie ihm erzählen wollte: vom Geheimnis ihrer Familie, ihren eigenartigen Kräften, Tante Joys unorthodoxen Unterrichtsmethoden …

Was hatte Sunday eigentlich von Joy gelernt? Sie hatte auf wundersame Weise Wolle zu Gold gesponnen, aber wo war es hergekommen? Sie hatte etwas Magisches gespürt, als sie Trix zu ihrem Bruder erklärt hatte, das Gold war aber schon vorher entstanden. Beide waren so in ihre Erzählung vertieft gewesen, dass sie nicht bemerkten, wann es sich das Gold gebildet hatte.

Das war es! Dort befand sich die Magie! Diese Magie hatte sie in die Schilderung hineingezogen und die Wolle beim Spinnen verändert. Denn ein Märchen wird schließlich gesponnen, nicht wahr? Und gewoben. Sie hatte Tante Joys Vorschlag befolgt und nicht das Märchen eines anderen erzählt, sondern ein eigenes. Sunday lachte, weil es jetzt ganz offensichtlich war. Sie brauchte keinen Unterricht im Schreiben, denn sie besaß die Fähigkeit, Dinge zu verändern, ohne sie schriftlich festzuhalten.

Sunday schob ein paar Äste beiseite und ließ sie los, sodass sie hinter ihr wippten. Wie hatte Tante Joy für die reiche Bohnenernte gesorgt? Sie gab sich selbst die Antwort, indem ihr das Wort einfiel: „Schöpfung." Das war ihre Macht, der Punkt, an dem Joys Lehre ansetzte. Sunday war eine Schöpferin.

Auf der Welt drehte sich schließlich alles ums Erschaffen: Glaube und Schöpfung. Das Geschichtenerzählen bestand aus beidem. Sunday hatte sich die Grundlagen des kreativen Ausdrucks beigebracht, indem sie Tagebuch führte. Die Bohnen hatten sich im Grunde nicht verändert, Tante Joy hatte sie nur sein lassen, was sie ohnehin sein würden. Es war genauso wie Trix ihren Bruder zu nennen: Sunday hatte nie gedacht, dass er nicht ihr Bruder wäre. Offenbar würde es jetzt immer so sein.

Der springende Punkt war aber, dass Papier und Garn sich verändert hatten und das war beängstigend. Eines Tages wäre Sunday in der Lage, Menschen in Tiere zu verwandeln. Und dann wüsste sie auch, wie sie es rückgängig machen konnte. Sie fragte sich, was Grummel davon halten würde.

„Grummel?"

Keine Antwort, Stille begrüßte sie. Sie rief noch einmal, wusste aber plötzlich, dass er nicht antworten würde. Sie konnte seine Abwesenheit mit Händen greifen und wusste, dass er fort war, so wie sie ihren eigenen Namen kannte. Sie ging zum Brunnen und suchte ihn ab. Als sie die Überreste des kleinen Wassereimers entdeckte, packte sie die Verzweiflung. Hoffnungslos und mit gebrochener Stimme rief sie ein drittes Mal nach ihm. Wegen des Unwetters vor zwei Tagen war der Brunnen bis zum Rand mit Wasser gefüllt, doch darin bewegte sich nichts. Die Steine waren verrutscht, entweder hatte der Sturm oder ein Tier sein Unwesen getrieben. Sie hoffte, dass Grummel das Weite gesucht, sich in einer unterirdischen Quelle weit unter dem Brunnen versteckt und in Sicherheit gebracht hatte.

Dummes Mädchen. Du denkst dir Geschichten aus, schimpfte ihr Verstand. *Er ist tot und verschwunden, du willst es bloß nicht wahrhaben.*

Es ist hoffentlich schnell gegangen, weinte ihr Herz.

Sie vermisste ihn mit jeder Faser ihres Daseins. Von einer unendlichen Leere erfüllt, wandte sie sich vom Brunnen ab, ließ die Lichtung und ihre schönen Erinnerungen hinter sich. Beinahe hörte sie ihn sagen: *Auf Wiedersehen, meine Sunday.*

Der Weg zum Turmhaus dauerte eine Ewigkeit. Sie verspürte

weder Schwermut noch Schmerz, sondern nur eine bleierne Ohnmacht, die sie wie ein Mantel umhüllte. Sie freute sich nicht darüber, wieder vor dem Gartentor zu stehen, noch überraschte es sie, dass Trix und die Vögel mit der Arbeit fertig waren. Am Rand des Feldes standen Körbe und Taschen, die von Bohnen überquollen.

Sunday betrat das Haus und durchquerte die Küche, ohne Trix' fröhliche Begrüßung oder Mutters gemurmelte Beschwerden zu hören. Sie schnappte sich ihr Tagebuch vom Küchentisch und ging durchs Wohnzimmer, vorbei am Pfeife rauchenden Papa und der Kleidung flickenden Friday. Sie setzte ihren melancholischen Marsch fort, indem sie sich die Treppe hinaufschleppte. Sie hielt erst bei Wednesdays Schlupfwinkel inne, dem höchsten Zimmer des Turms, wo sie sich ans Fenster setzte und hinausschaute. Sunday sah nicht, dass Wednesday zusammengerollt auf dem Bett lag und eine neue Klage auf einem Pergamentfetzen festhielt. Sie sah nur, wie die Wolken von Grau zu Rosa und wieder zu Grau wechselten, während sie vorüberzogen und die Welt sich den Schatten unterwarf und die Götter Sterne auf dem samtenen Himmel verteilten.

Sie schlug ihr Tagebuch auf und starrte die leeren Seiten an. Auch wenn sie sich zum Schreiben zwingen konnte, um die Gefühle loszuwerden, zu trauern und weiterzumachen, wollte sie es nicht. Im Augenblick hatte der Schmerz eine tröstliche Wirkung. Im Augenblick war Grummel noch am Leben und ihr näher, als er es je wieder sein würde. Im Augenblick brauchte sie ihren besten Freund, den einzigen Freund, mit dem sie nicht reden konnte. Er war fort und sie hatte ihr Versprechen nicht gehalten. Sie hatte sich nicht einmal verabschiedet.

Vielleicht konnte sie jetzt von ihm Abschied nehmen.

Ihr Stift traf auf das Papier, schrieb aber nicht. Tränen der Enttäuschung strömten ihr übers Gesicht, während sie verzweifelt versuchte, das sture Ding zu bewegen. Ihre Schultern bebten, ihre Sicht verschwamm. Sie schloss die Augen, um die Tränen wegzublinzeln und vielleicht zu vergessen, welche vergossen zu haben. Sie öffnete die Augen und sah, dass doch etwas auf dem Papier stand, es waren jedoch nicht die Abschiedsworte, über denen sie gebrütet hatte. Die leicht holprige, kaum lesbare Schrift offenbarte das, was sie nicht fühlen wollte: *Ich liebe dich.*

Sunday riss das beleidigende Blatt aus dem Buch und warf es aus dem Fenster.

Irgendwann schlief sie auf der harten Fensterbank ein. Vor dem Morgengrauen deckte Wednesday sie zu, damit sie nicht fror, wenn der Tau ihre Haut und ihre Haare benetzte.

Als sie erwachte, wärmte die Sonne ihr das Gesicht und zwei weiße Tauben gurrten leise.

8 Porträt der Trauer

Immer.

Das Feuer war wieder erloschen. Er bemühte sich, sich in den Kokon aus warmen Decken zu kuscheln, aber die Kälte drang dennoch in seine Knochen. Das Flüstern setzte ein und schabte wie Stahlwolle über seine Haut.

Rumbold. Rumbold.

Er zitterte am ganzen Körper. Vor dem Zubettgehen hatte er sich geschworen, sich nicht von der Angst überwältigen zu lassen, falls das Flüstern erneut ertönen sollte. Um seinen Geist davon abzuhalten, die Schatten in weitere Monster zu verwandeln, zählte er seine Schritte. Mit geschlossenen Augen schlurfte er vom Fußende des Bettes zur Wand und entlang dieser, bis sein Schienbein gegen die sorgfältig gestapelten Holzscheite stieß, die Rollins bereitgelegt hatte. Als er stürzte und mit den Knien in die Asche fiel, tastete er nach der Zunderbüchse. Neben ihr hatte Rollins zwei große, ölgetränkte Lappen platziert.

Befreie mich.

Die Lappen fingen so schnell Feuer, dass Rumbold die Hände hastig zurückzog musste. Ein Kreis aus goldenem Licht umgab ihn, während die Flammen das Kleinholz erfassten. Er zog die dürren Beine an, schlang die Arme darum und legte das Kinn auf die schmutzigen Knie. Er fasste genug Mut, um in die flüsternde Dunkelheit am Fußende des Bettes zu spähen, wo in der vergangenen Nacht eine mysteriöse Erscheinung Gestalt angenommen hatte. Er musste wissen, ob er von etwas Altem oder Neuem geplagt wurde, von etwas Alltäglichem oder etwas, das aus dem Jenseits kam. Bei seiner Verwandlung könnte es entweder direkt aus der Hölle gekommen oder von seiner eigenen Angst geformt worden sein. Die Legenden über die Seelenwanderer waren grausam und endeten entweder im Wahnsinn oder mit dem Tod. Angesichts der Macht seines Fluchs konnte kein Dämon ihm bis zum Zauberbrunnen gefolgt sein. Falls doch, lag es an ihm, dass er zurückgekehrt war.

Während sich der Schatten manifestierte, empfand er es als noch beängstigender, wenn es weder Geist noch ein Wanderer war, sondern etwas vollkommen Anderes.

Er presste seine Beine so fest zusammen, dass er die Knochen spürte und Haut auf Muskeln traf. Auf seinen ausgedörrten Lippen schmeckte er Asche, während die Erscheinung sich ausdehnte und wuchs, bis sie ungefähr die Größe und Form eines Menschen annahm. Die Kälte nahm zu. Rumbold konnte seinen Atem sehen, der mehr Substanz zu haben schien als die Gestalt am Fuß des Bettes, bis sie schließlich verblasste. Vier hektische Atemzüge später nahm sie eine Art Gesicht an, und nach fünf Atemzügen bildete sich fülliges braunes Haar auf ihrem Kopf. Was, wenn es sein eigenes Selbst war? Was, wenn sein vergangenes Ich ihn heimsuchte, weil es nicht in Vergessenheit geraten wollte? Mit dem siebten Atemzug wuchs das Haar und fiel in dichten, dunklen Locken über die Schultern eines geschmeidigen Körpers – sie waren kastanienbraun.

Seine Mutter schlang sich die Arme um den Körper und betrachtete ihn mit einem liebevollen, aber zugleich ängstlichen Blick. Doch ein neunter Atemzug blieb aus.

Sie war schöner, als er sie in Erinnerung hatte. Der Schein des Feuers verlieh ihrer Haut und den blauen Augen einen goldenen Schimmer. Ein Geisterlicht flackerte über ihre Wangen und Schläfen und warf die Umrisse von winzigen weißen Federn auf ihre Stirn. Unter dem wallenden braunen Haar lag ein durchsichtiges weißes Kleid. Riesige weiße Schwingen, die heller waren als Rumbolds bescheidenes Feuer, entfalteten sich hinter ihr und beleuchteten den Raum.

Wortlos starrten sie sich an, ohne sich zu berühren, aus Angst, das fragile Gleichgewicht zu stören, das sie zusammengeführt hatte. Rumbold atmete flach, während sein Körper von lautlosen Schluchzern geschüttelt wurde. Sein Nachthemd war von Tränen durchtränkt, doch er wischte sie nicht weg, um die Gestalt nicht aus den Augen zu verlieren. Auch sie weinte auf ihre eigene stille Weise, ihre Tränen verschwanden im Schatten, bevor sie den Boden erreichen konnten.

Ich werde immer bei dir sein.

So verharrten sie, bis die Erscheinung mit dem Licht der aufgehenden Sonne verschmolz und verschwand. Rumbold fragte sich, ob sie überhaupt real gewesen war.

Rumbold erwachte schon wieder auf dem steinernen Boden. Sein zerzaustes Haar war voll Asche, Ruß klebte ihm auf der Zunge. Dieses

Mal scheuchte Erik ihn vom Kamin fort. Der Wachmann machte einen großen Schritt über Rumbold und ließ einen Armvoll frisches Holz fallen. Er bot dem Prinzen keine Hilfe an.

„Darf ich?“ Erik gestikulierte zum Stuhl neben dem kleinen Frühstückstisch. Nachdem Rumbold genickt hatte, nahm der Wachmann Platz, streckte die Beine aus und verschränkte die Hände hinter dem Kopf. Er ließ seinen Blick höflich durch das Zimmer schweifen, genau wie er es zuvor bei Rumbold getan hatte. Er griff nach der kleinen goldenen Kugel auf dem Tisch und ließ sie von einer Hand in die andere gleiten. „Rollins sagte, dass du Feuerholz brauchst. Er holt gerade dein Frühstück.“ Er schnaubte und lachte halb. „Ich hab Verdammte gesehen, denen man feinere Mahlzeiten serviert hat.“

Rumbold zwang seine klebrige Zunge, sich zu bewegen. „Ich schschätze es dennoch.“

„Dann schlage ich vor, dass du die Köchin für ihre Mühen belohnst“, sagte er mit unverblümtem Selbstbewusstsein, das an Kühnheit grenzte. Rumbold nickte.

„Gut. Aber schick ihr keine Blumen oder Schmuck oder anderes nutzloses Zeug.“

Rumbold schüttelte verwirrt den Kopf.

„Eine Köchin hat keine Verwendung für luxuriösen Kram. Ich habe gehört, dass sie den Verwalter um ein Stück Land gebeten hat, weil sie einen Kräutergarten anlegen möchte. An der Südseite des Schlosses gibt es einen alten ummauerten Garten, der den Zweck erfüllen dürfte. Überlasse ihr den Schlüssel zum Garten und ein Waisenkind, das sich darum kümmert. Dann ist sie dir ewig treu.“

„Ja“, brachte Rumbold heraus. „Ich wäre gern … nützlich.“

Der Wachmann grunzte. „Ist das so?“ Er legte die Kugel zurück, kratzte sich den roten Bart und verschränkte die Arme vor der Brust. „Der Ruß steht dir.“

Rumbolds Gelächter ging rasch in einen Husten über. Erik nahm einen kleinen Krug vom Tisch und reichte ihn Rumbold. Der Prinz stürzte das Wasser gierig hinunter. Er hatte die Lippen gerade genug befeuchtet, um ein aufrichtiges Danke hervorzubringen, bevor er den Krug zurückgab.

Seit Rumbolds Rückkehr hatte Erik ihm stets direkt in die Augen geblickt, weder ausweichend noch meidend, wie es die meisten Diener oder Mitglieder des Hofes taten. Rumbold wusste nicht, ob er ihnen früher Angst eingeflößt hatte, oder ob seine neuerliche Gegenwart sie erschreckte. Wenn er nicht danach fragte, würde er es nie erfahren. Deshalb beschloss er, Erik zwei der wertvollsten und zugleich riskantesten Eigenschaften eines Aristokraten zu offenbaren: Ehrlichkeit und Vertrauen.

„Ich kann mich nicht erinnern, wer ich war“, sagte Rumbold zögerlich. Er wischte sich die Asche von den Knien, eine Wolke stieg vor ihm auf und er hustete. „Velius sagte, dass er … froh ist, dass ich mich für das Leben entschieden habe. Was hat er damit gemeint?“

„Niemand versteht auch nur die Hälfte von Cauchemars Rätseln.“ Erik nahm die Beine auseinander und schlug sie wieder übereinander. Er betrachtete das Porträt an der Wand, auf dem ein älterer Verwandter abgebildet war, an den Rumbold sich nicht erinnern konnte. Nach einiger Zeit durchbrach Eriks tiefe Stimme die Stille.

„Der Tod deiner Mutter und Jacks Fluch ereigneten sich in derselben Saison“, sagte der Wachmann. „Du warst zu jung, um die Intrigen zu verstehen, die um dich herum geschmiedet wurden. Zu jung, um die Absichten dahinter zu erkennen und die Bürde aus Schwermut und Einsamkeit zu tragen. Du hast dich zurückgezogen und eine ruhige Kindheit verbracht.

Deine Patentante hat einen Gegenfluch ausgesprochen, um das Unausweichliche aufzuschieben – aber für wie lange? Du bist lange Zeit auf Eierschalen gewandelt, hast dich von deiner besten Seite gezeigt und dich vor deinem künftigen Schicksal gefürchtet. Im Laufe der Zeit hast du akzeptiert, dass der Fluch eintreten würde. Es war ausgerechnet zu dem Zeitpunkt, an dem dein Leben beginnen, du eigene Entscheidungen treffen und dein Schicksal selbst in die Hand nehmen solltest. Bevor du achtzehn wurdest, hattest du alle nötigen Vorkehrungen getroffen. Der Aufschub des Fluchs verlängerte nur deine Wartezeit und du hattest die Nase voll davon."

Rumbold rutschte unbehaglich auf den Steinfliesen hin und her. Erik warf ihm ein Samtkissen zu, der Prinz legte es auf die Asche. „Bevor der Fluch vollendet war, konnte dir kein Schaden zugefügt werden. Aber niemand hätte gedacht, dass du zu Selbstzerstörung neigen würdest."

„Bin ich wahnsinnig geworden?", fragte Rumbold.

„Im wahrsten Sinne des Wortes. Und meiner Ansicht nach aus gutem Grund."

„Habe ich andere verletzt?"

„Ich glaube nicht, dass du dabei an andere gedacht hast. Falls du jemanden mit deinen Handlungen verletzt haben solltest, geschah es unabsichtlich."

„Habe ich … mich selbst verletzt?" Rumbold bemerkte, dass der Wachmann angespannt war und nervöse Pausen einlegte, und fragte sich, ob er sich je zuvor auf die Körpersprache eines anderen Menschen konzentriert hatte. Von Sundays Körpersprache einmal abgesehen.

„Du sitzt hier, also kann es nicht so schlimm gewesen sein, oder?" Doch Erik lächelte nicht mehr, er legte wieder die Stirn in Falten. „Ich meine, dass ich auf keinen Fall mit dir tauschen wollte. Kein Mensch sollte das Schicksal auf diese Weise herausfordern, wie du es getan hast. Du warst ein Opfer dieses Feenkriegs, genau wie Jack. Und du verdienst ein glückliches Ende, wenn man bedenkt, was dir angetan wurde. Aber dein künftiges Leben wird nicht einfach, mein Freund. Für diese Verdammnis kannst du dich selbst verantwortlich machen."

Also war es seine eigene Entscheidung gewesen, auf steinigen

Wegen das Leben zu durchschreiten. Rumbold wünschte, sich genauso darüber freuen zu können wie sein Cousin. Er betrachtete seine um die Knie gelegten Hände. Seine Finger waren mit grauer Asche bedeckt, schwarzer Ruß zog sich über die Knöchel und klebte unter den Nägeln. Seine Hände waren zwar knochig, aber kräftig. Diese Hände würden sein Schicksal schmieden, den holprigen Weg vom Gestrüpp befreien und jene Widrigkeiten abfangen, die ihm die Vorsehung entgegensetzte. Er vermochte den Mann, der er einst gewesen war, nicht zu ändern, doch diese Hände würden formen, wer er sein wollte.

Falls er in seinem früheren Leben Freunde gehabt hatte, hatten sie sich seit seiner Rückkehr nicht zu erkennen gegeben. Jetzt hatte er immerhin drei Freunde: Sunday, Velius und Erik. Er zählte mit drei Fingern. Wenn er sich und Rollins mitrechnete, war es eine solide Handvoll. Es war der erste und beste Teil eines Körpers, der sich allmählich erneuerte.

Ein unbekannter Vorfahr blickte spöttisch aus seinem Rahmen auf den Ascheprinzen am staubigen Kamin herab. Rumbold blinzelte zu ihm hinüber, zu einer eleganten Frau in schwarzem Kleid und einem pummeligen Jungen mit einem ebenso pummeligen Hund auf den Knien. „Wer sind diese Leute?", fragte Rumbold.

Der Wachmann brach in schallendes Gelächter aus. „Keine Ahnung. Ziemlich grimmiger Haufen, was?" Erik erhob sich und streckte dem Prinzen die Hand entgegen. „Kommt mit, Euer Schmutzigkeit. Wir waschen dich und bringen dich zum Übungsfeld, damit du dich wieder aufmischen lassen kannst. Die Jungs suchen dich wahrscheinlich schon."

Rumbold legte seine knochige Hand in Eriks Fleischige und ließ sich beim Aufstehen helfen.

„Euer Vater empfängt Euch jetzt, Hoheit." Rumbold nickte einem der Verwalter zu – hatte er ihre Namen je gekannt? – und sammelte allen Mut, bevor er durch die gewaltigen Türen schritt. Die

Erwartung, enttäuscht zu werden, versetzte seinen Magen in Aufruhr. Während seine Füße im dicken roten Teppich versanken, blickten weitere fremde Verwandte aus vergoldeten Rahmen auf ihn herab. Die Zierleisten umrahmten die Deckengemälde, die im späten Nachmittagslicht in den Schatten zurücktraten, und verliehen ihm das Gefühl, meilenweit entfernt zu sein.

Wer immer den Gang zum königlichen Wintergarten durchquerte, sollte sich klein fühlen und daran erinnert werden, dass sein Rang weit unter dem seines weisen und mächtigen Monarchen lag. Für einen Mann, der Dreiviertel eines Jahres als Frosch gelebt hatte, spielte Größe jedoch keine Rolle. Rumbold war aus einem anderen Grund nervös, der samt seiner äußerst ruhigen, äußerst rebellischen und äußerst verfluchten Kindheit weit in seinem Gedächtnis verschüttet lag.

Die Türen zum Wintergarten waren geschlossen. Rumbold straffte die Schultern und klopfte an das polierte Holz, das den Laut verschluckte. Vielleicht hörte sein Vater es nicht oder er war nicht zugegen und Rumbold konnte ihn an einem anderen Tag besuchen. Vielleicht …

Plötzlich wurde ein Türflügel aufgerissen, und sein dunkelblonder Vater stand mit geröteten Wangen und zerknitterter Kleidung vor ihm. Seine bernsteinfarbenen Augen funkelten, Falten umrahmten sein breites schiefes Grinsen.

„Komm schon, komm rein! Hier ist jemand, der dich sehen will." Sein Vater zog ihn über die Türschwelle und schloss die Tür. Er rannte durch den Raum und kniete sich auf den Boden, um die Arbeit an seinem Projekt fortzusetzen. Sobald Rumbold seinen Ärmel geglättet hatte, ließ der Druck der Königshand nach. Der König hatte *jemand* gesagt, womit er offensichtlich nicht von sich gesprochen hatte.

Dicke Wandteppiche verdunkelten die hohen Fenster und sperrten das Tageslicht aus. Kerzen beleuchteten die Kuriositätensammlung des

Königs: Eine Feenkrone; ein Horn, das aus dem Knochen eines hundertjährigen Hirschs geschnitzt worden war; das versteinerte Herz eines Alten Baums; ein silberner Apfel und ein goldenes Gänseei. Jedes Exemplar repräsentierte einen Augenblick im Leben seines Vaters, gemeinsam bildeten sie die Chronik der großen Erkundungen und Eroberungen des Königs. Jedes Stück stand auf einem eigenen Sockel und wurde von einer gläsernen Glocke geschützt. Wenn jemand es wagte, auch nur eines dieser Objekte zu bewegen, zu verschieben oder gar zu entfernen, dann würde der König einen Tobsuchtsanfall bekommen und ihm den Kopf abreißen – in genau dieser Reihenfolge.

Rumbold wünschte sich, er wäre wie jene, die unter einer Glasglocke auf einem Sockel thronten, und er wusste, dass er diesen Wunsch nicht zum ersten Mal hegte. Doch leider war er weder ein begehrter Preis noch ein geschätztes Geschenk. Für seinen Vater war er genauso selbstverständlich, gewöhnlich und unerbeten wie das Sonnenlicht hinter den erdrückenden Vorhängen.

Als Rumbold den Raum durchquerte, schien das fahle Kerzenlicht plötzlich eine bläuliche Färbung anzunehmen. Die Schatten flackerten und gewannen unscharfe Konturen. Das goldene Ei erglühte in einem blutroten Schimmer. Der König hatte den Thron verschoben und ihn neben den großen Spiegel gestellt, wodurch der Raum doppelt so groß und umso monumentaler wirkte. Der Teppich war zurückgerollt, enthüllte ein Muster aus Sternen, Kreisen und Symbolen, das tief in den antiken Holzboden eingeätzt, dunkel eingebrannt und mit klarem Lack versiegelt worden war, um sicherzustellen, dass weder schlurfende Füße noch das Verschieben von Möbeln im Laufe der Jahre Spuren hinterließen. An der Spitze jedes größeren Sterns brannte eine Kerze, deren Flammen das gleiche Blau wie die Wolken anzunehmen schienen, die den Spiegel nun mit einem schaurigen Leuchten aus dem Jenseits erfüllten.

Die Säulen warfen ihre Schatten wie verzweifelte Flüchtlinge auf den Boden, als wollten sie dem Raum entkommen. Rumbold fand sich im Schatten seines Vaters wieder und konnte sich ein ironisches Grinsen nicht verkneifen. Sein Herz hämmerte in seinen Ohren, während raues Geflüster die Luft erfüllte: *„Rumbold. Rumbold. Ich werde immer bei dir sein.“* Doch der König schien es nicht zu hören.

Sie blickten in den Spiegel, in dem eine Frau erschien und sie betrachtete. „Liebster“, sprach sie zum König. Ihre Stimme drang aus der Ferne herüber und klang wie Wasser, das über glatte Steine rauscht. „Es ist so lange her. Und dennoch …“

„Sieh doch, wer zurückgekommen ist!“ Unter dem schwindelerregenden Feenlicht wich plötzlich das Alter aus dem Gesicht des Königs. Für einen Moment hätte man ihn für Rumbolds Bruder halten können – seinen jüngeren Bruder.

„Ist schon ein Jahr vergangen?“ Die Wolken teilten sich, und die Stimme sowie das Bild wurden klarer, bis Sorrows Gesicht im Spiegel enthüllt wurde. Schwarzes Haar, alabasterartige Haut und violette Augen. Ihre atemberaubende Schönheit war nicht von dieser Welt und trug zu ihrer unnatürlichen Ausstrahlung bei.

Verbitterte Augen starrten ihm aus der Dunkelheit entgegen. „Nein. Es ist noch kein Jahr“, sagte sie. „Euer Sohn sollte eigentlich nicht vor Euch stehen, mein König.“

„Was? Was redest du da?“ Er streckte die Hände dem Spiegel entgegen, wobei das Feenlicht das lodernde Feuer in den Steinen seiner Amtsringe betonte. „Soll das heißen, dass er nicht mein Sohn ist?“

Mit einem ironischen Lächeln hob sie einen Mundwinkel. „Er ist Euer Sohn, auch wenn ihm ein Stück fehlt.“

Rumbold dachte an seine Wiedergeburt, machte eine weitere mentale Bestandsaufnahme all seiner lebenswichtigen Teile und kam nicht schlecht dabei weg.

„Welches Stück soll das sein?“ Im Schein des Spiegels wiesen die Augen des Königs dasselbe Violett auf wie Sorrows.

„Sein Herz natürlich." Sie legte den Kopf schief und zwinkerte Rumbold zu. „Sag, Patensohn. Wie heißt sie?"

Rumbold erwiderte nichts. In seinen Ohren verwandelte sich das geisterhafte Flüstern in Schreie, die sich durch seinen Verstand wühlten und darum wetteiferten, gehört zu werden.

Rumbold! Rumbold!

Befreie mich!

Er bekam keine Luft mehr. Die anderen schienen seine Verzweiflung nicht zu bemerken oder zu ignorieren.

„Er wird es uns nicht sagen", sagte er.

„Oder er kann es nicht", sagte sie.

Rumbold sah, wie sich ihre Lippen bewegten, konnte wegen der Kakofonie in seinem Kopf aber nicht erkennen, wer redete.

Befreie mich!

Töte mich!

Rächte sich das Schicksal an ihm? Er packte sich am Hals. Dummes Schicksal. In ein paar Minuten würde er sein Leben aushauchen.

„Ich habe heute Morgen eine Bekanntmachung unterzeichnet", sagte der König. „Mein Sohn veranstaltet mehrere Bälle, um seine Rückkehr ins Schloss zu feiern. Alle geeigneten Damen des Landes sind eingeladen. Ich fand es ein wenig extravagant, habe aber zugestimmt."

Mund auf.

Luft rein. Luft raus.

Ihr Götter, helft mir!

„Sie werden alle eingeladen", sagte Sorrow, „weil er nicht weiß, wer sie ist!" Als ihr Gelächter aus dem Spiegel hallte, war ihre Stimme so gewaltig wie das Zimmer selbst. Gegen den Schmerz ankämpfend, schlug sich Rumbold die Hände auf die Ohren und fürchtete, sie beim Zurückziehen mit Blut überströmt vorzufinden. Ihm wurde übel von den wabernden Schatten des Feenlichts. Stolpernd entfernte er sich von dem Stern am Boden. Er brauchte Luft. Er brauchte Licht. Er brauchte … Realität.

Befreie mich!

Töte mich!

Rumbold!

Der Prinz geriet erneut ins Stolpern, hielt sich an einem der dicken Wandteppiche vor den Fenstern fest und zog daran.

Das Tageslicht teilte den Raum in zwei Welten: in unscharfe, ätherische Schatten, geworfen vom Licht des Spiegels und die Schatten, die von der untergehenden Sonne an die gegenüberliegende Wand geworfen wurden. Die Sockel mit den Schätzen, die Möbel, sogar der Rahmen des Spiegels – alles warf zwei identische Schattenbilder.

Bis auf seinen Vater.

Der Schatten des Königs wankte auf dem Boden vor dem Spiegel, während hinter ihm an der Wand ein Engel aufragte. Er breitete die Flügel aus und hob flehend die Hände. Dann griff er nach unten, hob den Schatten des goldenen Eis und zerschmetterte es. Unter der unversehrten Glaskuppel zerfiel das Ei zu Staub.

Die Stimmen in Rumbolds Kopf sangen jubilierend im Chor.

Der Engel erhob sich in die Lüfte und flog davon.

Der König brach zusammen.

Mit dem Engel verschwand auch der Jubelgesang, ebbte zuerst zu einem Flüstern ab und dann zu nichts. Ein letzter Satz erklang, bevor er von einer Brise davongetragen wurde. Diese Worte hatte er in der Nacht nicht gehört.

Ich liebe dich, mein Sohn.

Der Druck um Rumbolds Hals ließ nach. Er keuchte und sog die kostbare Luft durch Nase und Mund ein. Er hustete und atmete erneut ein. Die Luft schmeckte lila wie Mutters Duft nach Lavendel und Flieder.

Rumbold eilte zu seinem Vater. Das Haar des Königs war nun

von stumpfen grauen Strähnen durchzogen, Flecken und tiefe Falten entstellten seine einst jugendlichen Züge. Er war kein jüngerer Bruder mehr. Der dünne gebrechliche Mann in Rumbolds Armen hätte sein Großvater oder Urgroßvater sein können. Die Kleidung des Königs war plötzlich so groß, dass sie um seinen Körper schlotterte. Seine blasse Haut war zu groß für seine Hände: Sie schlug Wellen um die Knöchel herum und kräuselte sich an den Fingerspitzen. Die violette Luft rasselte krank in seiner Lunge.

Ein Blitz zischte über den wolkenlosen Himmel. Einen Moment lang wurde der Raum durch das offene Fenster hell erleuchtet, gefolgt von einem Donnerschlag, der lang und tief durch die dicken Steinmauern grollte und das Schloss in seinen Grundfesten erschütterte.

Sorrow trat aus dem Spiegel heraus.

Seine Patentante hatte nur Augen für den König. Anmutig ließ sie sich neben ihm nieder, entfernte eine Amtsnadel von seiner Brust und stach sich damit in den Finger. Obwohl Rumbold halb erwartet hatte, dass ihr Blut von dem dunklen Violett ihrer Augen oder dem kalten Blau des Feen-Kerzenlichts sein würde, war es rot. Hinter ihr wirbelten immer noch Wolken im Spiegel, als suchten sie nach ihrer Gebieterin oder dem fehlgeleiteten Blitz, den sie verursacht hatten.

Sorrow wischte das Blut von ihrer Fingerspitze auf die Lippen des Königs. Sein Teint nahm direkt eine gesunde, rosige Farbe an, und sein Körper wurde rasch fülliger, bald zu schwer für Rumbold. Sorrow fuhr mit den dunklen Fingernägeln durch das Haar des Königs, das wieder golden glänzte. Sie tätschelte seine Brust und seine Atmung setzte ein, tief und mühelos.

„Es ist gut, dass Ihr diese Bälle verkündet habt." In dem großen Raum wirkte Sorrows Stimme jetzt nah, echt und doch klein. „Es wird Zeit, dass dein Vater sich wieder eine Frau sucht." Mit ihren mächtigen violetten Augen nagelte sie Rumbold förmlich fest. „Willkommen zu Hause, Patensohn.“

9 Die Großartigste Erzählung

Dank Friday gelangte die ganze Familie zu dem Glauben, dass Sundays gedrückte Stimmung daher rührte, weil sie sich in Panser den Lehrling des Pfandleihers, verliebt hatte.

Armer Panser.

Wäre Sunday nicht von solcher einer Erschöpfung geplagt gewesen und hätte sie sich nicht so alt gefühlt, hätte sie darüber lachen können. Doch es schien, als hätten ihre Muskeln ein stummes Einverständnis getroffen, ihre Mundwinkel zu vernachlässigen, denn das Lächeln eines Mädchens würde die Welt ohnehin nicht verändern. Eine bleierne Schwermut durchdrang ihren Körper, verdickte ihr Blut und ließ jede ihrer Bewegungen mühsam werden. Ihr Herz fühlte sich wie in Invalide an, war fest davon überzeugt, den nächsten

Sonnenuntergang nicht zu erleben.

In den Albträumen, die Sunday heimsuchten, wanderte sie durch endlose Flure, erfüllt von einem unheimlichen Flüstern. Festlich gekleidete Gestalten mit vier Gesichtern beobachteten sie durch vergoldete Fenster. Die Bettlaken umhüllten sie wie eiskaltes, seidiges Wasser. Wenn sie erwachte, fürchtete sie, ihre Hände seien von Asche und Ruß verschmiert. Diese Träume waren verstörend und trugen nur noch mehr zu ihrer Schwermut bei.

Wenn Friday nicht selbst etwas für den jungen Lehrling des Pfandleihers empfunden hätte, wäre die Sache mit Panser niemandem aufgefallen. Da Sunday es weder zugab noch leugnete, für ihn zu schwärmen, stürzte sich Friday in ein produktives Chaos und fertigte Ballkleider aus Spitze, Bändern und Garn für ihre Geschwister an. Niemand kam, um sie aufzumuntern oder umzustimmen.

Saturday fand es nach wie vor ungerecht, nur gewöhnlich zu sein, und ärgerte sich nicht nur darüber, sondern auch über die Tatsache, dass das Universum angeblich im Gleichgewicht sein musste. Sie weigerte sich lautstark, an der „lächerlichen Zurschaustellung von Pomp und Firlefanz“ teilzunehmen, und ließ ihren Frust an mehreren Holzstämmen aus. Papa betrübte allein der Gedanke, dass sie am Ball teilnehmen würden, da er den Gastgeber nicht ausstehen konnte und außerdem eine unglückliche Verbindung zwischen ihm und der Familie des Holzfällers bestand. Mama strahlte ohnehin immer eine gewisse Unzufriedenheit aus, doch sie war noch übellauniger als sonst, da außer ihr scheinbar niemand darüber erfreut war, zu einem solch prestigeträchtigen Ereignis eingeladen zu sein.

Sunday gab sich selbst die Schuld an den langen Gesichtern und der miesen Stimmung. Um die dicke Luft zu lindern, mied sie das Wohnzimmer. Trix versuchte, die schwere Atmosphäre zu vertreiben, indem er eine Ladung Mist aus dem Kuhstall karrte und damit die Rosen düngte, deren Samen er rund um das Haus verteilt hatte. Doch da nun weder Fenster noch Türen geöffnet werden konnten, fühlte sich das Haus eher wie ein versiegeltes Grab an.

Sundays Mantel des Schweigens bildete eine Verbindung zu ihrem Unterbewusstsein und der inneren Magie, die ihr kürzlich entglitten war. In Momenten, in denen nichts mehr zählte, schien die Welt zusammenzubrechen, und alles, was blieb, wurde einfach. Diese Logik ergab sich von selbst und brachte Klarheit. Was einst eine große Hürde für Sunday gewesen war, gehorchte nun ihrem Willen, so sanft und leicht wie ein Kuss, der zum Mond gehaucht wird. Sobald sie an die Liebe dachte oder in ihrem Schmerz versank, entglitt ihr die Macht. Doch solange sie sich an das laue Gefühl von nichts klammerte, konnte sie sich ablenken und die Magie unter Kontrolle behalten. Selbst Tante Joy staunte über ihre Fortschritte.

Sunday sehnte sich danach, dass es für sie mehr Bedeutung haben würde, damit sie stolz auf sich sein konnte. Sie litt zu sehr unter der unerwiderten Liebe zu einem Mann, dem sie nie begegnet war, und einem Frosch, der einmal ihr Freund gewesen war. Papa sagte oft, dass einige Dinge einfach geschehen müssten, während andere nur dazu da wären, den Stoff für eine gute Geschichte zu liefern. Wenn auch nur ein Körnchen Wahrheit darin steckte, dann war Grummel die großartigste Geschichte ihres Lebens.

Die Nächte verstrichen zu Vormittagen, die Vormittage wurden zu Nachmittagen, und plötzlich stand der erste Ballabend bevor. Sunday saß steif vor dem Spiegel, wie eine ausgehöhlte Statue, in ein silbernes Samt-Kleid gehüllt und mit dem verzauberten Gold besetzt, das sie gesponnen hatte. Wednesday steckte Thursdays Bänder und silberne Nadeln in ihr Haar. Obwohl Sunday sich selbst um ihr Aussehen hätte kümmern können – schließlich hatte sie bereits den Schwung in ihre Locken gebracht, den ihre Schritte vermissen ließen, und die Röte auf ihren Wangen verlieh ihr eine lebhafte Ausstrahlung, die sie nicht empfand – genoss sie dennoch die gelassene Ruhe ihrer

Schattenschwester. Sunday konzentrierte sich auf das beruhigende Spiel von Wednesdays Fingern auf ihrer Haut. Sie stellte sich vor, wie sie den Schmerz aus ihrem Herzen herauszog, durch ihre Schädeldecke und Haarsträhnen, damit er wie Teer von den Spitzen tropfte.

Wednesday war in ein Kleid aus blaugrauer Seide und anthrazitfarbenem Taft gehüllt, das einen schlichten Eindruck vermittelte. Winzige transparente Glasperlen funkelten an den Trompetenärmeln und am Rock hinunter, sodass Wednesday aussah, als wäre sie gerade aus dem Nebel aufgetaucht. Als sie hinter Sunday stand, wirkte sie im warmen Licht der untergehenden Sonne, die sich vor dem Fenster des Schlupfwinkels verabschiedete, wie ihr großes, dünnes Ebenbild. Es musste tatsächlich ein melancholischer Tag sein, dass Sundays einsame Schwester ein Silberstreif am Horizont war.

Auf dem Fensterbrett saßen Sundays weiße Tauben. Die Jüngere schmiegte sich an die Ältere; auf ihrer Brust prangte ein purpurnes Mal, das aussah wie ein Nadelstich. Sie betrachteten ihre Herrin, als warteten sie auf eine Anweisung oder Nahrung, doch Sunday wusste, dass sie nur in ihrer Nähe sein wollten und deshalb regungslos verharrten. Ihre Anwesenheit machte ihr Leben einsamer und gleichzeitig erträglicher, obwohl sie von Schuldgefühlen geplagt wurde, weil die Vögel ihre Schwermut miterlebten. Sie pfiffen, zwitscherten oder gurrten nicht, wie es Vögel normalerweise taten. Sunday wünschte sich so sehr, dass die Tauben glücklich wären, dass es schien, als würden sie summend ihre Zuneigung zeigen. Und dazu sang Wednesday eine Melodie:

In ihrer Traurigkeit entfacht sie Donnergrollen,
Und ihre Tränen bringen einen Regenschauer hervor.
Wenn Krankheit sie plagt, füttert sie uns mit Gift,
Damit wir ihren Schmerz in uns spüren.
Doch wenn sie lächelt, erstrahlt die Sonne,

Bringt Fröhlichkeit und Wind.
Die Vögel singen weiterhin ihr Lied,
Und die Welt erscheint wieder vollkommen.

„Lächeln, süße Sunday", flüsterte ihr Wednesday ins Ohr. „Die Vögel brauchen deine Liebe, um ihre Flügel auszubreiten." Sie drückte Sunday einen Kuss aufs Haar, das großzügig mit weißen, roten und silbernen Bändern verziert war. Ihre Blicke trafen sich im Spiegel. „Du siehst aus wie …", sagte sie selbstvergessen, bevor sie eine unsichtbare Träne von Sundays Wange wischte. „Du siehst wunderschön aus." Bei Wednesday klang einfach alles träumerisch.

Sunday ließ sich von ihrer Schattenschwester die Treppe hinunter ins Wohnzimmer führen, wo plötzlich alle Schwestern auftauchten, als wären sie herbeigezaubert worden. Friday keuchte und schlug die Hände vor den Mund. Sie waren völlig unversehrt, obwohl sie in den vergangenen drei Tagen unermüdlich gearbeitet hatte. Mama betrachtete staunend ihre Kinder, ihre Augen huschten zwischen den Töchtern hin und her. Tante Joy lächelte so erfreut, dass ihre indigofarbenen Augen funkelten und ihre Ähnlichkeit zu Wednesday noch deutlicher hervortrat, allerdings zeigte Wednesday nie so ein Lächeln.

Die Schönheit, die Sunday nicht in sich sah, erkannte sie in ihren Schwestern. Friday hatte mit Thursdays Beute wahre Wunder vollbracht. Sie hatte die Stoffe und Farben auf eine Weise kombiniert, dass sie sich selbst übertroffen hatte und ihrem Geschick mit der magischen Nadel alle Ehre machte. Auch wenn Tante Joy und Mama die Kleider im Wesentlichen zusammengestellt hatten, hatte Friday die Gewänder mit ihrer künstlerischen Begabung mit der Spitze, den Bändern und den gläsernen und metallenen Accessoires in göttliche Kleidungsstücke verwandelt. Jedes Kleid verfügte über geschickte platzierte Details, die die Blicke auf sich zogen, ohne überladen oder übertrieben zu wirken. Einige Teile konnten entweder ausgetauscht oder gewendet oder anderweitig eingesetzt werden, da die Kleider so konzipiert waren, dass sie an drei aufeinanderfolgenden Abenden getragen werden konnten. Friday hatte das Kunststück vollbracht, ihre Familie wohlhabend wirken zu lassen – was zu jedem anderen Zeitpunkt eine Straftat gewesen wäre.

Mamas Kleid war zwar das schlichteste, aber nicht weniger eindrucksvoll. Das malvenfarbene, bodenlange Gewand aus Brokat hatte einen eckigen Halsausschnitt und einen geraden Schnitt. Die Säume waren mit kleinen Goldstücken und Pelzbesatz verziert, die auch durch schmale Schlitze in den Ärmeln lugten. Über dem zurückgekämmten eisengrauen Haar lag ein Netz aus rotbraunem und goldenem Geflecht, sodass es wie in Eis gefangene Juwelen glänzte.

Friday erstrahlte in scharlachrotem Taft. Sie freute sich so über ihren Erfolg, dass ihre Wangen einen ähnlichen Farbton annahmen. Ihr Rock und die Ärmel waren mit Bändern sowie rotbraunen und goldenen Stoffresten gesäumt, die den Stoff in Flammen aufgehen ließen. Fridays Kleid spiegelte ihre Leidenschaft wider, sodass jeder sie sehen und an ihrer Wärme teilhaben konnte.

Obwohl Saturday sich alle Mühe gab, weiter zu schmollen, sah sie in ihrem Damast-Kleid königlich aus. Sunday hätte sie beinahe nicht erkannt und war verblüfft, was für eine Schönheit sich täglich unter der staubigen Mütze und der Hose verbarg. Die kräftigen Blau- und Grüntöne bewegten sich im Licht, überlappten einander innerhalb und außerhalb der dekorativen Borte und ergossen sich übereinander zu ihren Füßen. Mit ihren breiten Schultern und den strahlenden Augen hätte sie eine Meeresgöttin sein können. Von wegen gewöhnlich. Genau wie Thursday würde auch Saturday eines Tages viele Abenteuer erleben.

Sunday sehnte sich danach, das Gesicht ihres Vaters zu sehen, wenn er seine Töchter erblickte. Sie hoffte, seine Liebe und seinen Stolz zu spüren. Heute Abend brauchte sie seine Stärke, aber sie wusste, dass sie seine Unterstützung nicht bekommen würde. Papa hatte seine Missbilligung deutlich zum Ausdruck gebracht.

Es klopfte an der Tür.

Sunday ging automatisch hin, legte die Hand auf den Knauf und erstarrte. Auf der anderen Seite könnte praktisch jeder stehen. Es könnte ein Bote des Königshauses sein, der bekannt geben wollte, dass die Bälle abgesagt worden waren. Es könnte der Prinz höchstpersönlich sein, der sich für das Theater und all seine Missetaten in der Vergangenheit entschuldigen wollte. Vielleicht klopfte auch Papa an die eigene Tür, um mit seiner Albernheit die Nervosität zu vertreiben. Das wäre typisch für ihn.

Vielleicht stand Grummel in Menschengestalt vor der Tür, um Sunday von ihrem tristen Leben und den Furcht einflößenden bevorstehenden Ereignissen zu retten. Er würde auf die Knie fallen, ihre Hände ergreifen, und ihre Vögel würden sich auf seinen Schultern niederlassen, ihn erstrahlen lassen. Dann würde er ihr eine Liebeserklärung machen und sie anflehen, mit ihm fortzulaufen. Sunday sehnte sich so sehr danach, dass ihr die Luft wegblieb und ihr erneut das Herz brach. Wenn sie füreinander bestimmt wären, dann hätte der Kuss im Wald etwas bewirkt. So liefen die Dinge nun mal.

Es klopfte erneut.

„Komm mit, Frau Melasse“, sagte Saturday. „Ich will es hinter mich bringen.“

Sunday flüsterte: „Trix.“

Die ansehnliche Röte wich von Fridays Wangen.

Da Trix sich ferngehalten und niemandem im Weg gestanden hatte, war er in Vergessenheit geraten. Erst jetzt fiel ihnen wieder ein, dass er den ganzen Tag frischen Mist um das Haus herum verteilt hatte. Auf dem Ball würde jeder von ihrer Schönheit geblendet und von ihrem Gestank gelähmt sein.

Saturday ergriff Sundays Hand. „Komm, sorgen wir für Gesprächsstoff“, sagte sie mit funkelnden Augen und gemeinsam öffneten sie die Tür. Das Haus wurde auf der Stelle von Düften erfüllt nach … Rosen, üppigen sommerlichen Rosen, süß und zäh wie warmer Honig.

Tante Joy drehte die Handflächen nach oben und schüttelte den Kopf. „Mögen die Götter die Feen segnen.“

„Na ja, es geht eigentlich ums Blühen …“ Der Bote verstummte, während sein Blick an Saturday hinauf wanderte … und hinauf und hinauf. Er blinzelte und verbeugte sich. „Verzeihung, Mylady. Wir sind an diesem wundervollen Abend alle ein wenig in Eile, wie Ihr Euch vorstellen könnt.“

Saturday sah Sunday mit hochgezogenen Brauen an, da ihr plötzlich bewusst wurde, wie mächtig ihre eigene Schönheit war.

Es war tatsächlich ein wundervoller Abend und ungewöhnlich warm für den Frühling. Das kam gerade recht, denn so erwartete niemand, dass die Woodcutter-Damen Mäntel trugen, die sie nicht besaßen. Sunday raffte die Röcke, nahm die Hand des Lakaien und stieg in die wartende Kutsche ein. Durch das Fenster sah sie Tante Joy, die in der Tür stand und lächelnd winkte.

Sunday bemerkte eine Bewegung im Turmhaus: Ihr Vater blickte aus dem abgedunkelten Schlafzimmer, also hatte er sich doch nicht zurückgezogen. Er zwirbelte die Kette mit dem kleinen goldenen Medaillon um seinen Hals – Jacks Namenstagsgeschenk – das seine Familie nach dessen Tod erhalten hatte. Sunday lehnte sich an den dünn gepolsterten Sitz und vermisste ihren Vater. Sie stellte sich vor, dass er ihr alles Gute wünschte, doch es war kein Geheimnis, wie Papa zur königlichen Familie stand. Allein der Besuch des Balls war ein Verrat an ihm. Schlimmer noch, sie verriet damit Grummel.

Ihr Verstand tadelte sie: *Dummes Mädchen.* Sie konnte einen Mann, den sie nie kennengelernt hatte, nicht verraten, genauso wenig, wie sie die Schuld dafür auf sich nehmen sollte, dass sie Mutters Anweisung folgte. Während der Kutschfahrt drückte Friday Sundays Hand, sodass sie sich von ihrer Aufregung anstecken ließ. Sie nutzte ihre Magie, um ihre Handflächen trocken, ihre Locken frisch und ihr Kleid faltenfrei zu halten. Jede Kleinigkeit, die sie kontrollieren konnte, war ein weiteres winziges Plättchen an der Rüstung ihres Selbstbewusstseins. Sie war eine Kriegerin und würde stark bleiben.

Die Kutsche kam früher als erwartet zum Stillstand. Mama schob die Vorhänge beiseite, während der Lakai die Tür öffnete. „Bedaure, wir können nicht weiter vorfahren."

Zwischen der Kutsche und den Toren des Schlosses befand sich ein Meer aus Menschen, Tieren und allerlei Gerätschaften. Vor Kutschen gespannte Pferde schrammten an von Ochsen gezogenen Wagen und Heukarren mit Eseln vorbei. Den Fahrzeugen entstiegen quietschende und schnatternde Mädchen. Einige kamen zu Fuß, sie trugen ihre Schuhe und tauchten die schmutzigen Zehen in Brunnen und Pferdetröge.

So ein Spektakel hatte Sunday noch nie gesehen. Auch dem gemeinen Volk ging es nicht anders, denn es hatte sich versammelt, um das Ereignis mit eigenen Augen zu sehen. Offenbar waren alle Mädchen des Landes der Einladung gefolgt, und alle geeigneten wohlhabenden Männer schienen auf der Gästeliste gelandet zu sein – genau wie Mama es vorhergesagt hatte. Über diesen Abend würden mehrere Generationen hinweg Lieder singen und an Lagerfeuern darüber reden. Sunday hätte sich gewünscht, in diese Lieder einzutauchen, wenn sie auch nur im Entferntesten geglaubt hätte, dass man sich an sie erinnern würde.

Sunday schlenderte mit ihren Schwestern die Straße entlang, vorbei an Schleifen, Bändern und Schmuckstücken, die im Staub, Dreck und Kot der Tiere verloren gegangen waren, bis zur Treppe, wo eine Schar Frauen darauf wartete, am Großen Eingang angekündigt zu werden. Die farbenfrohe Wartereihe schlängelte sich wie eine bunte giftige Schlange durch die luxuriösen Gänge und Tore und bildete einen Kreis auf dem Kopfsteinpflaster. Einige Gewänder standen Fridays subtilem Genie in nichts nach, während andere nicht einmal dazu taugten, auf dem Bohnenfeld getragen zu werden. Die unverschämten Frauen zogen Protz und Firlefanz dem Anstand vor, die Unschuldigen waren gekommen, weil sie einen Traum verfolgten.

Der prunkvoll dekorierte Saal erweckte Sundays Albträume und Erinnerungen an Kälte, Verlust und Furcht vor dem Leben. Jeder Schritt gab ihr das Gefühl, eine Heuchlerin zu sein. Schließlich überquerten die Woodcutters die Schwelle zum Großen Eingang und befanden sich auf dem Podest, das den Ballsaal überblickte. Unten bewegte sich der Fluss unaufhörlich weiter und strömte wie ein Regenbogen im Takt der leisen Musik. Über ihnen funkelten unermesslich viele Lichter, die von unzähligen facettenartigen Kristallen reflektiert wurden, die sich wie Sterne über die gewölbte Decke zogen. Mama befahl Saturday, keinen Buckel zu machen und sich aufrecht hinzustellen.

Sunday und ihre Schwestern waren mit solchen Feierlichkeiten vertraut, da sie bereits an mehreren Festen anlässlich der Frühlings- und Herbsternte teilgenommen hatten. Sie hatten sich nicht nur in das fröhliche Treiben gestürzt, sondern es sogar angeführt, gesungen und bis in die frühen Morgenstunden getanzt. Doch das hier war eine vollkommen andere Welt, die Sundays wildeste Fantasien bei weitem übertraf. Sie fragte sich, ob es Wednesday genauso erging.

„Missus Seven Woodcutter“, verkündete der Großmarschall. „Und ihre Töchter Miss Wednesday, Miss Friday, Miss Saturday und Miss Sunday.”

Sunday schloss die Augen und wartete darauf, wegen ihres lächerlichen Namens ausgelacht zu werden. Gott sei Dank nahmen nur fünf Familienmitglieder am Ball teil. Als sie die Augen öffnete, zwinkerte ihr der Großmarschall zu. Diese Geste wirkte so merkwürdig und deplatziert, dass sie unwillkürlich grinsen musste.

Sie wappnete sich für die nächste Herausforderung: die Treppe hinunterzuschreiten, um in das erdrückende Meer aus Körpern einzutauchen. Ihr stockte der Atem, ihr Gesicht lief rot an, ihr Herz begann zu rasen. Sie wurde stocksteif und war nicht in der Lage, weiterzugehen. Fridays kühle Hand stahl sich in ihre Feuchte und verlieh ihr den Mut, sich zur Treppe vorzutasten, die mit einem roten Teppich ausgelegt war. Vor ihrem geistigen Auge sah Sunday, wie sie die Treppe hinunterstürzte. Friday drückte ihre Finger.

Konzentriere dich. Dein Haar ist gewellt. Die Locken sind mit Bändern verziert. Dein Kleid ist ordentlich geglättet. Jede Naht ist an der richtigen Stelle verstärkt. Alle Lichter im Raum schienen für sie zu leuchten, sämtliche Farben zeichneten ihre Erinnerung. Ein weiteres Plättchen ihrer Rüstung wurde im Takt der Musik an der passenden Stelle angebracht, während sie mit dem Mantra übereinstimmte, das sich in ihrem Kopf wiederholte: *Warum ich, warum ich, warum ich …*

Sie war Sunday Woodcutter. Sie war eine Schöpferin, eine Märchenspinnerin, und sie würde stark sein. Mit einer Hand raffte sie das Kleid, mit der anderen klammerte sie sich an Friday und führte sie langsam die Treppe hinunter.

Das Gesicht, das ihnen am Fuß der Treppe gegenüberstand, war Sunday so vertraut, als würde sie ihr Spiegelbild auf einem windgepeitschten Teich betrachten – wenn sie doppelt so alt und zehnmal schöner gewesen wäre. Helle goldene Locken fielen über ein weiches weißes Samtmieder bis zu einer schmalen eingeschnürten Taille. Feingliedrige Hände waren mit Ringen geschmückt, die zu den perlen besetzten Stickereien des Überrocks passten. Augenbrauen, die wie Engelsflügel gewölbt waren, umrahmten mandelförmige tiefblaue Augen, umgeben von einer makellosen Haut, die so cremig war wie Alabaster. Die Mundwinkel der herzförmigen pfirsichfarbenen Lippen hoben sich leicht. Die Stirn wurde von einem schmalen perlenbesetzten Diadem aus Weißgold geschmückt.

Mama neigte den Kopf und beugte die Knie zu einem formvollendeten Knicks. „Euer Hoheit."

Die Prinzessin sagte nichts, doch in ihren Augen lag ein flehender Ausdruck.

Friday war weniger zurückhaltend, sie marschierte direkt auf die weiße Prinzessin zu und umarmte sie herzlich. „O Monday, wir haben dich so vermisst."

Wednesdays grauer Schatten fiel auf Mondays voluminösen Rock. Sie küsste ihre perfekte Wange und hielt ihr einen langen, schmalen Seidenbeutel hin, an dem ein Zettel befestigt war: *Von Thursday.*

Mondays Lächeln wurde breiter, während ihre Augen trauriger wirkten und die Perlen an ihrer Stirn ihre ätherische Schönheit wie glitzernde Tränen umrissen. „Danke", flüsterte sie und zog das Band auf. Aus der Tasche glitt ein wunderschöner Fächer. Winzige Juwelen säumten die Ebenholzstäbe, feine schwarze Spitze und flaumige dunkle Federn zierten die Ränder. Kleine rote Symbole schmückten den Stoff der schwarzen und silbernen Blätter. Thursday hatte wieder einmal eine hervorragende Wahl getroffen. Dieser wunderschöne Gegenstand war einer solchen Frau würdig.

Sundays Nase zuckte. Sie dachte an die Arbeit, die ihre Familie täglich verrichtete, nur um über die Runden zu kommen: Morgens musste das Vieh gefüttert werden, nachmittags wurde auf den Feldern geschuftet, abends wurden Bohnen am Kamin geschält, und an Regentagen wurde gesponnen und Staub gewischt. Obwohl sie so viel arbeiteten, kam so wenig dabei heraus. Und jetzt musste sie diesen Blödsinn über sich ergehen lassen wegen einer dummen Kuh, die nicht halb so viel wert war wie das nutzlose Accessoire, das Monday gerade so lässig in der Hand hielt.

Die Schwestern traten schließlich beiseite und schufen Platz für die Jüngste, damit die Älteste sie in Augenschein nehmen konnte. Die Musik wummerte in Sundays Kopf: *Warum ich, warum ich, warum ich* … Da sie nicht wusste, was sie tun sollte, folgte sie Mamas Beispiel und knickste ein wenig. Perfekt manikürte Finger, die weder Böden schrubben noch Schweineställe ausmisten oder Wolle kämmen mussten und sich nicht an Stopfnadeln verletzten, glitten unter ihr Kinn und hoben es an.

„Sie sieht aus wie Tuesday", sagte die Prinzessin. Ihre Stimme war tief, süß und ein wenig atemlos, so wie Sunday sich Engelsstimmen vorstellte. Oder Sternschnuppen.

„Ein wenig, ja", sagte Mama nach einer Pause.

Das war das Netteste, was ihre Mutter je über sie gesagt hatte. Es war das *einzig* Nette, das ihre Mutter je über sie gesagt hatte. „Ich bin aber nicht anmutig", platzte Sunday heraus und versuchte ihren Ausbruch wiedergutzumachen, indem sie „Mylady" hinzufügte.

Mondays Augen erhellten sich, bevor der betrübte Ausdruck zurückkehrte. „Bitte", sagte die Stimme des Engels, „nicht …"

Die Musik hielt inne. Im Raum wurde es still. Sunday war noch zu schockiert über Mondays Auftritt, Mamas Kompliment und ihrem eigenen unhöflichen Ausbruch, um es zu bemerken. Monday starrte eine Stelle links von ihr an. Hinter ihr. Monday senkte den Blick und neigte ehrfurchtsvoll den Kopf.

„Miss Woodcutter", sagte er.

Sunday drehte sich langsam um und machte einen tiefen Knicks. Sie biss sich auf die widerspenstige Zunge und gab das von sich, was ihr zuerst in den Sinn kam und das nicht alltäglich war.

„Euer Hoheit."

10 Monarchie und Zaubersprüche

Der unsichtbare Soldat in der leeren Rüstung neben der Tür füllte seinen Brustpanzer besser aus als Rumbold sein Festgewand. Obwohl der Prinz unter mehreren prachtvollen Stofflagen steckte, fühlte er sich schmächtig. Rollins richtete die kastanienbraune Schärpe, die von der knochigen Schulter bis zur dürren Hüfte reichte, und steckte ihm eine goldene Medaille an die Brust. Rumbolds Herz raste so sehr, dass es ihn überraschte, dass die Medaille nicht wackelte. Heute Abend sah er sie wiedersehen. Er sah seine wahre Liebe mit den Augen eines Mannes sehen. Wenn sie ihm zulächelte oder ihn berührte, würde die Welt wieder einen Sinn ergeben. Er würde sich mit der Stimme eines Mannes mit ihr unterhalten und sie würde sagen …

„Wie sehe ich aus?“

Erik und Velius, die halbherzig miteinander Schach spielten, zuckten bei seinem Anblick mit den Schultern. Rumbold beneidete Velius um die lässige Eleganz, mit der er seine Kleidung trug. Seine breiten Schultern waren in schwarze Seide gehüllt, die wie angegossen saß, als wäre sie nur für ihn gemacht. Der Prinz war sich sicher, dass er sich früher ebenfalls in seiner Garderobe wohlgefühlt hatte und es ihm nie in den Sinn gekommen wäre, sich darin unbehaglich zu fühlen. Momentan war ihm seine Haut nur geringfügig vertrauter als Hemd, Schärpe, Hose und Mantel an seinem neuen Körper. Würde sich die Haut seiner wahren Liebe wie diese Seide anfühlen, wenn er ihre Hand ergriff?

Velius lehnte sich auf seinem Stuhl zurück. „Was meinst du?", fragte er Erik. „Wie flüssiger Pudding?"

Erik musterte den Prinzen. „Eher wie schwaches Bier."

„Hmm."

„Nein, warte. Gekochter Kohl."

Velius nickte weise. „Das ist es."

„Vielleicht hätten wir ihn heute früh nicht mit den Jungs spielen lassen sollen."

„Ist das etwa ein blauer Fleck unter seinem linken Auge?"

„Kaschiere ihn nicht", sagte Erik. „Der gibt ihm ein bisschen Farbe."

„Wir könnten ihm auf der anderen Seite auch noch einen blauen Fleck verpassen", sagte Velius.

„Würde jedenfalls schnell gehen."

„Aber die Haare." Velius lutschte an seinen Zähnen.

„Da kann man wohl nichts machen", fiel Rollins mit ein.

Rumbold stieß den Atem aus und schaffte noch mehr Platz zwischen Brust und Schärpe. „Sehe ich wirklich so schlimm aus?"

Velius erhob sich und legte seinem Cousin die Hände auf die Schultern. „Sagen wir, die Gerüchte über dein vorzeitiges Ableben waren nicht ganz aus der Luft gegriffen."

Jetzt verstand Rumbold, was sie beabsichtigten. Sie zogen ihn auf, rissen Witze. Verpackten die Wahrheit mit Humor. Sticheleien unter Freunden. Mit einem breiten Grinsen zeigte er all die Dankbarkeit, Aufregung und Zuneigung, die er nicht in Worte fassen konnte.

Velius hob einen Arm und legte ihn über die Augen. „Vorsicht! Nimm dich in Acht, Cousin. Es gibt viele Frauen, die dir bereitwillig das Ja-Wort geben, ohne dass du sie mit einem Lächeln in die Knie zwingen musst."

„Er ist doch der Kronprinz", stellte Erik fest. „Da dürfen sie nicht nein sagen."

Das ernüchterte Rumbold. „Er hat recht. Was ist wenn…"

„Schluss damit!", rief Velius. „Wenn sie dich nicht bereits lieben würde, wärst du nicht hier."

„Aber sie weiß nicht, wer ich bin. Ich weiß ja selbst nicht, wer ich bin. Genauso wenig, wer ich war…"

„Fang nicht schon wieder damit an", unterbrach Erik.

„Ihre Familie verabscheut meinen Vater und mich."

„Da sind sie nicht die Einzigen", witzelte Velius.

„Wie soll ich dagegen ankommen?"

„Hör mal", sagte Velius. „Die Vergangenheit ist vorbei. Weder du noch sonst jemand in diesem Raum kann etwas daran ändern. Wer bist du jetzt?"

„Ich bin ein Mann, der heute den wertvollsten Schatz in die Arme nehmen wird, den er je gesehen hat. Und ich habe furchtbare Angst, sie zu verlieren."

„Dann verlier sie nicht", sagte Erik.

Rollins legte dem Prinzen einen kurzen Umhang über die Schultern und befestigte ihn mit einer goldenen Spange. Wenn er Rumbold noch mehr Schmuck angelegt hätte, wäre er zusammengebrochen. Die Türen zum Salon des Prinzen wurden von zwei identischen Gardisten geöffnet. Sie verbeugten sich, bevor sie sich zu beiden Seiten des Eingangs aufstellten.

„Nach Ihnen Gentlemen", sagte Rollins.

„Nun denn", sagte Velius. „Je eher der Zirkus beginnt, umso schneller können wir unseren Jungen auf einen Stuhl pflanzen und ihn ein wenig mästen."

Erik und die Zwillingsgarden gingen voraus. „Ich finde immer noch, dass wir ihm ein zweites blaues Auge verpassen sollten. Bei seinem ersten Auftritt sollte er symmetrischer wirken."

„Ihn aufzuhübschen wäre aber grausam", sagte Velius. „Die Höflinge hatten seit Monaten nichts, über das sie sich das Maul zerreißen können."

„Es ist mir äußerst wichtig, dass niemand das Gefühl hat, während meiner Abwesenheit vernachlässigt worden zu sein", sagte Rumbold.

„Wir sind eine barmherzige Monarchie mit unermüdlicher Liebe zum Detail", sagte Velius.

„Zweifellos", stimmte Erik zu.

Das Geschwätz entlockte Rollins ein Schnauben, bevor die Männer vor den Gemächern des Königs stehen blieben. Die Zwillingsgarden klopften an die Türen und öffneten sie wieder gleichzeitig.

Sorrow erschien elegant gekleidet wie immer in einem hauchdünnen Gewand, das den Farbton eines Blutergusses hatte und sich geschmeidig um ihre schlanken Knöchel schmiegte. Lange Schals wanden sich wie Schlangen um ihren Hals und ihre Taille. Rumbold hatte seiner Patentante nie besonders nahegestanden, bemerkte aber dennoch sofort, dass etwas nicht stimmte: Sie lief hektisch umher und wirkte nervös. Rumbold griff nach ihrem Ellbogen, bevor sie davoneilen konnte.

„Patentante?" Ihre perlmuttartige Haut war bleicher als sonst. In ihren Augen loderte ein Feuer, ähnlich dem, welches an jenem Tag auf dem Übungsplatz in Velius und Rumbold gebrannt hatte. „Geht es dir gut?“

„Es ist alles in Ordnung.“ Ihr Tonfall zwang ihn, die Lüge zu schlucken. Ihr Puls flatterte wie ein Vogel unter Rumbolds Daumen. An der Innenseite ihres Ellbogens befand sich eine offene, halbmondförmige Wunde, an seinen Fingern klebte Blut.

„Soll ich einen Arzt rufen?“, flüsterte er ihr zu, um sein Gefolge nicht zu beunruhigen, das plötzlich näher gerückt war.

Sie befreite ihren Arm aus seinem Griff und legte die Hand auf die Wunde. „Ich werde mich heute Abend in meinen Gemächern ausruhen, danach geht es mir sicher besser.“

„Du wirst uns fehlen“, sagte Rumbold.

Sorrow legte ihm eine zitternde Hand auf die Wange. War er schon immer so viel größer gewesen? „Kümmere dich um ihn“, sagte sie.

Vater. Wer auch sonst? Es ging schließlich nie um Rumbold. „Bleib gesund“, sagte der Prinz förmlich, „damit er morgen deine Gesellschaft genießen kann.“

Sie lächelte leicht, bevor sie über den langen Flur entschwand. Rumbold betrachtete die Hand, die er auf ihren Arm gelegt hatte – blutrote Sprenkel verteilten sich auf seinen Fingern. Unwillkürlich hob er die Hand zum Mund.

Velius packte ihn am Arm. „Nicht. Vertrau mir.“ Er drückte Rumbold ein Taschentuch in die Hand.

„Mein Sohn!“

Der König kam mit hocherhobenen Armen aus seinen Gemächern, um ihn zu begrüßen. In seinen bernsteinfarbenen Augen lag ebenfalls ein nicht irdisches Feuer, doch im Gegensatz zu Sorrow hatte er einen gesunden Teint. Seine Haut schien von innen zu strahlen. Rumbold beneidete seinen Vater um seine breite Brust und sein selbstbewusstes Gehabe und hoffte, nicht um Sundays Gunst buhlen zu müssen.

Erneut tadelte er sich, denn wenn ihre Liebe nicht echt wäre, würde er immer noch in der Haut eines Froschs stecken und die Welt von unten betrachten. Er hatte ihr Herz gewonnen. Hoffentlich erkannte sie das auch.

Rumbold beschloss, dass es am besten war, sich die Zuneigung seines Vaters vorzugaukeln, dass der König ein Vertrauter, Ratgeber und Mentor wäre, der die Interessen seines Sohnes über die eigenen stellte. Es war wie beim Gehen: Wenn Rumbold sich nicht darauf konzentrierte, nahm die Illusion ihren Lauf.

Der König gab seinem Sohn einen kräftigen Klaps auf den Rücken, sodass der Prinz alle Kräfte aufbieten musste, um nicht ins Stolpern zu geraten und auf Velius zu fallen. „Diese Bälle gehören wohl zu deinen skurrilsten Wünschen", sagte der König. „Aber ich wette, dass sie dem Ruf des Königreichs zugutekommen werden." Sein dröhnendes Lachen schallte wie Donner durch den Flur. „Wir sind schließlich hier, um den dürren Minnesängern Stoff zu bieten, den sie in Liedern verpacken können, mit denen sie sich ihr Abendessen verdienen."

„Es wird Jahre dauern, bis man wieder einen so beeindruckenden Mann sehen wird", sagte Velius. Rumbold empfand, dass er es mit der Schmeichelei übertrieb, aber es war genau das, was der König hören wollte.

„Wahrhaftig!" Der König strahlte. „Beherzigt meine Worte, Gentlemen. Das ist das Zeitalter der Herrlichkeit. Unser Vermächtnis wird in die Geschichte eingehen und die Zeit überdauern. Wir wollen nicht zu spät kommen!"

Velius und Erik traten beiseite, damit Rumbold und sein Vater mit der formellen Prozession beginnen konnten. Sie hatten einige Meter zurückgelegt, da beugte der König sich zu ihm hinüber und flüsterte: „Wir sind im Begriff, einen Saal voll schöner Frauen zu betreten, die dich anbeten und alles tun würden, um dir zu gefallen. Denk daran: *alles.*" Sein Vater richtete seine scharlachrote Schärpe und glättete sein Haar. „Lass dir Zeit, bevor du dich an eine einzige Frau bindest. Verkauf dich nicht zu billig, mein Sohn. *Alles.* Verstehst du? Behalte das im Hinterkopf."

Mit diesen Worten fiel die Illusion in sich zusammen. Rumbold trat ein paar Schritte zurück und ließ seinen Vater den Weg zur Empore des Ballsaals anführen. Er hörte federleichte Musik, die sich subtiler wiederholte als Vogelgesang. Kerzen, Fackeln und Kristallleuchter erhellten den großen Saal wie einen Traum unter einer Glasglocke. Die Tänzer, geschmückt mit Juwelen, wirkten wie ein lebendiges Gemälde.

Er hatte gewusst, dass er nicht auf die Welt vorbereitet war, nachdem er monatelang als anderes Wesen im Wald gelebt hatte, doch bei der schieren Größe des Ballsaals und den vielen Menschen stockte ihm der Atem. Auf der gegenüberliegenden Treppe strömte ein endloser Fluss aus Gästen hinunter. Er erinnerte sich plötzlich an die großen Bälle, die er in seiner vergeudeten Jugend besucht hatte, war sich aber bewusst, dass sie im Vergleich zu diesem unbedeutend waren.

Er suchte rasch die Menge unter sich ab, unbemerkt von seinem Vater und war erstaunt, dass ihm seine wahre Liebe nicht gleich ins Auge fiel. Hatte er etwa erwartet, dass ihr Gesicht wie ein Leuchtfeuer strahlen würde? Zweifel krochen ihm unter die Haut und ließen sich in seinem Magen nieder. Ohne Monarchie und Zaubersprüche war er nur ein Mann in einer verrückten Welt, auf der Suche nach dem Mädchen, das seine Liebe erwiderte.

Rumbold spürte eine Hand auf seinem Arm und die unverwechselbare Wärme von Velius' Magie überlief ihn. „Du warst schon hundertmal an diesem Ort. Dieses Mal ist es auch nicht anders."

Rumbold wandte sich seinem Cousin zu und zog die Augenbrauen hoch. Velius lächelte. „Dann tu einfach so, als wäre es nicht anders."

„Wahrnehmung ist alles“, sagte Rumbold.

„Sie liebt dich, sonst wärst du nicht hier.“

„Und ich liebe sie und ich verdiene sie nicht.“ Er konnte den Blick nicht lange vom Saal abwenden; was, wenn er sie verpasste? „Obwohl ich gestehen muss, dass ich im Moment nur an mich und meine Unzulänglichkeiten denken kann.“

„Das ist dein erster Fehler.“

Das Lied kam zum Ende, die tanzende Gesellschaft verbeugte sich kollektiv. Die Herolde hoben die langen Hörner und bliesen eine kurze Fanfare, um die Ankunft des Königs zu verkünden. Rumbold stand rechts versetzt hinter seinem Vater, Velius nahm ein Stück dahinter seinen Platz links vom König ein.

„Meine Freunde. Wir haben uns heute hier versammelt und werden es auch an den nächsten Abenden tun, um die Rückkehr des Frühlings und die Rückkehr meines Sohnes in dieses kalte Land zu feiern.“

Rumbold verbeugte sich, um den darauffolgenden tosenden Applaus und die schrillen Schreie höflich entgegenzunehmen. Der Rest der königlichen Rede stieß auf taube Ohren, die Ohren seines Sohnes eingeschlossen. Wie viele Schritte würde er zurücklegen müssen, bis er sie wiedersah? Was, wenn er sie nicht erkannte? Es hätte ihn genauso glücklich gemacht, wenn sie barfuß und mit einer Schürze bekleidet mit ihm tanzen würde. Und ihre Schwestern! Er konnte es gar nicht erwarten, die Legenden in Fleisch und Blut zu sehen. Während sein Vater über die Pflichten und den Nutzen von Arilland schwadronierte, versuchte sich Rumbold zu erinnern, wie viele von Sundays Geschwistern inzwischen verheiratet waren und das Elternhaus verlassen hatten. Mindestens eins, nein zwei, oh und das eine, das gestorben war …

Der König beendete seine Rede und erhielt höflichen Beifall. Rumbold war sich sicher, dass sein Vater eloquente und erinnerungswürdige Worte gefunden hatte, die er sich später, wenn er konzentrierter war, von Rollins erzählen lassen würde. Später. Meine Güte! In wenigen Stunden würde die Feier enden und der Rest seines Lebens beginnen.

Erik neigte sich plötzlich zu ihm. „Auf geht's, du Hengst."

„Die Liebe ist irgendwie niedlich", sagte Velius.

„Nur solange sie nicht ansteckend ist", murmelte Erik. „Und von kurzer Dauer."

„Komm schon. Du lässt doch auch nichts anbrennen. Jedenfalls gelegentlich nicht."

„Die Damen auf dem Podest überlasse ich lieber seiner *Hoheit*", sagte Erik. „Mir sind die Bodenständigen lieber."

„An niederen Frauen wird es heute Abend nicht mangeln", sagte Velius.

„Oder erdverbundenen", bemerkte der Prinz.

Daraufhin lächelte Erik. „Davon gehe ich aus."

„Mein Cousin, ich fürchte, du hast einen Wahnsinn losgetreten, den du dir nicht vorstellen kannst", sagte Velius gedehnt. „Ich gehe davon aus, dass sich die Bevölkerung von Arilland dank dieser Feste bis zur Wintersonnenwende deutlich vergrößern wird."

Die Empfangsreihe setzte sich in Bewegung.

Der Begriff *Damen* deckte offenbar eine ebenso breite Palette von Frauen ab wie das Wort *geeignet*. Hatte nach dem Wort *alle* noch irgendjemand etwas von der königlichen Proklamation mitbekommen? Rumbold versuchte seine Furcht zu verbergen, als er die Vielfalt der voluminösen Stoffe unterhalb der eng geschnürten Mieder sah und wie wenig sich darüber befand. Neun Monate. Neun Monate war er von dicker, glitschiger Haut überzogen gewesen und nun betrachtete er all das nackte, zur Schau gestellte Fleisch. Er fühlte sich plötzlich ausgetrocknet. Seine Kleidung kratzte unangenehm. Die Worte seines Vaters kamen ihm wieder in den Sinn, ebenso die seines

Cousins. Welches Monster hatte er da freigelassen? Sein Blick fiel auf die bescheidenen und weniger bescheidenen Paare, die sich bereits im Schatten tummelten. Es war in der Tat eine Nacht für die Barden.

Rumbold wurden entschieden zu viele Menschen vorgestellt. Rollins tat sein Bestes, um sie in respektvollem Abstand zu halten. Er schüttelte Hände: große und kleine, behandschuhte und nackte. Sein Lächeln wurde mit Gekicher quittiert, das einiges verriet und mit schüchternem Schmunzeln, das darauf hindeutete, dass man mehr wusste. In jedem Gesicht lag ein ängstlicher, finsterer und frecher Ausdruck, und in jedem sah Rumbold seine wahre Liebe und dennoch in keinem.

„Haben wir vielleicht irgendeine Ahnung, wonach wir heute Abend suchen?“, fragte Velius zurückhaltend.

„Den Sonnenuntergang über dem Wald am Wochenende“, erwiderte Rumbold. „Und mein Herz.“ Die Frau, die gerade seine Hand hielt, fühlte sich angesprochen und klimperte mit den Wimpern.

„Das ist wirklich hilfreich“, spottete Velius. „Dass verliebte Männer immer zum Poeten werden müssen“, sagte er an Erik gewandt.

„Dieser Mann würde am liebsten alles schnell hinter sich bringen, damit er sich wieder verlieben kann“, erwiderte der Wachmann.

Rumbold hatte weder Zeit noch Lust, etwas darauf zu erwidern, da er gerade den Kopf über die nächste Hand beugte. Gab es wirklich so viele Frauen im Königreich? Sicher nicht. Vielleicht in mehreren Königreichen und den Außenbezirken von Faerie. Obwohl die Bälle so kurzfristig verkündet worden waren, hatten es alle geschafft zu kommen. Manche dufteten nach Gewürzen, einige hatten Blumen im Haar stecken und manche trugen Schmuck, der wie die Augen seiner wahren Liebe funkelte. Manche hatten Geschenke mitgebracht: Blumensträuße und Porträts und kleine Figuren aus Gold und Silber. Aber keine hatte Geschichten oder einen Eimer voll Wasser dabei.

Er hörte mit einem Ohr dem Großmarschall zu, während er

Komplimente zu seiner gewagten neuen Frisur erhielt und gefragt wurde, ob er gut angekommen sei und ihm Gesundheit und Glück für die Zukunft gewünscht wurde. Der Prinz bedankte sich, indem er alle Bemerkungen mit widersprüchlichen Aussagen bestätigte oder dementierte. Das würde zu Spekulationen führen, aus denen bessere Legenden hervorgehen würden, als er sich je ausdenken konnte, und keine davon würde schlichten und schönen Wahrheit das Wasser reichen können, die jeden Moment diese Treppe hinunterschreiten würde.

Rumbold verbeugte sich vor dem geckenhaften Marquis einer nördlichen Provinz, an die er sich nicht erinnern konnte. Norland? Northshire? Neville? Sein Kopf schmerzte und sein Nacken verkrampfte sich. Was, wenn sie nicht gekommen war? Was, wenn sie jetzt im Wald am Zauberbrunnen auf ihn wartete? Nein, sie wäre nicht bis nach Sonnenuntergang geblieben. Außerdem hätte sie sich diesen Wahnsinn nicht entgehen lassen. Oder doch?

„Man fragt sich“, sagte Lord N-irgendwas unverblümt, „ob mit Eurer mysteriösen Rückkehr kaschiert werden soll, dass Euer Vater eine Braut sucht oder ob es umgekehrt ist.“

Rumbold überlegte kurz, wie er darauf reagieren sollte und sagte dann: „Das ist das Zeitalter der Herrlichkeit. Wir sind Männer der Tat.“ Der Marquis verneigte sich erneut und schlurfte zu seinem Gefolge, das ihn sofort umschwärmte und wissen wollte, womit er dem Prinzen eine Aussage entlockt hatte, die mehr als zwei Worte umfasste.

Velius trat näher und verbeugte sich vor der jungen Frau in Grün, deren zitternde Hand in Rumbolds lag. „Verzeihung. Ich muss meinen Cousin kurz entführen.“

„Ja, Euer Gnaden.“ Sie machte einen Knicks und entschuldigte sich.

„Was ist los?“, fragte Rumbold, nachdem sie sich außerhalb der Hörweite der Empfangsreihe befanden. „Was heißt kurz?“

„Oh, ich würde sagen den Großteil der *Woche*." Velius nickte in Richtung der Treppe. „Mindestens bis Sonnenaufgang." Er stieß ein kurzes Lachen aus und schüttelte den Kopf. „Idiot." Falls sein Cousin danach noch etwas sagte, bekam Rumbold es nicht mit.

Sie war eine Vision in einem silbernen Kleid, obwohl er ihre schlichte Kleidung vermisste. Er vermisste ihre schnelle Auffassungsgabe und ihr entspanntes Lächeln. Er vermisste ihr Lachen. Er sehnte sich danach, es aus ihr herauszukitzeln, wollte aber nichts überstürzen. Anfangs würde sie sich in seiner Nähe unbehaglich fühlen. Da er im Körper eines Mannes steckte, war er ein Fremder für sie, womit nicht nur sein Titel Distanz zwischen ihnen schuf. Diese Distanz würde er aber nicht lange tolerieren.

Völlig verzaubert näherte er sich langsam, sie zog ihn magisch an. Das Gedränge bewegte sich zur Seite, das Geplauder verstummte. Sie war so … schön? Mit den Augen eines Froschs hatte er es gedacht, aber mit den Augen eines Mannes wusste er es mit Sicherheit. Ja, sie war hübsch, aber das traf auf viele Frauen zu, die sich ihm heute Abend präsentiert hatten. Sundays Ausstrahlung verlieh ihr Schönheit. Die Falten ihres Kleides riefen nach ihm, die Wölbung ihres Handgelenks winkte ihn heran, ihre silbernen Haarnadeln zwinkerten einladend. Sie war wunderschön. Er wollte es ihr für den Rest seines Lebens jeden Tag sagen. Beginnend mit dem heutigen Abend.

„Miss Woodcutter." Er hatte sich doch vorgenommen, leiser zu reden. Hatte die Musik etwa aufgehört zu spielen?

Sie sah zu ihm auf – zu ihm *auf*! —mit diesen Augen, die so blau waren wie der wolkenlose Himmel und genauso leer – denn sie erkannte ihn nicht. *„Ich bin es!"*, wollte er schreien. Er wollte lachen und weinen, sie in seine kraftlosen Arme nehmen und in den Wald tragen, zu ihrem Brunnen, an den Ort, an dem er sich in sie verliebt hatte. An den Ort, an dem sie ihn geheilt hatte. Wo sie ihm diese eine Sache geschenkt hatte, die ihm fehlte, obwohl er es nicht wusste, wo sie ihn wieder vollständig gemacht hatte. Wo er wieder geboren worden war. Wo er sich für das Leben entschieden hatte und für sie. Alles geschah nur für sie. Er wollte auf ein Knie sinken und ihr die Frage stellen, mit der er sie für immer an sich binden würde. Er war der Kronprinz. Sie durfte nicht nein sagen.

Sich zu binden ging aber mit einer Verpflichtung einher und nicht mit freiem Willen. Er musste sich Zeit lassen. Dafür sorgen, dass sie sich wohlfühlte und ihn liebte. Er musste Frieden mit ihrer Familie schließen. Dennoch, wie sollte er erklären, dass sie sich in einen Mann verliebte, den selbst er kaum kannte? Der einstige Junge hatte sie nicht verdient. Und der jetzige Mann … würde mit einem Tanz beginnen. Einem Tanz.

Sie knickste so formvollendet, wie er es von einer Holzfällertochter nicht erwartet hatte. Obwohl sie dabei wundervoll aussah, wünschte er, sie hätte es nicht getan.

Geduld.

Er rief sich in Erinnerung, dass sie ihn liebte. Sie musste ihn bereits lieben, denn sonst würde er jetzt nicht vor ihr stehen. Und er wäre nicht größer als sie.

„Euer Hoheit", sagte sie kühl.

Atme. Luft rein. Luft raus.

Ein Tanz.

11 Zu Vertraut

Als der Kronprinz von Arilland Sunday zum Tanz aufforderte, steckte sie die zitternden Hände zwischen die Falten ihres Kleides und unterdrückte den Drang, sich zu übergeben.

Damit hatte sie nicht gerechnet. Eigentlich hatte sie die Hoffnung gehegt, die Bälle möglichst schnell und unauffällig hinter sich zu bringen. Wenn die Sache überstanden war, konnte sie sich endlich wieder mit ihrer Familie um den Esstisch versammeln und eine dampfende Portion Eintopf genießen, über das Wetter plaudern und Mama wegen der Enttäuschung trösten. Monday würde in ihren Palast zurückkehren, Wednesday in ihren Turm, Friday in die Kirche und Saturday in den Wald. Sunday würde die Kontrolle über ihre Magie gewinnen, sodass Tante Joy mit derselben stürmischen Brise, die sie vor ihre Tür getragen hatte, wieder abziehen konnte.

Der Prinz stand mit ausgestreckter Hand da und wartete auf eine Antwort. Sie überlegte, ob sie auf dem Absatz kehrtmachen und davonstürmen sollte, oder ob es besser war zu bleiben und sich der Musik zu unterwerfen.

Wenn es noch etwas gegeben hätte, das es wert war zu fliehen, hätte sie sich aus dem Staub gemacht.

Sunday ergriff die Hand des Prinzen und ließ sich in die Mitte des Raums geleiten. Seine Finger waren so zierlich und zart wie Mondays. Sie fürchtete sich, ihn direkt anzusehen und starrte stattdessen die Goldmedaille auf seiner Brust an. Da es viele Woodcutters gab, musste ihm klar sein, inwiefern ihre Familien miteinander zu tun hatten, allerdings waren sie die einzigen Woodcutters mit solch lächerlichen Vornamen. Auch wenn der Prinz zu jung war, um sich an Jacks Tod zu erinnern, musste er in dem Wissen aufgewachsen sein, welche Rolle er dabei gespielt hatte.

Wollte er eine versöhnliche Geste zeigen, um Frieden zwischen ihren Familien zu schaffen? *Vielleicht in einer perfekten Welt.* War er denn wirklich so ignorant? *Es wäre möglich.* War das etwa seine Art, ihrer Familie und der Welt zu zeigen, dass er immer bekam, was er wollte? *Mit ziemlicher Sicherheit.*

Als das Orchester zu einem Walzer ansetzte, zählte sie in Gedanken den Dreiertakt mit. *Warum ausgerechnet ich?*, sang Sunday insgeheim bei jedem Schritt. *Warum ausgerechnet ich? Warum ausgerechnet ich? Warum ausgerechnet ich?* Sie wiederholte es immer wieder im Stillen, während sie sich in dem Meer aus schönen Menschen ein ums andere Mal drehten, bis sie einen falschen Schritt machte und es laut aussprach. Vor Schreck riss sie die Augen auf.

„Ich bin froh, dass Sie das fragen", sagte der Prinz so beiläufig, als wären sie schon den ganzen Abend in ein Gespräch vertieft gewesen. „Ich muss etwas wissen und habe das Gefühl, dass Sie mir ehrlich antworten werden."

„Wie Ihr wünscht, Euer Hoheit." Da Sunday normalerweise knickste, wenn sie den Titel aussprach, geriet sie ins Stolpern. Der Prinz vollführte eine geschickte Drehung und kaschierte ihren Fehltritt.

„Meine Schuld", sagte er rasch. „Sind Sie bereit?"

Sie nickte ernst.

„Sehe ich genauso dumm aus, wie ich mich fühle?", fragte er.

Sunday presste die Lippen zusammen und unterdrückte ein Lachen, das ihr im Hals stecken blieb und sie schnauben ließ. Es gehörte sich nicht, seine Königliche Hoheit auszulachen. Unter den Kerzen und Kristallleuchtern rasselte sie noch einmal im Stillen ihren Dreiwortsatz herunter, bis sie sich soweit beruhigt hatte, um etwas zu erwidern. „Ihr könntet genauso gut Sackleinen tragen", sagte sie. „Oder gar nichts. Niemand würde jemals denken, dass Ihr dumm ausseht oder es auch nur wagen, es auszusprechen."

„So ist es", sagte der Prinz. „Deshalb richte ich die Frage ja an Sie. Ich glaube, über eine recht gute Menschenkenntnis zu verfügen. Und Sie erwecken nicht den Eindruck, als käme Ihnen eine Lüge leicht über die Lippen."

Sie hatten sich gerade erst kennengelernt. Woher wollte er das wissen? Wollte er sie etwa herausfordern? „Wenn das so ist", sagte Sunday, „Ihr seht gut aus. Äußerst klug. Ausgesprochen stattlich. Genau wie ein Prinz aussehen sollte. Aber …"

„Raus mit der Sprache."

Er wollte sie tatsächlich herausfordern! Na schön. Mutter zuliebe hatte sie sich verkleidet, um an diesem Zirkus mit zig Fremden teilzunehmen, und trotz ihres inneren Aufruhrs hatte sie die Aufmerksamkeit des Kronprinzen höchstpersönlich erregt. Er hatte sie sogar zum ersten Tanz aufgefordert. Ihre Hand genommen und nicht mehr losgelassen. Obendrein erwartete er, dass sie aufrichtig war und sie hatte nicht die Kraft, sich zu verstellen.

„Links steht ein größeres Haarbüschel ab." Eigentlich stand sein Haar überall ab, am auffälligsten war es aber links.

„Ich wusste es!", sagte der Prinz mit zusammengebissenen Zähnen. „So ein Mist. Daran kann man wohl nichts ändern."

Niemand kann irgendetwas ändern. Hoffentlich spürte er nicht, wie sehr Sundays Hand in seiner zitterte. „Wenn Ihr es rasch glättet, fällt es gewiss niemandem auf."

„Sie haben es selbst gesagt, Miss Woodcutter: Jeder wird es bemerken. Man wird sagen, dass ich viel zu eitel bin."

Sie verstand jedes Wort, das er sagte, seine Augen sprachen jedoch eine andere Sprache. Er wusste es. Er wusste, dass sie Figuren in einem Spiel waren, das seit langer Zeit von den Ältesten gespielt wurde und genau wie sie wollte er die Regeln unbedingt ändern. „Ich könnte es für Euch glätten", sagte sie. „Nur würden dann alle behaupten, dass ich eine Grenze überschreite."

Der Prinz warf den Kopf in den Nacken und lachte schallend. Sunday versteifte sich in seinen Armen. Die Blicke aller Anwesenden wandten sich ihnen zu und ihr Name war in aller Munde. Sie wurde augenblicklich auf ihren Platz verwiesen. Vielleicht war es besser so. Sie hatte sich ohnehin viel zu wohlgefühlt mit diesem Mann, der eigentlich ihr Feind sein sollte. Sie spürte, wie ihr die Röte in die Wangen stieg, was zweifellos zu weiterem Gerede führen würde.

„Dass Sie erröten, gefällt mir."

„Warum habt Ihr gelacht?", flüsterte Sunday.

„Weil alle hergesehen haben", erwiderte er. „Jetzt geht jeder davon aus, dass wir miteinander vertraut sind und Sie werden bei jedem zweiten Lied mit mir tanzen müssen. Um sich die Demütigung zu ersparen, den ganzen Abend mit einem Irren zu tanzen, bleibt Ihnen nichts anderes übrig, als meine wilden Locken zu bändigen."

„Schuft." Seine spielerische Art wirkte anziehend. Sie streckte die Hand aus und strich ihm das kastanienbraune Haar sanft hinters Ohr.

Es war dicht und seidig, und der Moment war viel zu schnell vorüber. Er ließ sie dabei keine Sekunde aus den Augen, und diese Augen erzählten ihr Dinge, von denen sie nicht wusste, ob sie sie hören wollte.

Die Hälfte der Gäste schnappte nach Luft. Sunday scherte sich nicht darum. Es störte sie nicht, ein Weilchen von einem attraktiven mächtigen Mann angehimmelt zu werden. Beim Tanzen sah sie dem Prinzen unverwandt in die Augen und erwiderte sein Lächeln. In diesem Moment war sie die schönste Frau im Saal.

Der Tanz war viel zu schnell vorüber. Der Prinz trat einen Schritt zurück, ließ sie los und verbeugte sich. Ein Schauer überlief sie. Überrascht stellte sie fest, dass sie sich wünschte, weiter in seinen Armen zu liegen, mit ihm zu reden und ihn anzulächeln, da sie dann mit etwas beschäftigt war, was sie von ihrer Trauer und ihrem komplizierten Leben ablenkte. Auch wenn er sie schockiert verwirrt, in Verlegenheit gebracht und erschreckt hatte, hatte sie das alles wenigstens *gespürt.* Sie war schon seit einiger Zeit so abgestumpft, dass es ein unglaubliches Glücksgefühl war, überhaupt etwas zu empfinden. Und dann wurde sie auch noch bewundert, was sogar besser war.

Da er ihre Hände losgelassen hatte, zitterten sie wieder. Sie hob ihren Rock und knickste, wobei ihr auffiel, dass seine Schuhe sauber und ungetragen waren. Wahrscheinlich besaß er so viele Schuhe, dass er jeden Tag ein anderes Paar tragen konnte.

Er verbeugte sich, ohne den durchdringenden Blick von ihr abzuwenden, und sie spürte, wie eine Hitze von seinen Augen ausging. Sie würde nur wenige Sekunden benötigen, um sich aufzurichten und anschließend würden sich diese glänzenden Schuhe zu einer anderen Stelle begeben, woanders tanzen, über andere Röcke streifen und das Blut einer anderen Frau aus vollkommen anderen Gründen in Wallung zu bringen. Auch wenn er versprochen hatte, noch öfter mit ihr zu tanzen, spürte Sunday, wie viel das Versprechen eines unberechenbaren Prinzen wert war. Es brachte nichts, sich Hoffnungen hinzugeben, nur um doch wieder enttäuscht zu werden. Die einzig vertrauenswürdigen Absichten waren ihre eigenen. Und im Augenblick waren selbst die fragwürdig.

Doch er entfernte sich nicht. Stattdessen standen sie mitten auf der Tanzfläche und prägten sich das Gesicht des anderen ein. Peinlich berührt stimmten die Musiker ihre Instrumente. Inzwischen kühner geworden, starrte Sunday in diese dunklen Augen, suchte darin nach Antworten auf Fragen, die sie nicht stellen durfte. Sie durfte die Tanzfläche erst verlassen, wenn er sie herunterführte, doch er machte keine Anstalten, sich zu bewegen. Als ein neues Lied angestimmt wurde, tanzten ein paar mutige Paare im Takt der Musik. Der Prinz rührte sich nicht von der Stelle. War er vielleicht plötzlich krank geworden? Schon wieder?

„Soll ich Ihnen verraten, warum ich mit Ihnen tanzen wollte?", fragte er und übertönte die Musik.

„Warum?"

Er beugte sich zu ihr hinunter und ihr Herz begann zu rasen. Auch wenn er sie nicht berührte, versetzte sein Atem die feinen Härchen an ihrem Ohr in Bewegung. Er roch nach Feuer und Asche, Holzrauch und Geheimnissen. Sunday rührte sich nicht und verkrampfte die Hände im Rock. Der Raum verschwamm. Es gab keine Gäste, keine Musik, kein Schloss, keine mit Sternen bestückte Decke im Kerzenlicht, keine Zeit. Es gab nur seine Stimme. „Ich möchte in Ihren Geschichten vorkommen."

Sunday verlor die Kontrolle über die perfekte imaginäre Fassung, die sie in den letzten beiden Tagen aufrechterhalten hatte. Unter ihrem Arm gab eine Naht ein wenig nach, ihre gelockten Haare wurden schlaff. Ein silbernes Band rutschte aus der Frisur, die Wednesday so liebevoll gestaltet hatte und flatterte zwischen ihnen zu Boden.

Als der Prinz in die Hocke ging, um es aufzuheben, war sie nicht die Einzige, die seiner Bewegung folgte. Statt es ihr zu geben, ließ er es auf der Handfläche liegen, wo es wie ein schlaffer Fluss aus funkelndem Mondlicht wirkte. „Wenn ich mich entferne, wird es genauso sein, als würde ich in eine Schlacht ziehen."

Sunday wandte den Blick nicht vom Band ab. Gewiss hatte er nicht mit ihr getanzt. Gewiss sagte er diese Dinge nicht. Er würde ihr das Band in die Hand drücken und anschließend würde sie zu ihrer alten Kleidung, in den stillen Turm und ihre etwas weniger normale Realität zurückkehren.

„Üblicherweise erhält ein Soldat die Gunst einer Dame, bevor er in die Schlacht zieht. Würden Sie mir die Ehre erweisen?"

Das war ein Scherz. Es musste sich um einen Scherz handeln. Es war bestimmt ein hinterhältiger Plan, um sie und ihre Familie zum Gespött zu machen. Nur hatte Sunday beim besten Willen keine Erklärung dafür. Sie sollte widersprechen. Auf dem Absatz kehrtmachen und davon stapfen. Aber er war so freundlich gewesen. Er hatte sie willkommen geheißen und ihr ein Lächeln aufs Gesicht gezaubert. Er hatte sie einen unvergesslichen Tanz lang vergessen lassen, dass außerhalb dieser Mauern Elend und Gefühllosigkeit auf sie warteten. Sie mochte ihn. Was sie zu der einzigen Person machte, die sie deswegen hassen konnte.

„Sie denken schrecklich lange darüber nach", flüsterte er. „Bitte, sagen Sie etwas."

„Ja."

Es war eher dahin gehaucht und weniger gesagt, doch zu mehr war sie gerade nicht in der Lage. Sie pflückte das Band von seiner Hand, ohne sie zu berühren und schnürte es um seinen linken Oberarm. Da sie zu unbeholfen war, um eine Schleife zu binden, machte sie einen Knoten hinein und ließ die Enden über dem Ellbogen baumeln. Sunday wusste, was diese Geste bedeutete. Jede weitere Frau, die heute Abend seinen Arm hielt, würde wissen, dass sie die Erste gewesen war.

Dieses Mal trat sie einen Schritt zurück. Sie starrte auf den Saum ihres silbernen Kleides, der zu dem Band passte, das nun ihn schmückte. Sie wollte sich nicht der Menge zuwenden und erfahren, wie viele Feinde sie sich gerade geschaffen hatte. Sunday fühlte sich für einen schrecklichen Augenblick unzulänglich.

Ein schlanker Mann mit dunkelvioletten Augen und pechschwarzem Haar erschien neben Rumbold. „Wenn ich meinen Cousin Velius Morana, Duke of Cauchemar vorstellen darf. Er wird Sie zu Ihrer Familie bringen." Sunday knickste erneut und fragte sich, wie lange ihre Beine noch durchhalten würden. „Pass auf sie auf", sagte der Prinz zu Velius.

„Mit Vergnügen, Euer Hoheit." Velius nahm ihren Arm und führte sie von der Tanzfläche. Zurück zur strengen Mutter, zur Prinzessinnen-Schwester und den vielen Fremden, die sie umschwärmten und plötzlich alles von ihr wissen wollten. Sie zögerte ein wenig, sodass sich der Duke zwischen sie und die Schaulustigen stellte.

„Wäre Ihnen ein weiterer Tanz lieber?" Er verbeugte sich. „Gestatten Sie mir, Ihnen diesen Gefallen zu erweisen."

„Danke, Euer Gnaden", stieß sie erleichtert aus.

Velius drehte sie von der Menge weg und zog sie in einem vollendeten Menuett davon. Da es einem Erntetanz ähnelte, kam sie rasch mit den Schritten zurecht. Die unbekannte Melodie gab ihre Schwermut und Einsamkeit wieder. Sie sehnte sich nach der Liebe eines Menschen, der ihr ebenbürtig war; nach jemandem, der sie schätzte; jemandem der wie der Frosch war, den sie eines sonnigen Nachmittags im Wald kennengelernt hatte. Ob mit oder ohne Frosch, sie gehörte an die Lichtung am Brunnen, nicht in einen Ballsaal, aufgetakelt an der Seite eines Jungen, der wie der Mann gekleidet war, der eigentlich ihr Feind sein sollte.

Plötzlich wurde Sunday sich der Wärme bewusst, die die Hand

des Dukes verströmte, sie spürte den Druck, den das Mieder ihres eleganten Kleides auf ihrer Taille ausübte. Aber dieses Kleid gehörte ihr nicht; es war nie ihres gewesen. Und die Haut unter den Stoffschichten war nicht ihre Haut, als sie ihren Körper verließ. Sie schloss die Augen, bevor sie die Kontrolle verlor und die Umgebung ausblendete und sich wieder an ihre Magie erinnerte. Sie konzentrierte sich auf die Tanzschritte, die Bänder in ihrem Haar, ihre Atmung und die Decke, die einem Nachthimmel nachempfunden war. Und eine brennende Kerze, die in weiter Ferne lag. Es würde niemandem auffallen, wenn die Flamme fehlte. Wenn sie nur fest daran dachte und sich darauf konzentrierte … Die Flamme verschwand.

Der Duke bewegte sich entgegen der Tanzrichtung, nahm sie in die Arme und wirbelte sie herum. „Aufhören", sagte er.

„Was?" Sunday fühlte sich derart überrumpelt, dass sie Titel und Anstand völlig vergaß.

„Die Zauberei", sagte er. „Ich glaube nicht, dass Sie so viel Aufmerksamkeit auf sich ziehen wollen."

Ach, wirklich? „Ich verdanke es dem Prinzen, dass ich bereits jetzt mehr Aufmerksamkeit erhalten habe als gewünscht. Ich musste nur …".

„Sie müssen sich entspannen und den Tanz genießen."

Den Tanz genießen. Etwa in dem Aufzug? Inmitten all dieser eleganten Fremden? In einem Schloss, das jeder Beschreibung spottete? Umgeben von unzähligen Augen, dem Getuschel und …? Idiotin. Er konnte doch gar nicht wissen, was ihr durch den Kopf ging. *Du hast gut reden.*

Er lachte, als hätte sie es laut gesagt. „Dass die mächtigste Fee unpässlich ist und nicht am Fest teilnimmt, heißt nicht, dass sie irgendwelche Fremden zur Tür hereinmarschieren und mit neuen eigenartigen Kräften herumspielen lässt."

„Ich mache niemandem Konkurrenz."

„Jedenfalls noch nicht", sagte Velius. „Glücklicherweise befinden sich genügend schwarze Feen im Saal, dass Ihre kleine Indiskretion nicht auffällt. Miss Woodcutter, Sie sind eine siebte Tochter, nicht wahr?"

„Die siebte einer siebten", murmelte Sunday.

Der Duke verdrehte die Augen. „Habt Gnade ihr Götter. Als Erstes hätte man Ihnen zeigen sollen, dass man nur im Revier einer stärkeren Fee wildert, wenn man es ernst meint, kleiner Stern. Es gibt keine stärkere Fee als die liebe Sorrow. Wenn Sie also nicht vorhaben, ihr Ihre Zauberei häppchenweise zum Frühstück zu servieren …"

„Sorrow ist hier?", flüsterte Sunday.

„Im Augenblick nicht, nein. Sie befindet sich aber im Schloss und verfügt über genügend Macht, um zu bemerken, wenn ihr ein Stern aus der Dekoration heraus zuzwinkert."

„Die vielen Menschen machen mich nervös."

„Sie sind ihm ähnlicher, als Sie denken." Bevor Sunday fragen konnte, wen er meinte – denn es konnte sich niemals um den Prinzen handeln –, gestikulierte Velius in Richtung der Kerze, die sie gelöscht hatte. Ein flackernder Funke erschien, bevor sie wieder brannte. „Falls sie Fragen stellt, behaupte ich, dass ich ein wenig aufgeschnitten habe, weil ich einem süßen jungen Ding imponieren wollte."

Er könnte die Wahrheit sagen – jedenfalls schien er die entsprechenden Haare, Augen und Macht zu besitzen. „Und es existieren noch andere – wie habt Ihr sie genannt?"

„Schwarze Feen", sagte Velius. „Ein gängiger Begriff für jene Menschen, durch deren Adern eine gehörige Menge Feen-Blut fließt. Ich bitte Sie, Sie haben doch nicht wirklich geglaubt, etwas Besonderes zu sein, oder?"

„Ich …" Sunday hatte nicht erwartet, ausgerechnet heute Abend eine weitere Lektion zu erhalten.

„Schließen Sie die Augen", sagte Velius. Sunday tat wie geheißen.

Von Velius' Händen ging eine Wärme aus, die sich wie Sonnenlicht auf ihre kalten Knochen auswirkte, bis zu ihren Muskeln durchdrang und sie beruhigte. Hatte sie die Musik tatsächlich traurig gefunden? Jetzt vibrierte sie fröhlich in ihr, während ihre Füße unbeschwert über den Boden glitten, als würde sie schweben.

„Sie sind jung und schön", flüsterte Velius ihr ins Ohr. „Ihr Lächeln strahlt wie die Sonne, Ihr Herz ist so groß wie der Mond und Ihr Schicksal ist so gewaltig, dass Sie vielleicht nie verstehen, welche Bedeutung es hat. Ein Sturm, wie ihn die Welt noch nicht gesehen hat, zieht auf. Und Sie und Rumbold stolpern vor ihm her, während er euch dicht auf den Fersen ist. Da seid ihr aber nicht die Einzigen."

Seine Worte klangen wie ein Fluch, sodass Sunday die Augen aufriss. Die Menschen waren verschwunden. Sie runzelte die Stirn. Hatte er die Zeit vorangetrieben? Hatte er sie in eine Art Trance versetzt? War ihre Familie ohne sie gegangen? Sie suchte rasch den Raum ab. Es würde Mutter ähnlich sehen, sie einfach im Stich zu lassen, da sie so beschäftigt war mit ihren eigenen …

Aber nein, ihre Schwestern waren noch anwesend, ebenso Mutter. Sie standen am äußersten Ende des Raums, wo Sunday sie zurückgelassen hatte, und plauderten, als wäre nichts geschehen. Als Sunday genauer hinsah, stellte sie fest, dass sich niemand auffällig verhielt. Was eigenartig war, denn manche unterhielten sich angeregt mit der Luft, einige befanden sich auf der Tanzfläche und tanzten mit einem Unsichtbaren. Eine kleine dunkle Frau im grünen Kleid streckte die Arme aus und sah einem nicht vorhandenen Mann sehnsüchtig in die Augen. Das konnte doch nicht wahr sein.

Nachdem über die Hälfte der Gäste verschwunden war, hatte Sunday freie Sicht auf den Torbogen, wo Rumbold stand und sich pflichtbewusst vor einem hageren Mann in einer grauen Uniform verbeugte. Hinter dem General wartete ein kleiner Mann mit einem hellen Turban darauf, den Prinzen begrüßen zu dürfen. Sunday bedauerte, dass von allen Menschen, die Velius weggezaubert hatte, er ausgerechnet jene übrig gelassen hatte, die ihr Leben derzeit unnötig kompliziert machten. Die wenigen Menschen, von denen Sunday wusste, dass sie Feen-Blut besaßen. Rumbolds Mutter war magisch gewesen.

„Jetzt verstanden?"

„Wir alle?", sagte Sunday ehrfürchtig. „Wir sind alle schwarze Feen?"

„Wir bestehen alle aus Sternenstaub", sagte Velius. „Ihr seid nicht die Einzige, Kleines."

„Wird es denn nicht auffallen?"

„Keine Sorge, es lässt gleich nach. Nein, Entschuldigung", korrigierte er sich. „Ich meine, es taucht gleich wieder auf."

„Der Prinz beobachtet uns", sagte Sunday. Ihr stieg erneut die Hitze in die Wangen. „Ich glaube, er weiß es."

„Der Prinz beobachtet *Sie*, kleiner Stern", sagte Velius. „Sie haben sein Interesse geweckt und ich habe mir seine Beute geschnappt."

„Ihr seid sehr redegewandt, Euer Gnaden." Sie sah den Prinzen nicht an, denn das würde ihr Herz nicht verkraften. Aber sie war ein dummes Mädchen und zu neugierig, um der Versuchung zu widerstehen. Ihre Blicke trafen sich und Sunday spürte, wie in ihrem Kopf etwas einrastete.

Der Tanz endete und der Duke verbeugte sich. Sunday knickste, richtete sich auf und war wieder von ihrer Familie umgeben. Im Ballsaal war es so lebhaft wie zuvor, alle Gäste waren sichtbar und anwesend.

„Danke, Euer Gnaden, es war …"

Aber Velius beachtete sie nicht.

Wednesday hielt sich an Mondays Ellbogen fest, beide tuschelten wie kleine Mädchen. Sunday konnte nicht ausmachen, welche Schwester Velius derart faszinierte. Wednesday spürte seinen Blick und unterbrach das Gespräch.

„Das kann nicht wahr sein", sagte der Duke.

Wednesday platzierte sich zwischen dem Duke und ihrer Familie und neigte den Kopf.

„Velius Cauchemar." Der Duke verbeugte sich automatisch, ließ Wednesday dabei aber nicht aus den Augen. Er schien etwas anderes sagen zu wollen, und Wednesday wartete höflich. War er etwa hingerissen? Würde er versuchen, die Meisterin der Verse zu übertrumpfen? Sunday stellte sich mehrere Möglichkeiten vor, mit denen es ihm gelingen könnte, vielleicht würde er aber auch mit wehenden Fahnen untergehen. Das Letzte, was sie erwartete, waren die Worte, die er schließlich aussprach.

„Sie sind hier nicht sicher."

Wednesday konnte gerade noch die Stirn runzeln, bevor Velius vom König höchstpersönlich beiseite geschubst wurde. Mit seinen breiten Schultern war er ein Bild von einem Mann, und er strotzte nur so vor Charme.

Sunday wich nicht nur aus Demut vor ihm zurück. Sie vermutete, dass sie eine gewisse Ähnlichkeit mit Rumbold erkennen konnte, wenn sie genauer hinsah, doch sie weigerte sich, diese Parallele näher zu betrachten. Irgendetwas war nicht richtig. Da war etwas Unnatürliches an ihm, etwas, das fehl am Platz wirkte.

Die Menschen um sie herum knicksten und verbeugten sich – einige Gäste fielen sogar auf die Knie – aber Wednesday blieb aufrecht stehen. Velius senkte den Kopf, wobei er die Lippen zu einem schmalen Strich zusammenpresste.

„Ihre Schönheit hat mich von der anderen Seite des Raums verzaubert", sagte der König, „ich konnte mich nicht dagegen wehren. Ich stehe in Ihrem Bann, holde Maid." Er nahm Wednesdays Hand, küsste sie sanft und geleitete sie zu seinem ersten Tanz des Abends. Wednesday gab keinen Ton von sich.

12
Die Schöne Unbekannte

„Schau mal!“

Keuchen.

„Da drüben.“

„Wer ist sie?“

„Hast du schon mal so eine Schönheit gesehen?“

Ein Seufzen entwich den Anwesenden.

Da Rumbold zum ersten Mal an diesem Abend nicht im Mittelpunkt des Interesses stand, sah er das, was auch alle anderen sahen. Es fiel ihm erst auf, als ihm die nächste Frau in der Reihe nicht die Hand zur Begrüßung entgegenstreckte. Der Prinz sah über ihre gepuderten hellen Locken, ihre runde Schulter und ihren üppigen Busen und folgte ihrem Blick zur gegenüberliegenden Seite des Ballsaals, rechts von der Haupttreppe, wohin Velius und Sunday nach dem letzten Tanz gegangen waren. Die Gespräche ebbten zu Gemurmel ab und unzählige Augen beobachteten das Geschehen.

Es gab nur zwei Menschen, die so viel Aufsehen erregen würden, und so viel er wusste, befand sich seine Patentante noch in ihren Gemächern.

Auf dem polierten Boden verteilten sich die tanzenden Paare wie Herbstlaub und der König stolzierte zwischen ihnen hindurch, wobei seine Stiefel ein selbstbewusstes *Ich-ich-ich-ich* klapperten, als er den Raum durchquerte. Alles an ihm strahlte: das Haar, die Stiefel, die Hose, die Stickereien seines Mantels. Seine perfekte Form zog alle Blicke an, doch er hielt ihnen stand. Zum ersten Mal seit Menschengedenken war der König weder am Grübeln, noch blickte er finster drein oder wirkte, als wollte er jemanden bei lebendigem Leib fressen. Nein, er wirkte … trunken vor Glück. Verzückt. Energiegeladen. Die Gesellschaft starrte ihn an, manche standen mit offenem Mund da. Sogar Rumbold musste sich beherrschen, um nicht den Mund aufzureißen. Er wünschte, sein Vater hätte ihn je auf diese Weise und nicht mit Verachtung oder Pflichtgefühl betrachtet.

„Das wird aber auch Zeit, wenn du mich fragst."

„Er verdient ein wenig Glück, er ist so einsam."

„Ist sie nicht umwerfend?"

„Komisch, sie wirkt gar nicht überrascht."

„Wahrscheinlich hat das arme Ding einen Schock."

Die Vorstellung jeder Frau im Raum, von der nur wenige zu träumen wagten, da es nie geschehen könnte, erfüllte sich: auserwählt zu werden, etwas Besonderes zu sein. Etwas Besonderes zu sein. Von einem Mann auf solch ungenierte Weise *begehrt* zu werden. Von solchen Armen gehalten und mit solcher Kraft davongetragen zu werden. Diese Aussicht hatte die meisten zum Ball geführt. Der König durchquerte den Raum und die Frauen, die er passierte, wünschten sich von ganzem Herzen eines Tages mit solchem Verlangen betrachtet zu werden. Alle sollten enttäuscht werden.

Tatsächlich konnte der König sie nicht kennen, da er darauf bedacht war, keinen seiner Untertanen bevorzugt zu behandeln und somit nicht in deren Nähe zu kommen. Mit seiner Gleichgültigkeit stellte er ihre Gleichheit sicher. Es bedeutete außerdem, dass das Objekt seiner aktuellen Begierde nur eine schöne Fremde war.

„Ich kann es nicht glauben."

„Wäre es denn möglich?"

„Oh, ich wünschte …".

Seufzen.

Rumbold geriet für einen Moment in Panik. Was Sunday betraf, verfügte er über einen sechsten Sinn; er wusste, wo sie sich befand, ohne sich im Raum umzusehen. Bemerkte sie denn sonst keiner? Jedes Mal, wenn er die Augen schloss, träumte er von ihr. Mit jedem Blinzeln hörte er ihre Stimme, sah ihre wohlgeformten Lippen und ihre Halsbeuge, roch den Duft der Wälder, des Feuers und der Kerzen und spürte seinen Herzschlag, während sie tanzten.

Jenes Herz wollte nicht weiterschlagen, bis sich die Gäste am äußersten Ende des Saals verbeugten und sein Vater beiseitetrat und offenbarte, wessen Hand er ergriff. Velius stand neben dem König und Erleichterung durchflutete Rumbold, da Sundays Hand noch in der Armbeuge seines Cousins ruhte. Die von Menschen umringte Frau verbeugte sich jedoch nicht. Sie war ein schmaler, dunkler Streifen in dem hell beleuchteten Raum wie eine wolkenlose Nacht, die durch die Lücke zwischen Brokatvorhängen herein schielt. Ihr silbergraues Kleid und das feine schwarze Haar betonten ihre magische Ausstrahlung.

„Entzückend."

„Sehr ätherisch."

„Natürlich ist sie zauberhaft."

„Sie sieht aus wie …"

Keuchen.

Rumbold stand zu weit weg, um ihre Augen zu erkennen, ging aber davon aus, dass sie violett waren. Noch vor wenigen Jahren hätte diese Frau in einem schmeichelhaften Licht wie Sorrow ausgesehen. Es war kein Wunder, dass sie eine solche Anziehungskraft auf seinen Vater ausübte. Das würde seiner Patentante gar nicht gefallen.

Der König nahm ihre Hand und geleitete sie zur Tanzfläche. Die füllige Frau in Gelb seufzte und legte sich die Hand aufs Herz, die Rumbold hätte schütteln sollen. Der Tanz des Königs mit der Unbekannten bot einen ansehnlichen romantischen Anblick wie ein Leckerbissen für einsame Seelen. Er wirkte so kraftvoll, dass Rumbolds Tanz mit Sunday in den Schatten gestellt wurde, als hätte er nie stattgefunden.

Er war das Licht und sie die Dunkelheit, Sonne und Schatten, Feuer und Asche. Sie tanzten schweigend, drehten sich mehrmals so anmutig, dass es aussah, als würden ihre Füße über dem Boden schweben. Den Gästen, an denen sie vorbeiglitten, stockte der Atem. Alle Frauen bekamen weiche Knie und die Männer fassten sich plötzlich ein Herz und wandten sich der nächsten Frau zu, um sie um einen Tanz zu bitten. Schon bald waren alle in diesem Gefühl gefangen. Da der Saal selbst überfüllt war, wurde auf den Emporen, Treppen, Tischen und Stühlen getanzt. Diese Nacht war unvergesslich, und solange sie lebten, würden sie immer wieder davon erzählen. Barden kauerten in den Ecken und schrieben ehrenvolle Lieder über diesen märchenhaften Abend. Der charmante König von Arilland hatte sich auf den ersten Blick verliebt. Es stand außer Frage, dass er diese wunderschöne Unbekannte zur Braut ernennen würde. Das Schicksal hatte sie zusammengeführt. Es war berauschend.

Nein, Sorrow würde das ganz und gar nicht gefallen.

Zum ersten Mal an diesem Abend dachte Rumbold nicht an sich oder seine Liebste. Stattdessen fürchtete er um das Leben dieser Frau.

Als Rumbolds Klaustrophobie die Oberhand gewann, zog er sich auf seinen samt gepolsterten Stuhl auf der Empore zurück. Von hier aus konnte er mit Erik Sunday und ihre Schwestern besser im Auge behalten, die plötzlich die begehrtesten Frauen des Balls waren. Obwohl Rumbolds inneres Monster ihm Kraft verlieh, setzte sich allmählich die körperliche Schwäche durch. Es wäre verheerend, wenn er vor den anmutigen Füßen seiner Angebeteten zusammenbrechen würde. Würde es sie interessieren? Wenn wahre Liebe echt war, war sie für die Ewigkeit bestimmt oder bloß Einbildung? Er hatte zu viele Affären miterlebt, um die Tatsache zu ignorieren, dass das Herz ein flatterhaftes Biest sein konnte. *Affären.* Das Wort leckte an den Rändern einer Erinnerung. Viele der anwesenden Frauen waren ihm wahrscheinlich vertrauter, als ihre Gatten ahnten. Es gab es so viel Unglück auf der Welt, und er hatte sich einst darin gesuhlt. Er bemitleidete die Menschen, die weder ihr Herz noch ihre Seele an jemanden verloren. Oder ihren Verstand. Ja, Rumbold war definitiv im Begriff, auch seinen Verstand zu verlieren.

Velius sprang beinahe über Erik und landete auf der Empore neben ihm. Er war für fast zwei Lieder fortgewesen und wirkte etwas lädiert, da er sich durch die tanzende Menge quetschen musste. Seine Jacke war zerknittert, seine Stiefel waren zerkratzt, einige Strähnen hatten sich aus dem Haarband gelöst, und seine Augen funkelten wild. Andererseits sahen seine Augen immer so aus.

„Ich bin ein Narr“, sagte er.

Rumbold war froh, dass er damit nicht der Einzige war. „Erik“, sagte der Prinz. „Auf dein Gedächtnis ist momentan wesentlich mehr Verlass als auf meines, aber soviel ich weiß, hat sich mein Cousin bisher nie für etwas entschuldigt. Hab ich recht?“

„So ist es, Euer Vergesslichkeit.“

Velius ließ sich auf den noblen Stuhl gegenüber von Rumbold fallen und füllte großzügig sein Weinglas. „Hör auf, dich wie ein Idiot aufzuführen", sagte er. Obwohl er den Kelch ruhig in der Hand hielt, schwankte die Flüssigkeit darin. Er trank die verräterische Brühe.

„Ich verstehe nicht mal ansatzweise, welchen Ärger wir uns da eingehandelt haben", sagte Rumbold. „Was ist da draußen geschehen?"

„Ich war ein Narr", wiederholte Velius.

„Das wissen wir. Aber was ist passiert? Noch wichtiger: Befindet Sunday sich in Sicherheit?"

„Ja, Cousin, deine Angebetete hat noch alle Gliedmaßen, obwohl ich vermute, dass sie vom Tanzen ein wenig mitgenommen sind." Sein Blick fiel auf das leere Glas in seiner Hand. „Ihre Schwester ist diejenige, um die ich mich sorge."

„Ihre Schwester?", fragte Erik. „Wochentag oder Wochenende?"

Daraufhin grinste Velius ein wenig. „Wednesday."

„Die Dame der Immerwährenden Schatten", zitierte Rumbold.

„Treffende Beschreibung", sagte Velius. „Und die derzeitige Tanzpartnerin deines Vaters."

Erik drehte sich auf seinem Platz in der Nähe des Zugangs um. *„Was?"*

Das tanzende Paar war leicht auszumachen. Zwischen ihm und dem Gedränge befand sich eine kleine Lücke. Sie drehten sich wie die Sonne um den Mond. Sie redeten nicht, sondern starrten einander unverwandt an. Die Romantiker flüsterten von Liebe, Rumbold kam es eher so vor, als würden sie einander abschätzen.

„Aber wie …?" Er wollte sich nach der eigenartigen Ähnlichkeit erkundigen. Velius stellte aber eine vollkommen andere Frage.

„Ich wette, dass dein Mädel genauso gepeinigt ist wie du, Cousin. Für ein unbescholtenes Mädchen hat sie ziemlich viel Magie auf Lager. Sie ist die siebte einer siebten, musst du wissen."

„Ich dachte, das wäre ein Mythos", sagte Erik.

„Ist es ja auch und wiederum auch nicht", sagte Velius. „Wie die meisten Mythen."

„Sie hat mir einmal erzählt, dass die Dinge, die sie schreibt, wahr werden."

„Es steckt mehr dahinter, mein lieber Cousin, aber hoffentlich nicht mehr als ihr Lehrer bewältigen kann. Ich hatte Sorge, dass sie deine Patentante aufschreckt."

Irgendetwas nagte in den hintersten Winkeln von Rumbolds Verstand, und er erinnerte sich vage an etwas über Feen und ihre Machtkämpfe. Die Erinnerung wurde von der leichten Eifersucht überschattet, dass sein Cousin etwas von Sunday wusste, das er nicht wusste.

„Ich habe ihre Magie mit meinem Zauber übertüncht, damit ich behaupten kann, dass ich einer Dame imponieren wollte, falls Sorrow sich danach erkundigt."

„Was für ein Zauber?", fragte Rumbold.

„Ein Zauber, der ihr das Gefühl gibt, nicht allein zu sein", sagte Velius. „Ich habe ihr gezeigt, dass viele der Gäste Magie im Blut haben."

„Mir ist nichts Merkwürdiges aufgefallen", sagte der Prinz.

„Weil du nur wenig Magie von deiner Mutter geerbt hast", sagte Velius. „Deshalb ist es dir nicht aufgefallen. Nur wenige Personen in diesem Raum verfügen über so viel Macht. Sunday schon." Er nahm noch einen Schluck. „Dein Vater ebenfalls."

„Vater hat keinen einzigen Tropfen Magie im Blut", sagte Rumbold.

„Heute Abend schon", schnaubte Erik. „Er hat vom stärksten Zeug im ganzen Schloss getrunken."

Rumbold wollte ihn fragen, was das heißen sollte, allerdings hatte er es mit eigenen Augen gesehen. Sorrow hatte sich über den König gebeugt und ihr Blut auf seine Lippen getupft und damit einen furchtbaren Zauber ausgelöst, der den Alterungsprozess aufhielt. Der König war so energiegeladen, dass Rumbold mit seinem gebrechlichen Körper ihn darum beneidete. Sorrows Arm hatte Bissspuren aufgewiesen, zornig und rot und für jedermann sichtbar. Der Prinz legte eine Fingerspitze an die Schläfe und massierte sie, um den brennenden Schmerz zu unterdrücken. „Habe ich das schon immer gewusst?“, fragte er seinen Cousin.

Immerhin war Velius ehrlich. „Ich glaube, du hast es stets geahnt. Sorrow war aber schon lange nicht mehr im Schloss, also muss es einen anderen Schlüssel zu seiner ewigen Jugend geben.“

„Wie alt ist Vater überhaupt?“

„Das weiß niemand“, erwiderte Erik.

„Das Königreich hat es längst vergessen“, fügte Velius hinzu. „Ungefähr zu der Zeit, als wir seinen Namen vergaßen.“

Rumbold verspürte wieder den brennenden Schmerz, der dem seiner Wiedergeburt ähnelte, und war froh zu sitzen. Er konzentrierte sich auf den kühlen Samt unter seinen feuchten Händen, der so weich war wie Sundays Haut. Er rieb das seidige Silberband zwischen den Fingern. Er atmete mehrmals tief durch, verbannte alles aus seinen Gedanken außer ihrem Lächeln und den Wald an einem Frühlingsmorgen.

„Versuch gar nicht erst, dich zu erinnern“, warnte Velius ihn. „Das kannst du nicht.“

„So geht es mir mit meinem ganzen Leben.“ Rumbold schielte unter den Augenlidern hervor, als er seinen Körper wieder unter Kontrolle hatte. „Es gibt so viele verschüttete Erinnerungen, aber es ist äußerst merkwürdig, dass ich den Namen meines Vaters nicht kenne.“ *Tief einatmen. Samtige Haut, tröstlich und vertraut.*

„Was ich gern wissen würde“, sagte Velius, „ist, warum Wednesday Woodcutter das Ebenbild deiner Patentante ist.“

Inzwischen beruhigt, sammelte Rumbold seine letzten Kraftreserven und erhob sich. Er kaschierte seine brüchige Verfassung, indem er die unsichtbaren Falten seiner Jacke glättete und seine Schärpe richtete. „Finden wir es heraus."

Es war irgendwie amüsant, dass kaum jemand darauf achtete, als Rumbold erneut den Ballsaal durchquerte. Alle Augen, die nicht auf den König und seine bezaubernde Dame gerichtet waren, waren auf den eigenen Partner gerichtet, während sie sich an der sinnlichen Energie bedienten, die von dem königlichen Paar ausging. Der Prinz und seine Heldentaten waren bereits Schnee von gestern. Nichts war so beeindruckend wie das Paar in der Mitte der Tanzfläche. Es war leicht, Sunday von ihrem Tanzpartner zu befreien, Rumbold drückte ihn einfach der nächstbesten Frau ohne Begleitung in die Arme.

„Hallo noch mal", sagte er.

„Hallo." Sie freute sich wirklich ihn zu sehen. Jetzt konnte er glücklich sterben. „Ich habe nicht damit gerechnet, dass Ihr wiederkommt."

„Es ist mir eine Ehre, Sie zu überraschen."

„Eine angenehme Überraschung." Weil sie erschöpft war, warf sie jegliche Formalitäten über Bord und er war froh darüber. Der Ballsaal war hoffnungslos überfüllt, und die Hälfte des Gedränges bestand aus Röcken, was Rumbold dazu zwang, Sunday eng an sich zu ziehen. Der Saum ihres Kleides berührte seine Beine und brachte ihn beinahe ins Stolpern. Es scherte ihn nicht. Sie mussten erheblich langsamer tanzen und zwangsläufig auf ausgefallene Drehungen und Schnörkel verzichten. Gemeinsam bewegten sie sich durch eine warme, angenehme Stille, wie man sie in der Umarmung eines Freundes findet. Um den Lärm der Menge zu übertönen, spielte das Orchester lauter und im Gegenzug waren die Stimmen angeschwollen. Rumbold hielt es nicht für nötig, den ohnehin ohrenbetäubenden Lärm noch zu verstärken. Als eine Pause eintrat ein, redeten sie gleichzeitig.

„Wenn ich darf …"

„Wie kommt es …"

Ihre Stimmen drehten sich umeinander und tanzten im gleichen Takt, was Rumbold sehr gefiel. Sunday neigte den Kopf und errötete wieder, womit sie ihn völlig entwaffnete. „Bitte", sagte er. „Wir haben vermutlich dieselben Fragen."

Er spürte, wie sie einatmete. „Warum tanzt Euer Vater mit meiner Schwester?"

„Ah." Er vollführte eine Drehung zu einer etwas geräumigeren Stelle. „Warum sieht Ihre Schwester meiner Patentante so ähnlich?"

„Ah", wiederholte sie. „Ich habe es selbst erst vor Kurzem herausgefunden. Eure Patentante ist meine Tante und die älteste Schwester meiner Mutter." Als sie noch einmal tief einatmete, war er sich sicher, ihre angespannten Rückenmuskeln unter seiner Hand zu spüren. „Womit wir …"

„… glücklicherweise nicht verwandt sind", beendete Rumbold. „Haben Sie Sorrow je getroffen?"

„Das Vergnügen hatte ich noch nicht", sagte sie viel zu förmlich.

„Sie ist die engste Beraterin meines Vaters seit …" Rumbold beging den Fehler und dachte nach, womit er in eine Welt voller Schmerzen eintauchte. „Seit Menschengedenken." Seit der Zeit, bevor der König auf seinen Namen verzichtet hatte. „Wednesdays Ähnlichkeit mit ihr ist frappierend."

„Woher kennt Ihr ihren Namen?"

Hatte er etwa alles so schnell ausgeplaudert? Aber nein. „In Arilland gibt es nur wenige, die ihren Namen nicht kennen."

Sie stieß ein kurzes Lachen aus. Gewonnen. „Natürlich. Verzeiht, ich bin ein wenig durcheinander."

„Nicht doch! Dabei habe ich gerade Ihre gelassene Anmut

bewundert." Selbst in der drückenden Hitze roch sie göttlich. „Das hier hat sich in ein Tollhaus verwandelt, oder?"

„Kann man wohl sagen", sagte sie. Sunday warf eine dicke Strähne goldenen Haars über ihre Schulter und schob sie hinters Ohr. Eine winzige Schweißperle lief an ihrem grazilen Hals hinunter und verschwand in der Spitze an ihrer Schulter. Er sehnte sich danach, sie an einen kühlen, abgeschiedenen Ort unter den freien Himmel zu bringen, wo die Sterne echt waren und er sich wie er selbst fühlen konnte. Er wollte kein Betrüger sein, der mit dem Herzen eines unschuldigen Mädchens spielte. Was tat er da bloß?

Der Tanz kam zum Ende, alle verbeugten sich, soweit es das Gedränge zuließ. Er umklammerte ihre Hand, verzweifelt und zögerlich, er wollte sie nicht gehen lassen. In dem Moment, in dem er sich abwenden wollte, packte sie ihn fester.

„Bitte." Er war sich sicher, dass der Ausdruck in ihren Augen seinen eigenen widerspiegelte und wollte unbedingt wissen, was los war. Atemlos und hektisch brachte sie eine Erklärung hervor. „Ich habe vor ein paar Tagen einen engen Freund verloren. Obendrein erfuhr ich die Wahrheit über meine Familie. Meine Schwester, die in Engelsrätseln spricht, hat einen König verzaubert. Ich bin nicht sicher, wie lange ich diese ‚gelassene Anmut', wie Ihr es so höflich genannt habt, noch aufrechterhalten kann, und ich mache mir große Sorgen, was geschieht, wenn ich mich nicht … unter Kontrolle habe. Ich weiß, dass es aus dem Rahmen fällt, unhöflich und vollkommen … na ja, eben unhöflich ist. Aber ich bin so müde und aus irgendeinem Grund fühle ich mich ausgerechnet bei Euch am wohlsten und ich …" Sie atmete tief durch. „Bitte", sagte sie etwas ruhiger. „Bitte bleibt bei mir."

„Ja", wollte er schreien. *„Ja und ja und ja. Jederzeit, jetzt und für immer bis in alle Ewigkeit und darüber hinaus."* Vielleicht hätte er ihr von Anfang an seine Seele zu Füßen legen sollen, aber dann hätte sie sich möglicherweise nicht so wohl mit ihm gefühlt wie jetzt. Sei's

drum, es war geschehen und nicht mehr zu ändern. Jetzt war sie hier und sagte genau die Dinge, die er gefürchtet hatte auszusprechen.

„Das ist aber eine furchtbar lange Pause“, sagte sie. „Sagt doch etwas.“

Er widerstand dem Drang, sie in die Arme zu nehmen und ihr den Atem mit Küssen zu rauben, seine prall gefüllte Lunge sehnte sich danach, seine Freude herauszuschreien. Er zuckte mit dem Arm, um auf das silberne Band hinzuweisen, das noch immer schlaff an seinem Ehrenplatz hing, und beugte sich vor, um ihre Hand leicht zu küssen. „Ihr Wunsch ist mir Befehl“, sagte er.

Er wünschte, ihr Lächeln festhalten zu können und für einen regnerischen Tag aufzubewahren. Wenn alles nach Plan verliefe, würde er dieses Lächeln jeden Tag haben, egal ob bei Regen oder Sonnenschein, jetzt und für immer.

13 Die Sonne wird Verschlungen

Der Der Morgen nach dem Ball verschmolz nahtlos mit dem vorherigen, und es dauerte eine Weile, bis Sunday begriff, dass sie nicht geträumt hatte. Zum Glück hatte sie nicht von den verwinkelten, mit Porträts gesäumten Fluren geträumt. Sie wurde geweckt, als ihre Mutter ihr das Tagebuch unter der Wange herauszog.

„Die Kerze ist schon wieder heruntergebrannt", bemerkte Mama und schnalzte mit der Zunge. „Verschwenderisches Kind." Sie löste den Stummel aus dem Halter, nahm eine neue Kerze aus der Schublade und zündete sie an. Der Geruch von Talg und Rauch stieg Sunday in die Nase, während sie beobachtete, wie ihr Tagebuch in Mutters Schürzentasche verschwand. Ihr Tagebuch war unerreichbar, daher mussten die Gefühle des vergangenen Abends weiter in ihr brodeln.

„Gähn mich bloß nicht an, junge Dame. Du hast lange genug geschlafen. Raus aus den Federn." Sunday murmelte eine Entschuldigung, während Mutter mit energischem Hüftschwung davon stapfte und über die dunkle Treppe verschwand. Trix schlüpfte unter dem Bett hervor, als wäre er dorthin gezaubert worden.

„Bist du etwa das Monster, das unterm Bett lebt?", spottete Sunday.

„Sogar Monster haben Angst vor Mama und zittern in ihrer Gegenwart." Trix wischte sich Staubflusen vom Hemd und nieste. Die Kerze auf dem Nachttisch flackerte und brachte ihre Schatten zum Tanzen. Tanzen. Oh, es wäre herrlich, wieder zu tanzen.

Sunday lachte. Was waren schon Prinzen und Tänze, wenn man einen verzauberten Bruder und eine Hexenmutter hatte? Plötzlich schien ihr neues Leben nicht mehr so fantastisch zu sein. „Wie lange hast du da unten gesteckt?"

„Lange genug, um einen Tunnel von meinen Träumen zu deinen zu graben", sagte er. „Langweiliger Kram. Viel zu wenig Blumen und Sonnenschein. Komm schon, zieh dich an." Er öffnete den Schrank und warf ihr ein Hemd zu. „Ich muss dir etwas Wichtiges zeigen."

Für Trix hatten Schneckenspuren und Regenbogen immer Vorrang. Als Sunday am Hemd schnupperte, um sich zu vergewissern, dass sie es nicht schon zum Arbeiten getragen hatte, fiel ihr das silberne Kleid über dem Stuhl in der Ecke ins Auge. Sie wollte sich das Kleid an die Brust drücken, damit durchs Zimmer tanzen und an jedes kleine Detail des letzten Abends denken und in derselben Reihenfolge wieder aufleben lassen. Jedes Wort, jede Berührung und jeden Schritt.

„Mama wird mir das Fell über die Ohren ziehen, wenn ich meine und Fridays Arbeiten vor dem nächsten Ball nicht erledige." Unter Umständen musste sie auch Wednesdays Aufgaben übernehmen, da Mama inzwischen davon überzeugt war, der künftigen Königin von Arilland das Leben geschenkt zu haben. Obendrein war es nichts

Neues, dass Wednesday ihre Aufgaben vergaß und nicht erledigte.

„Alle Aufgaben werden ausgeführt. So wie Mama es verlangt."

„Und ob." Sunday seufzte und dachte über die Bürde nach, die damit einherging, die siebte Tochter zu sein. Alle mussten nach Mamas Pfeife tanzen, ob es ihnen gefiel oder nicht.

„Keine Sorge, sie wird bald abgelenkt sein." Trix vollführte ein kleines Tänzchen. „Der Tag hat zwar noch genauso viele Stunden, aber vielleicht gibt es ja weniger Arbeit. Vertrau mir."

In der Vergangenheit hatte sich leider erwiesen, dass solche Worte äußerst riskant sein konnten. Trix hüpfte die Treppe hinunter und Sunday blieb nichts anderes übrig, als ihm zu folgen. Sie befreite sich vom Nachthemd und streifte das Hemd über, zog einen Rock an und löschte die Kerze. Kurz bevor sie die Treppe erreichte, rannte sie zum Stuhl und zog das silberne Kleid liebevoll an sich, atmete den gestrigen Abend ein und drehte sich einmal genüsslich im Kreis, bevor sie es mit ins Wohnzimmer nahm. Friday wollte für den bevorstehenden Ball einige Anpassungen vornehmen. Wenn es nach Sunday ginge, würde sie nichts an dem Kleid verändern.

Genauso wenig, wie sie etwas an ihrem Bruder ändern wollte. Trix zog das Chaos selbst dann an, wenn er nichts tat, es fand ihn von selbst und suchte ihn mit beunruhigender Regelmäßigkeit heim. Seit Jahren rechnete man eher damit, als dass man es fürchtete, dennoch hielt das neue Abenteuer eine Überraschung bereit. Diese bestand darin, dass die Katastrophe nicht auf Trix' Mist gewachsen war, sondern auf Tante Joys.

Nachdem Joy im Zuge von Sundays zweiter Lektion das Wachstum der Bohnen beschleunigt hatte, war diese Kraft in die Erde gedrungen, sodass Thursdays Rosensamen bereits sprossen. Der Zauber hatte sich außerdem auf den alten Baum ausgewirkt, auf dessen dicken Ästen Trix' geliebtes Baumhaus thronte und um dessen Stamm er die verfluchte Handvoll Zauberbohnen verteilt hatte.

Wenn er diesen unglückseligen Kauf nicht getätigt hätte, wäre Sundays Leben womöglich anders. Zudem würden sich keine mutierten Bohnenranken um Trix' Baum schlingen.

Die ineinander verschlungenen grünen Triebe kletterten am Stamm hinauf und bildeten ein Netz, das sich um die Rinde und belaubten Äste legte, sodass der Baum selbst eine riesige Bohnenranke geworden war. Die Luft duftete natürlich und frisch und war aufgeladen wie an dem Tag vor dem Sturm. Die Stängel glitten leise zischend den breiten Stamm hinauf, sodass er knarrte, während er sich dem zusätzlichen Gewicht anpasste. Trix' Baumhaus lag inzwischen größtenteils unter den Ranken. Es lugten nur noch ein halbes Fenster mit den Läden und ein kleiner Teil des Daches heraus. Die einzelnen Bohnenranken waren zu einer einzigen verschmolzen, und das Monster wuchs immer weiter.

Zauberei und Monster, und das noch vor dem Frühstück. Sunday hätte es gar nicht anders haben wollen. Beherzt legte sie eine Hand um ein knospendes Blatt, dessen frische samtige Haut ihre Handfläche kitzelte, als es sich entfaltete und seinen Weg in den Himmel fortsetzte. Das Laub des Monsterstängels streckte sich über die Baumkrone hinaus und der Morgendämmerung entgegen. Die Ranken waren zu einer einzigen Masse verwoben, die so breit war wie der Baumstamm an der dicksten Stelle. Sundays Füße juckten, da sie beim Anblick der tanzenden Triebe an den Walzer denken musste.

Zeitweise hatte der Prinz sie an Grummel erinnert, da er etwas gesagt oder getan hatte, das vom Frosch hätte stammen können, sodass sie daran gedacht hatte, wie sie bei ihm darauf reagiert hätte. Aber es war so ungerecht, den Prinzen mit Grummel zu vergleichen, schließlich war er ein einzigartiges Individuum. Allerdings konnte sie die Erinnerung an Grummel weder auslöschen noch etwas an den Geschehnissen ändern.

„Lass dir das eine weitere Lehre sein, Kind." Joy schien sich in

Mamas selbst gemachtem Kleid seltsam wohlzufühlen. Ihre außergewöhnliche Eleganz verlieh dem abgenutzten Stoff eine neue und lebhafte Erscheinung. „Alle Taten haben Konsequenzen. Manche betreffen dich …" Joy wedelte mit der Hand in Richtung des wild wachsenden Gebildes. „Andere betreffen die Menschen um dich herum."

„Und du solltest deine Kuh niemals an einen Fremden verkaufen, der dir nur eine Handvoll Zauberbohnen dafür gibt", fügte Sunday hinzu.

„Dennoch geschieht alles aus einem Grund", sagte Joy.

„Das sagt Mama auch immer", trällerte Trix und hüpfte fröhlich an ihnen vorbei.

„Auch die harmlosen, peinlichen und dummen Dinge?", fragte Sunday. „Passieren die auch aus einem bestimmten Grund?"

„Vor allem die", sagte Joy.

Sunday hörte Vogelgezwitscher und hob den Kopf. Ihre Tauben spielten in der aufwärts kriechenden Bohnenranke, wobei sie sich wie weiße Geister von dem grünen Monster abhoben, während sie in die gewundene Masse hinein- und herausflogen und genauso fröhlich trällerten wie Trix. Sunday hoffte, dass sie nicht allzu schnell ermüdeten oder nur kurz an einer Stelle landen würden.

„Hört das irgendwann auf?", wandte sich Friday an Tante Joy. Sie und Mama waren endlich aus dem Haus gekommen, Wednesday schwebte leise hinter ihnen her. Sundays dunkle Schwester wirkte gleichzeitig jünger und älter als am Tag zuvor.

„Sie wachsen so hoch wie nötig", sagte Joy. „Wie die meisten Pflanzen. Und Kinder."

Für eine Frau, die gerade Thronanwärterin geworden war, wirkte Wednesday nicht gerade glücklich. „Vielleicht verschlingen sie noch die Sonne", sagte sie. In einem Märchen, dem sie auf Papas Knien gelauscht hatten, hatte ein alter Gott genau das getan. Ein kleiner

Junge hatte ihn ausgetrickst und in den Schlaf gewiegt, seinen Bauch aufgeschnitten und die Sonne befreit, damit die Welt weiterleben konnte. Sunday schirmte die Augen gegen die aufgehende Sonne ab, die noch mindestens einen halben Tag davor gefeit war, verschlungen zu werden.

„Sind die Bohnen essbar?“, fragte Mama.

Sunday konnte förmlich sehen, wie die Goldstapel in Mamas Gedanken wuchsen, während die kleinen weißen Blüten zum Leben erwachten, vergingen und Früchte trugen. Keine dieser Bohnen würde den Weg in Sundays Mund finden; sie konnte sich gar nicht vorstellen, sie zu verkaufen. Joy warf ihrer jüngsten Schwester einen strafenden Blick zu. Mama brummelte ein wenig und verstummte.

Trix hüpfte weiter lachend und winkend um den Bohnenbaum herum, wobei er ihn anfeuerte, höher zu wachsen. Warum sollte man so etwas Verrücktes und Sensationelles auch nicht feiern? Sunday sprang nach vorn, schnappte sich Trix' Hände und wirbelte mit ihm im Kreis herum. Sie warf den Kopf in den Nacken und lachte zu etwas hinauf, das einmal die Baumkrone gewesen war.

Ihre Vögel flatterten herbei und gesellten sich zu ihnen, wobei sie wie ein verschwommener, schneeweißer gefiederter Fleck aussahen. Sie flogen in ihr Haar und packten es. Sunday schlug rasch die Hände vors Gesicht, um zu verhindern, dass ihr ein Schnabel oder eine Kralle ins Auge geschlagen wurde. Sie zwitscherten wie verrückt, gaben misstönende Schreie von sich, die wie Worte klangen. Blut ist im Schuh. Blut ist im Schuh.

Fridays Schrei durchbrach die ausgelassene Stimmung. Sie preschte den Hügel hinunter, der Patchwork-Rock und die Mahagoni-Locken flatterten hinter ihr. Papa und Peter, der kein Hemd trug, näherten sich langsam dem Haus, indem sie Saturday zwischen sich stützten, die auf einem Bein humpelte. Das andere Bein war vom Knie abwärts in blutige Lumpen gehüllt. Sowohl Peter als auch Papa wirkten besorgt, aber der Schmerz in Saturdays strahlenden Augen stand in keinem Verhältnis zu dem Blut, das sie verloren hatte. Sunday vermutete, dass sie ein falsches Spiel trieb.

„Apropos dumme Dinge“, sagte Tante Joy zu Sunday.

Saturday hatte sich mit ihrer geliebten Axt eine tiefe Wunde zugefügt, weil sie damit auf nassem Holz abgerutscht und die Schneide sich in ihre Wade gebohrt hatte. Tante Joy kümmerte sich darum und heilte den garstigen Schnitt auf der Stelle. Bisher hatte sich niemand mit seinem Namenstagsgeschenk Schaden zugefügt, deswegen war Sunday überrascht, dass die Axt es überhaupt zustande gebracht hatte. Mama fragte Papa, ob es klug sei, Saturday täglich im Wald arbeiten zu lassen. Papa ergriff Saturdays Partei, indem er ihre Arbeitsmoral und Verlässlichkeit hervorhob und weitere hilfreiche Worte fand, die die Lage jedoch nicht verbesserten. Friday wuselte in der Küche umher und wischte die Blutflecken unter den Stühlen und darum herum auf. Da Friday seit Jahren die Armen und Kranken pflegte, verfügte sie über die Gabe, zu putzen, ohne im Weg zu stehen. Wednesday verzog sich in ihren Unterschlupf. Trix kroch unter den Tisch, hielt Saturdays Hand und schmiegte den Kopf an ihr gesundes Bein. Peter saß auf der anderen Seite des Tisches und starrte Saturday an, als erwartete er eine Antwort auf eine Frage, die er längst gestellt hatte. Saturday wich seinen Blicken aus.

Sunday beobachtete, wie Joy den Muskel und die zerfetzte Haut geschickt versiegelte, indem sie sie mit den Fingern zusammendrückte. Sie legte einen Umschlag darauf und wickelte eine Bandage um Saturdays Bein, die Mama abgekocht und getrocknet hatte.

„Du musst das Bein erhöht lagern“, sagte Joy und legte das verwundete Bein vorsichtig auf den Stuhl neben sich. „Du darfst es diese Woche nicht mehr belasten.“

„Aber…“, wandte Seven ein.

„Du hast mich gehört, Seven“, blaffte Tante Joy, bevor Mama Saturday Arbeit aufbürden konnte. „Ich bin zwar in der Lage, alles normal wirken zu lassen, aber das ersetzt den Heilungsprozess nicht. Deine Tochter muss sich zu ihrem eigenen Wohl für die nächsten Wochen vom Wald fernhalten.“ *Und vom Ball. Saturday wird weder heute noch morgen Abend am königlichen Ball teilnehmen*, auch wenn sie es nicht aussprach, hörten es alle heraus. Sunday wusste, dass Saturday heimlich grinste, als sie sich das lange Haar ins Gesicht fallen ließ.

„Na gut“, sagte Mama zu Saturday. „Du wirst aber nicht nutzlos hier herumsitzen. Deinen Händen fehlt schließlich nichts. Du wirst Friday beim Nähen helfen.“ Saturday biss sich auf die Wange, nickte mit hängendem Kopf und akzeptierte schweigend. Sunday fragte sich, ob Saturdays plumpe Finger überhaupt imstande waren, solch filigrane Arbeiten auszuführen, doch da Mama es befohlen hatte, würde sie ihr Bestes geben müssen. Papa stocherte träge im Kamin herum. Wenigstens würde er heute Abend nicht alle Töchter an die königliche Familie verlieren.

Friday kehrte mit den Kleidern, dem neuen Nähkästchen und einer mit Spitze und Besätzen gefüllten Tasche in die saubere Küche zurück. Sie warf den leuchtenden Regenbogen vor Saturday auf den Tisch, die eine Grimasse schnitt und dem Stoff die Zunge herausstreckte. Mama scheuchte Papa und Peter in den Wald und die anderen Kinder an ihre Arbeit. Joy blieb neben Saturday sitzen, nahm das blaugrüne Kleid und löste den Spitzenbesatz vom Saum. Das ist gut, dachte Sunday, denn so sorgte Joy für Frieden zwischen Mama und Saturday. Und da Mama nun beschäftigt war, würde sie ihr obendrein aus dem Weg gehen.

Sunday griff nach dem Futtereimer und eilte in den Garten. Sie verteilte eine großzügige Handvoll getrockneten Mais an die Hühner und lockte auch die Tauben herbei, die angeflogen kamen. Trix bekam schließlich auch etwas ab, als sich die Vögel auf seinem Kopf und seinen Schultern niederließen. Er lachte, als die Körner von seiner Brust und den nackten Füßen abprallten. Nachdem sie sich in sicherer Entfernung zum Küchenfenster befanden, fragte er: „Was ist gestern Abend eigentlich passiert?"

„Putt-putt-putt", rief Sunday den Hühnern zu. „Da gibt es doch tatsächlich etwas, das du nicht weißt. Das ist ja unglaublich."

„Ich bin genauso schockiert wie du", sagte Trix. „Mama hat tagelang nur vom Ball geredet. Jetzt öffnet keiner den Mund, als würdet ihr ein großes Geheimnis hüten. Mama und Tante Joy haben heute früh am Herd gestanden und beim Kochen ständig getuschelt. Ich bin sicher, dass Saturday Peter und Papa auf dem Weg in den Wald davon erzählt hat, bevor..." Seine Stimme verebbte. „Sunday, warum tut sie sich so etwas an?"

Sunday hielt inne, schloss die Augen und versetzte sich in ihre Schwester hinein. „Wegen der Menschenmenge und dem Lärm habe mich anfangs auch vor den Bällen gefürchtet. Saturday war hinreißend, aber trotzdem unglücklich. Sie hasst es, sich für einen Raum voller Trottel zu verkleiden, die sich verstellen."

„Pfui", stöhnte Trix. Allein die Vorstellung war grässlich. „Ich wette, sie hat sich immerzu gewünscht, ihre Axt dabei zu haben."

„Mama hat ihr befohlen, sich aufrecht hinzustellen, also hat sie von oben auf die pompösen Damen herabgesehen, als würde sie ihnen genauso weit trauen, wie sie werfen kann."

„Saturday könnte sie weiter werfen", sagte Trix.

Sunday kicherte. „Da hast du wohl recht. Oh, und Monday war auch dort."

„Natürlich!" Trix machte einen Freudentanz, worauf die Tauben mit ihm schimpften. „Wie geht's ihr denn?"

Sie dachte an ihre Prinzessinnen-Schwester, die mit ihrem Juwelen besetzten Fächer wie ein prachtvolles Gemälde ausgesehen hatte. Sunday hatte mehr Zeit mit dem Prinzen verbracht als mit ihrer entfremdeten Schwester. „Wunderbar“, sagte sie schließlich.

„Oh.“ Trix hatte anscheinend eine andere Antwort erwartet. „Und was ist mit Wednesday los?“

Es war eigenartig, dass er das sagte, denn Wednesday benahm sich als Einzige annähernd so wie sonst auch: unnahbar, bedrückt und wortkarg. „Der König hat offenbar Gefallen an unserer Wednesday gefunden. Sie haben miteinander getanzt und wirkten dabei wie Figuren aus dem Lied eines Barden.“

„Sie wollten unseren lieben verstorbenen Bruder in den Schatten stellen, stimmt's? Ich dachte, diese Bälle finden zu Ehren des Prinzen statt.“

„So war es ja auch. Ist es.“ Sunday wandte das heiße Gesicht der kühlen Brise zu und hoffte, die Röte zu vertreiben, bevor Trix sie bemerkte.

Natürlich entging es ihm nicht. „O nein“, sagte Trix.

„O doch“, erwiderte Sunday.

„Magst du ihn?“

„Leider. Sehr sogar.“

„Liebst du ihn?“

„Ich kenne ihn doch kaum.“

„Hm“, brummte Trix.

Sunday warf den Kopf in den Nacken und stieß ein Lachen aus, das von den Zehen heraufstieg, sich im ganzen Körper ausbreitete und sie mit Freude erfüllte. Wie lange war es schon her, dass sie sich so unbefangen gefühlt hatte? „*Hm*? Ich schütte dir mein Herz aus, Mister Außergewöhnlich-Kluge-Kommentare und alles, was du zu bieten hast, ist *hm*?“

Trix' Lächeln hätte die Sonne in den Schatten gestellt, wenn sie sich hinter den Wolken hervorgewagt hätte, wo sie sich vor dem hungrigen Bohnenmonster verbarg. „Manchmal ist *hm* das Klügste, was man sagen kann."

„Wohl wahr." Sunday warf die restlichen Körner zu Boden. Sie prasselten wie Steine darauf. Trix bückte sich und rettete einige, bevor die Hühner in der näheren Umgebung sie aufpicken konnten. Er betrachtete seine Handfläche und streckte sie Sunday entgegen. Was darauf lag, entlockte ihr einen Seufzer. Mit ihrem Gelächter hatte sie die Samen in Gold verwandelt.

Die angemietete Kutsche war dieses Mal etwas geräumiger. Auch wenn Saturday nicht körperlich anwesend war, befand sie sich in gewisser Weise unter ihnen: Friday hatte Teile von Saturdays Kleid verwendet, um alle anderen Gewänder neu zu bestücken. Fridays Mieder und Ärmel waren jetzt blau gesäumt, Mamas waren grün. Saturdays Zierband schmückte nun Sundays Säume, und ihr Überrock aus Damast hatte Wednesdays sanfte grauen Wolken in ein sturmumtostes Meer verwandelt. Friday hatte aus den letzten Stoffresten einen schmalen Schlauch gefertigt, ihn mit Haarsträhnen der beiden Schwestern gefüllt und daraus ein Armband für Saturday hergestellt. Sunday sah das blaugrüne Armband am Handgelenk ihrer Schwester, die in der Tür stand und zum Abschied winkte. Sie stützte sich auf Peter und humpelte mit ihm ins Haus zurück. Der Kutscher ließ die Zügel klatschend niedersausen und brachte die Woodcutter-Mädchen zu ihrer zweiten abenteuerlichen Nacht.

Wednesday hatte ein altes Paar Handschuhe aufgetrieben, unter denen sie ihre mit Tinte beschmierten Finger verbarg. Niemand außer Sunday bemerkte, dass Wednesdays Taschenmesser – Joys Namenstagsgeschenk an ihre poetische Patentochter – wieder an seinem üblichen Platz in ihrem Haarknoten steckte. Sunday wusste, dass es als kleiner Trost diente.

Der Weg zum Innenhof des Schlosses war erneut überfüllt, aber der Kutscher schaffte es, sie dieses Mal näher an den Eingang zu bringen. Sie mussten lediglich durch ein kleines Labyrinth aus Schmutz und Pferdehufen navigieren, bevor ihre Füße den glatten Steinboden erreichten. Es befanden sich so viele Menschen in der frischen Abendluft, dass man schwer ausmachen konnte, wer sich für den Empfang in die Warteschlange eingereiht hatte und wer nur herumlief. Sunday war von unzähligen Kleidern und dem Qualm der Pfeife rauchenden Herren umgeben. Von allen Seiten drängten sich Körper an sie und inmitten der immer schneller schlagenden Herzen verlor sie ihre Familie aus den Augen. Sunday rief nach ihnen, konnte sie wegen des Lärms aber nicht hören.

Sunday bat höflich darum, durchgelassen zu werden, doch stattdessen drängten sich die Leiber enger zusammen. Einige Male geriet sie ins Straucheln. Sie versuchte, die Ruhe zu bewahren. Ihr blickten ausschließlich fremde Gesichter entgegen. Niemand schien ihre missliche Lage zu bemerken. Falls doch, machte sich niemand die Mühe, ihr zu helfen. Neben ihr drehten sich plötzlich zwei Mädchen um und fletschten die Zähne. Ein anderes Mädchen kam hinzu und verpasste Sunday einen Hieb in den Magen.

Sunday krümmte sich und schnappte nach Luft. Sie zerrten an ihren Bändern und zerfetzten ihr Kleid. Sie vernahm das Zerreißen des Stoffes und Schreie, die sich anhörten wie das Brüllen wilder Tiere. Ruß wurde ihr in Haar und Gesicht geschmiert. Irgendjemand schlug sie so fest, dass sie in die Knie ging und den Sturz mit den Händen abfangen musste. Ein spitzer Schuh – vielleicht waren es auch mehrere – traf ihre Rippen. Wenn sie nicht aufstand, würden sie sie noch umbringen. Wegen der Schmerzen war ihre Sicht kurz getrübt, dann kehrte sie verschwommen zurück und sie erkannte ihre blutverschmierten Finger.

Schläge regneten auf sie herab. Mit dem freien Arm versuchte sie vergeblich, ihren Kopf zu schützen. Sunday konzentrierte sich auf die

Füße um sich herum, die grauen Pflastersteine und das Blut an ihren Fingern, genau wie damals, als sie sich Trix zuliebe an der Spindel gestochen hatte. Sie sollte zaubern, aber was konnte sie schon aus diesem Wahnsinn erschaffen? Sie hatte nur einen einzigen Wunsch. Mit dem Blut zeichnete sie einen kleinen Kreis auf das Kopfsteinpflaster und murmelte atemlos: „Ruhe."

Sofort verschwanden ihre Kopfschmerzen. Die Schläge hörten auf, sodass sie sich erheben konnte. Sie taumelte durch das Gedränge, rempelte Fremde an und drängte sich gegen die Schlossmauer. Sie zwang ihre Augen offenzubleiben, während sie sich an der Wand entlang tastete, Schritt um Schritt, Mauerstein um Mauerstein, bis sie zu einer Tür gelangte, sie öffnete und hindurch stolperte. Ihr schlug der Geruch von Brot und Ofenfeuer entgegen. Ein Küchenmädchen verriegelte hinter ihr die Tür, während ein anderes Sundays Kopf behutsam anhob und auf eine Schürze bettete, die nach Zimt und Zwiebeln roch.

„Bitte sagt es ihm nicht", flehte Sunday ihre Retterin mit den funkelnden Augen und dem strähnigen Haar an.

„Wen meint Ihr, Mylady?"

„Den Prinzen", sagte sie und wünschte sich plötzlich, es nicht ausgesprochen zu haben.

14
Schmerz und Bestrafung

Wo ist sie?“, fragte Rumbold.

„In der großen Küche, Hoheit“, sagte Rollins.

„Bringt mich zu ihr“, bat er. Rumbold war unsicher, ob er jemals die große Küche gefunden hätte, auch wenn sein Leben davon abhinge. Wie viele Küchen gab es in diesem Schloss überhaupt? Er verbeugte sich vor Graf und Gräfin Irgendwas, die mitten in der Begrüßung erstarrten. „Verzeiht“, sagte er, kehrte um und folgte Rollins.

Das Schloss erschien ihm noch größer, als er es durchquerte, um zur anderen Seite zu gelangen. Als er mit Rollins in der stickigen Küche ankam, musste er all seine Kräfte sammeln, um nicht zusammenzubrechen. Die Angestellten drängten sich an der Hintertür und wollten wissen, was sich abspielte. Rollins vertrieb sie, und

Rumbold ging auf dem Steinboden neben seiner geliebten Sunday auf die Knie, die lädiert am Boden lag. Ihr Zustand war erschütternd: zerzauste Frisur, zerrissenes Kleid, blutige und verschmutzte Haut. Ihre Haut war schmutzig, zerkratzt und voller Blutergüsse. Sunday gegenüber kniete ein dünnes, mausgraues Mädchen und versuchte behutsam, das Blut und den Ruß abzuwaschen.

„Was ist passiert?“, fragte er leise in die Stille der Küche.

„Sie ist durch die Hintertür hereingefallen“, erklärte ein Kind mit mehlbestäubten Wangen.

„Es gab einen Aufstand im Hof“, fügte ein schmuddeliger Junge hinzu.

„Wer hat damit angefangen? Haben die Wachen jemanden festgenommen?“, fragte Rumbold.

In der Küche herrschte Schweigen, nur das Blubbern der Terrinen und das Knistern des Feuers waren zu hören.

„Alle Wachen schlafen, Hoheit“, sagte der schwarze, kahlköpfige Metzger, der alle überragte. Seine Stimme kam von weit unten und grollte wie eine Stahltrommel. Er redete klar und überdeutlich, als wäre die gewöhnliche Sprache nicht seine Muttersprache. Er ließ sein riesiges Hackmesser niederfahren, um seine Worte zu unterstreichen. „Jeder einzelne Wachmann. Schlafen wie die Murmeltiere.“

Um das Gleichgewicht nicht zu verlieren, erhob Rumbold sich langsam, dennoch musste er den Kopf in den Nacken legen, damit er den Mann ansehen konnte. Rumbold erinnerte sich an ihn. „Wie lautet Ihr Name, Sir?“

„Jolicoeur, Euer Hoheit“, antwortete der Metzger und wischte sich die blutigen Hände an der schmutzigen Schürze ab.

„Mister Jolicoeur, würden Sie sie tragen?“, fragte Rumbold.

„Ja, Hoheit“, sagte er und hob Sunday mühelos hoch. Ihr Gesicht zeichnete sich blass vor der dunklen Haut des Metzgers ab. Rollins ging voraus zu den nächstgelegenen Gästezimmern. Das mausgraue

Mädchen folgte Jolicoeur und verschwand in seinem Schatten. Nachdem die Köchin mit den fleischigen Händen die Ordnung in ihrem Reich wiederhergestellt hatte, folgte sie der seltsamen Parade mit energischen Schritten. Ein Riese, ein Straßenkind, eine Köchin und ein dürrer Prinz: Sunday hätte ihre Freude an der bunten Truppe gehabt.

Rollins schlug eine staubige Tagesdecke zurück und tätschelte die seidene Decke darunter. „Hier ablegen, bitte."

„Diese Wäsche ist schrecklich sauber und das Mädchen furchtbar schmutzig", sagte Jolicoeur.

„Die Sachen kann man waschen", sagte Rollins. „Ich lasse frisches Wasser bringen. Und für alle Fälle auch Bandagen." Als er vorbeihuschte, hörte Rumbold ihn murmeln: „Und ein Kleid. Sie braucht auf jeden Fall ein Kleid."

Rumbold stand neben der Köchin am Fußende des Bettes, während Jolicoeur den geschlagenen Engel behutsam auf der elfenbeinfarbenen Wolke ablegte. Das mausgraue Mädchen schlüpfte schweigend unter den massigen Armen des Metzgers hindurch und setzte die Reinigung von Sundays Gesicht fort, indem sie einen inzwischen schmutzigen Lappen und Wasser benutzte, das dunkel gefärbt war.

„So schrecklich die Umstände auch sind", sagte die Köchin zu Rumbold. „Ich bin froh, dass ich jetzt die Gelegenheit bekomme, Euch persönlich zu danken, Hoheit."

„Mir danken?"

Die Köchin zeigte auf das Mädchen mit den mausgrauen Haaren. „Das ist mein neues Kräutermädchen. Dank Eures Befehls, Hoheit."

Rumbold ging ein Licht auf. „Sie haben mir das Leben gerettet. Das bisschen, das es noch zu retten gab."

„Ich habe bloß ein gutes Gedächtnis, Euer Hoheit. Es reicht weit zurück."

„Ich wünschte, es gäbe mehr Menschen mit so einem Gedächtnis und dass sie es so sinnvoll einsetzen würden." Er nahm ihre kräftige, mit Kuchen und Essig beschmutzte Hand und küsste sie.

Die Köchin errötete. „Ich mag Euch lieber als den rücksichtslosen Fiesling, der einst in Eurer Kleidung steckte."

„So geht es mir auch." Rumbold wandte sich wieder der Maus zu. „Wie heißt du Kind?" Die Frage wurde mit Schweigen beantwortet.

„Vergebt ihr, Hoheit", sagte die Köchin. „Sie ist stumm. Aber geistesgegenwärtig und einsatzfreudig. Solche Qualitäten sind mir lieber als eine Plaudertasche."

„Kannte das Waisenhaus ihren Namen?"

„Es gab keine Aufzeichnungen, Hoheit. Ich ging mit ihr in den Garten und ließ sie eine Blume pflücken, die für ihren Namen stehen solle."

„Lasst mich raten", sagte er zu der Maus. „Iris? Lilie? Blühen die Schneeglöckchen noch? Oje, du heißt doch hoffentlich nicht Stinkkohl." Die Maus belohnte ihn mit einem Lächeln.

„So schlimm ist es nicht", lachte die Köchin. „Sie heißt Teufelskralle. Dieser Name wird es tun."

„Danke, Teufelskralle. Willkommen bei den Sonderlingen." Rumbold betrachtete die aus Haut und Knochen bestehende Gestalt unter den Lumpen. Sie war älter, als er zuerst angenommen hatte, etwa in Sundays Alter.

„Wenn Ihr uns entschuldigt, Hoheit und Mister Jolicoeur, Teufelskralle und ich werden noch woanders gebraucht."

„Ja, natürlich", sagte Rumbold. „Danke." Er verbeugte sich vor dem mausgrauen Mädchen, dann nahm er die Hand des riesigen Mannes und drückte sie fest. „Ich danke Ihnen allen."

„Sie wird schon wieder", sagte der Metzger. „Wenn man uns Zeit gibt, kommen wir alle wieder auf die Beine. Die Stärksten kommen zurück." Er legte eine Hand auf Rumbolds linken Oberarm. „Wir behalten nur die Narben, die wir behalten wollen."

Rumbold kämpfte mit den Bildern, die seinen Geist überfluteten: Ein Messer bedrohte seine Kehle, eine Peitsche peitschte seinen Rücken, Salz brannte in seinen Augen, eine Klinge fügte ihm eine brennende Wunde zu und schnitt in seinen Unterarm. Ein Kampf? Eine Seereise? Seine schwer zu fassende Vergangenheit lag hinter einem Schleier.

Rollins kehrte mit zwei Frauen zurück. Es waren keine mit Pailletten geschmückten Dienstmädchen, sondern stämmige Weiber, deren Statur vom jahrelangen Schleppen aller möglichen Gegenstände wie Brennholz oder widerspenstigen Kindern gezeichnet war. Blitzschnell hatten sie ein Becken mit dampfendem Wasser neben Sundays Bett gewuchtet. Ein Armvoll Handtücher folgte, ein anderer Arm hielt etwas aus glänzendem Gold, wahrscheinlich ein Kleid. Sie zogen die Vorhänge um das Bett herum zu und machten sich an die Arbeit. Rumbold lief nervös auf und ab.

Als die Vorhänge schließlich geöffnet wurden, ging von der Gestalt auf dem Bett ein Licht aus, das alle anderen Lampen im Raum gedämpft wirkten. Das schlichte goldene Kleid ergänzte ihren Teint; es hätte zu ihrem Haar gepasst, wenn es nicht feucht und dadurch dunkler gewesen wäre. Ihr Gesicht war von allen Verletzungen und Blutergüssen befreit. Er war erleichtert, sie unversehrt zu sehen.

„Hoheit, Verbände sind nicht nötig“, erklärte die Frau auf der linken Seite des Bettes. Die zusammengeknüllten blutverschmierten Lappen in ihren Händen ließen etwas anderes vermuten. Sie warf die unbrauchbaren Fetzen in die Wanne mit dem schmutzigen Wasser.

„Darf ich gehen, Hoheit?“, fragte die Frau auf der rechten Seite.

„Ja, natürlich. Sie können gehen. Vielen Dank.“ Warum war Sunday immer noch bewusstlos? Vorsichtig berührte er ihre Hand, sie war warm und geschmeidig und nicht so kalt und starr wie ihre Mimik. Also schlief sie, sie war nicht tot. Aber herbeigezauberter Schlaf? Wer hatte ihr das angetan? Was genau war auf dem Hof geschehen?

Rumbold schluckte seine Ungeduld krampfhaft hinunter. Wenn sie wach war, würde er alle Antworten erhalten. Vielleicht würde er ihr die Wahrheit sagen, wenn sie aufwachte. Er nahm eine herausgerutschte Locke und sehnte sich danach, ihre Lippen zu berühren, die möglicherweise eines Tages seinen Namen aussprachen. Sie verdiente die Wahrheit. Das verdienten sie beide. Sie würde glücklich sein, dass ihr Freund der Frosch noch am Leben war; glücklich, dass sie ihn gerettet hatte, glücklich, dass … das Schicksal sie für immer an einen Mann band, den ihre Familie verabscheute.

Nein. Er ballte die Fäuste. Wenn Sunday diesen Weg beschritt, dann sollte sie es aus freien Stücken tun und nicht, weil die Götter sie dazu verpflichtet, zum Schweigen verdonnert und auf diesen Weg geschickt hatten. Sunday verdiente nicht nur die Wahrheit, sondern auch ein Leben. Sie verdiente die Freiheit, die er nie hatte.

„Was geht hier vor?“ Eriks Stimme war zu hören, bevor sich die Tür öffnete. Der Wachmann hielt lange genug inne, dass Rollins das Gefährt hineinschieben konnte: einen Stuhl mit Rollen für Menschen, die schlecht zu Fuß waren.

„Rollins, Sie sind ein Genie“, lobte Rumbold.

„Ich dachte, ein bisschen frische Luft könnte ihr guttun“, sagte Rollins. „Und da wir beide nicht Mister Jolicoeur heißen.“

„Blabla“, sagte Erik. „Ich hätte sie tragen können. Geht es ihr gut?“

„Sie schläft“, sagte der Prinz. „Davon abgesehen geht es ihr, glaube ich, gut.“

„Alle schlafen“, berichtete Erik. „Der gesamte Königshof. Jeder, der das Kopfsteinpflaster während des Tumults betrat, fiel einfach an Ort und Stelle um.“

„Ist meine Patentante dafür verantwortlich?“

„Falls sie es war, dann hat sie alles blind inszeniert. Wie gestern Abend ruht sie sich in ihren Gemächern aus.“

Das bedeutete, dass sie wieder ihr Blut und ihre Energie an den König weitergegeben hatte. „Ich nehme an, Vater versucht die Kontrolle über die Situation zu gewinnen?"

„Mit demselben Elan, mit dem er alles anpackt", sagte Rollins bedächtig.

„Und mit einem Vorschlaghammer", fügte Erik hinzu.

„Richtig", sagte Rumbold. „Dann gehen wir am besten in die Gärten."

Sunday schlief in seine warmen Arme gebettet weiter. Der Tumult aus dem Hof und die Stimme seines Vaters, die alle anderen übertönte, drangen hinter die dichte Hecke, vor der Rumbold saß. Rumbold gaukelte sich vor, dass es sich beim Gebrüll des Königs um das Heulen der Wölfe im Wald handelte und das Geschnatter der Gäste das Zwitschern der Spatzen und Meisen sei, die sich über den Abend unterhielten. Er lachte über sich selbst, denn er konnte sich nicht erinnern, wann er zuletzt etwas so Lächerliches und Unschuldiges getan hatte. Aus Dankbarkeit über ihren Einfluss küsste er Sundays Kopf.

„Was ist das für ein Ort?", sagte sie an seiner Schulter. Beim Klang ihrer Stimme schlug sein Herz höher. Als sie sich umdrehte und ihn anlächelte, lächelten auch der Garten, der Palast und die ganze Welt.

„Herzlich willkommen in meiner Zuflucht", sagte er. „In letzter Zeit verabscheue ich Menschenmengen."

„Sie werden mich hassen, weil Ihr meinetwegen Euren eigenen Ball versäumt."

„Die Höllenhunde können froh sein, dass ich ihn nicht abgesagt habe", sagte er. „Den Zeugen zufolge hat es nie zuvor eine solche Brutalität gegeben."

„Die Frauen unserer Artgenossen…", sagte Sunday kichernd,

bevor sie hustete. Genau wie Rumbold vermutet hatte, waren nur ihre äußeren Wunden auf wundersame Weise verheilt.

„Ich bin daran schuld, weil ich Sie auserwählt habe."

„Es ist meine Schuld, denn ich habe mich erwählen lassen", sagte Sunday. „Das ist der Fluch eines interessanten Lebens. Man hat entweder gute Zeiten oder schlechte." Sie zuckte zusammen, als sie sich in seinen Armen bewegte. „Heute Abend habe ich den Preis für gestern gezahlt."

„Sie sollten die Missetäter nicht rechtfertigen." Er streichelte ihr Haar und sie ließ es geschehen. „Morgen wird es keine Vorfälle geben."

Sunday nahm den Kopf von seiner Schulter. Er erkannte etwas Schmerzerfülltes in ihren Augen, das kaum sichtbar war, sodass es ihn nicht beunruhigte. „Es darf kein Morgen geben", sagte sie. „Das ist Euch doch sicher klar."

„Es wird ein Morgen geben, so wie es immer einen Tagesanbruch geben wird, der dem Abend folgt. Bei Sonnenuntergang schicke ich eine Kutsche und meine Gardisten werden Sie und Ihre Familie bis zum Eingang begleiten. Ich verspreche, dass euch kein Leid zugefügt wird."

„Aber…"

„Bitte", sagte er. „Das ist das Mindeste, das ich tun kann."

„Was ist mit meiner Mutter? Und meinen Schwestern?"

„Sie sind ebenfalls willkommen."

„Nein, ich meine jetzt. Wo sind sie? Geht es ihnen gut? Waren sie …?"

Rumbold verlagerte ihr Gewicht, sodass sie neben ihm auf der Bank sitzen und sich richtig mit ihm unterhalten konnte. Er nahm ihre Hand, damit er sie in der kurzen Zeit, die ihnen noch blieb, berühren konnte. Der Garten unter dem Sternenhimmel war der perfekte Ort, um sie mit der Wahrheit zu konfrontieren. Doch als er den Mund öffnete, sagte er nur: „Ich glaube, es geht ihnen gut."

„Ihr glaubt es?“

„Alle schlafen.“

„Schlafen.“

„Genau wie Sie. Ich habe gehört, dass alle Mitglieder des Königshofs eingeschlafen sind.“

Sunday schlug sich die freie Hand vor den Mund. „Das ist alles meine Schuld.“

„Ich trage genauso viel Schuld wie Sie“, sagte der Prinz.

Sie entzog ihm die andere Hand, er ließ sich nicht anmerken, wie sehr es ihn verletzte. „Ihr versteht nicht“, sagte sie. „Ich habe das getan. Ich habe alle in diesen Schlaf versetzt. Ich. Ich bin…“

„Gut“, sagte Rumbold.

Sunday hielt in ihrer Tirade inne. „Gut?“

„Damit wurde der Tumult unterbrochen. Und es hat keine weiteren Verletzten gegeben.“ Er berührte sie wieder. „Es hat sie davon abgehalten, Sie zu töten.“ *Und mich davon, die anderen töten zu müssen.*

„Ich konnte an nichts anderes denken. Ich wusste nicht mal, was passieren oder es überhaupt etwas nützen würde. Ich hab nur an mich gedacht. Ich hätte jemanden verletzen können.“

„Ich habe viele Menschen verletzt. Und es geschah nie, um mein eigenes Leben zu retten. Also“, sagte er und hob ihr Kinn an, „wer von uns ist egoistischer?“

Hinter der Hecke schwoll das Gebrüll und Gemurmel an. Erik hustete und trat durch das Tor. „Sie erwachen, Hoheit.“

Sunday zögerte. „Ich … ich kann einfach nicht“, murmelte sie mit gebrochener Stimme.

„Wie Sie wünschen“, sagte der Prinz. „Sie haben aber nichts zu befürchten.“

„Ich fürchte mich vor mir selbst“, flüsterte sie.

„Ich fürchte Sie nicht“, flüsterte er zurück.

Sie lächelte. „Vielleicht solltet Ihr damit anfangen.“

„Erik, bitte sorge dafür, dass eine Kutsche für meinen Ehrengast zur Verfügung steht. Der Abend hat seinen Tribut gefordert und sie muss sich ausruhen." Er zwinkerte ihr zu. „Damit sie morgen wiederkommen kann."

„Selbstverständlich, Hoheit", sagte Erik schwülstig.

„Aber diskret, mein Freund", sagte Rumbold.

„Wie ein Dieb in der Nacht", sagte Erik.

„Danke sehr", sagte Sunday.

„Ich werde Ihrer Familie mitteilen, wo Sie sich befinden und eine Kutsche bereitstellen lassen, falls sie gehen wollen", sagte Rumbold.

„Nochmals vielen Dank."

„Und wenn sie bleiben, werde ich Ihrer Mutter den Hof machen und solange mit Ihren Schwestern tanzen, bis alle anderen Frauen im Saal grün vor Neid sind. Würden Sie mir die Ehre erweisen und mich Ihr bescheidenes Gefährt zum Tor schieben lassen?" Er zeigte auf den Rollstuhl.

„Ich kann sicher laufen."

„Wenn ich kräftiger wäre, würde ich Ihren Protest ignorieren und Sie zu Ihrer Kutsche tragen", sagte er. „Ich bin schließlich der Prinz."

Sie schlug ihm auf den Arm. „Ihr seid ein Scheusal."

„So wurde ich schon mal genannt, aber leider fehlt mir die Kraft, um dem gerecht zu werden. Deshalb biete ich nur meinen Arm an und hoffe, dass Sie ihn akzeptieren."

Das tat sie. Er führte sie zur Kutsche, die Erik zum nördlichen Eingang abseits des Hofs bestellt hatte und half ihr beim Einsteigen. Er küsste ihre Hand, bevor er die Tür hinter ihr schloss. „Gute Nacht, meine Sunday."

„Gute Nacht, mein Prinz", erwiderte sie und die Kutsche trug sie in die Nacht hinaus. *Mein Prinz.* Eines Tages würde er nicht mehr mit ansehen müssen, wie sie ihn verließ.

„Komm schon, du Hengst.“ Erik gab ihm einen Klaps auf die Schulter. „Wir müssen ein unschuldiges Fass Wein vor dem lüsternen Sohn eines Dukes retten.“

In Anbetracht der Tatsache, dass eine Unmenge Alkohol nötig war, um einen schwarzen Hexer wie Velius gründlich abzufüllen, grenzte es an ein Wunder, dass es im Schloss überhaupt noch Wein gab.

„Er befindet sich in dem Zustand, seit die Schlafenden entdeckt wurden“, sagte Erik. Rumbold half ihm, Velius auf eine Bank am Rande des Hofs zu bugsieren. Sein Cousin saß zusammengesackt da, drückte das engelsgleiche Gesicht an das fleckige Holz und wirkte, als wäre er vierzehn Jahre alt. Velius dachte offenbar immer noch, die Aufmerksamkeit des Königs auf Wednesday gelenkt zu haben. „Als alle wach waren, wurde es sogar schlimmer.“

„Ich will wissen, wer den Mob aufgewiegelt hat.“ Rumbold ließ den Blick über die Opfer und Diener schweifen, bis er seinen Vater fand, der sich mit den Woodcutters unterhielt.

Eine Frau in rosa-silbernem Kleid mit einem Diadem um die Stirn hielt Seven Woodcutters Hand. *Prinzessin* Monday, erinnerte sich Rumbold. Mit ihrem langen goldenen Haar und den funkelnden Augen sah sie aus, wie Sunday eines Tages aussehen könnte, wenn sie neben ihm auf dem Thron saß. Sie trug ein makelloses Kleid. Natürlich hatten sie und ihr Gatte Zimmer auf dem Schloss bekommen. Sie war während des Aufstands offenbar nicht am Hof gewesen. Monday sagte etwas, das so sanft und anmutig war, dass es den König besänftige, ohne ihn zu verärgern. Der König trat tatsächlich ein Stück zurück, akzeptierte Sevens Zurückhaltung und ignorierte die zitternde Friday, die sich die Arme um den Körper geschlungen hatte und den Kopf gesenkt hielt.

Allerdings gab es eine Woodcutter-Schwester, die sich nicht vor dem König fürchtete. Wednesday sah ihm genauso unverfroren in die Augen wie am Abend zuvor und beachtete ihn nicht, während sie sich das Haar zu einem Knoten band und ihn mit einem … Messer befestigte? Rumbold war sich sicher, ein verräterisches Glitzern gesehen zu haben. Wednesdays heutiges Kleid war wie ein Leichentuch aus Tränen und Ärger, ein Symbol für die Emotionen, die unsichtbar, aber spürbar über dem Hof hingen. Sie hob den Arm und zeigte stumm auf die Anstifter. Es war, als hätte sie der Tod höchstpersönlich gezeichnet.

Es waren sieben, die widerwillig, reumütig und mit hängendem Kopf vor den König gebracht wurden. Jede trug mindestens einen Verband. Die meisten humpelten. Einem Mädchen rann noch immer Blut über die Wange. Die Woodcutter-Schwestern hatten sich erfolgreich zur Wehr gesetzt. Von Stolz erfüllt, warf Rumbold wieder einen Blick auf Wednesdays Haar. Darin schien tatsächlich ein Messer zu stecken.

„Was soll ich mit ihnen machen?“, wandte sich der König an Wednesday. Seine Stimme wurde von der kühlen Nachtluft hinunter zum Wasser, in den Wald und bis ins nächste Königreich getragen. „Welche Strafe sollen sie erhalten? Auspeitschen? Soll ich sie an den Pranger stellen? Oder vielleicht …“ Seine Augen funkelten. „Sollten wir sie nackt in mit Nägeln bestückten Fässern von meinen besten Zugpferden durch die Straßen ziehen lassen.“

Was war denn bloß in Vater gefahren? Aber Wednesday ließ sich nicht beirren. „Sie wissen, welches Verbrechen sie begangen haben“, sagte sie. „Sie wissen, welche Schande sie über sich gebracht haben.“

„Das genügt mir nicht“, sagte der König. „Es genügt nicht, um das zu vergelten, was sie Ihnen angetan hätten, was der Frau, die ich liebe, bereits angetan wurde.“ Er kniete sich vor ihr auf die Pflastersteine und die Menge schnappte nach Luft. „Jetzt, da ich Sie gefunden habe, weiß ich nicht, was ich ohne Sie tun würde. Meine liebe Miss Woodcutter.“ Er nahm ihre blasse Hand. „Wednesday. Ich habe dieses Königreich und Reichtümer im Überfluss, aber mein Leben ist so einsam wie mein Herz. Ich kann mich nicht erinnern, wann ich zuletzt so glücklich war, wie du mich gestern Abend gemacht hast."

Das kannst du nicht, Vater? Rumbold fragte sich, ob sein Vater etwas Ähnliches zu seiner Mutter oder der Frau vor ihr gesagt hatte.

„Es wäre mir eine Ehre", fuhr der König fort, „wenn du bleibst und dich weiter um mein Glück bemühst."

„Wie lange?", fragte sie. Alle hielten den Atem an, obwohl sie die Antwort bereits kannten.

„Solange wir leben."

„Ja", sagte Wednesday, ohne zu zögern, obwohl Rumbold den Verdacht hatte, dass ihre Eile eher der allgemeinen Erwartung als Gefühlen geschuldet war. „Ja, ich werde Euch heiraten."

Die versammelte Menge, die seit dem Malheur um ein Vielfaches gewachsen war, jubelte. Es wurde geklatscht und mit den Füßen gestampft, Wein wurde ausgeschenkt und drei Geiger spielten ein improvisiertes Lied.

Es gab einige, die nicht jubelten: Rumbold, Erik, der noch nicht vollkommen betrunkene Velius und die sieben Frauen, deren Bestrafung so lange aufgeschoben wurde, dass ihr kleiner Aufstand in einen Mordversuch an der künftigen Königin umgewandelt werden konnte.

Nachdem er die Hand seiner zukünftigen Gattin geküsst hatte, wandte sich der König an die Angeklagten. „Diese Frauen werden sich für den Rest ihres Lebens erinnern, welchen Schaden sie angerichtet haben", sagte er. „Ich verlange, dass auch der Rest der Welt von ihrer Schande erfährt. Ruft den Schweinehüter." Ein Diener eilte gehorsam davon. „Ihre Unterarme werden mit dem königlichen Siegel gebrandmarkt, damit sie nicht vergessen, dass sie der Krone etwas schuldig sind."

Sie knicksten zögerlich, akzeptierten den Schmerz und die Strafe, die sie sich selbst zuzuschreiben hatten. Wednesday schloss langsam die Augen, sie zeigte entweder eine Engelsgeduld oder betete oder tat etwas ganz anderes. Die Menge brach in hektische Bewegung aus, während sie sich eilig zur Großen Halle aufmachte, das Gemurmel der aufgeregten Stimmen erfüllte die Luft.

Sorrow hatte ihre Gemächer verlassen und gesellte sich zu ihnen auf den Hof.

„Entschuldigt meine Verspätung, Hoheit. Ich war in letzter Zeit nicht ich selbst." Rumbold hatte seine Patentante noch nie so klein und blass gesehen, eingewickelt in ihr Gewand wirkte sie alt neben Wednesdays ätherischer Jugend. Obwohl sie das exakte Ebenbild der anderen waren, verflüchtigte sich das Bild, sobald sie nebeneinanderstanden.

Die Aura der Macht, die Sorrow umgab, war unbestreitbar, und keiner konnte sich ihrer Präsenz entziehen.

„Wie ich höre, sind Glückwünsche angebracht." Sie wandte sich an Wednesday. „Hallo, Nichte."

15 Aller Guten Dinge sind Drei

Als Als Sunday nach Hause kam, lag das Haus im Dunkeln. Sie schlich vorsichtig die Treppe zum Turmzimmer hinauf, um Trix und Peter nicht zu wecken. Beim Ausziehen ihres neuen Kleides biss sie die Zähne zusammen, bevor sie sich in das weiche Nachthemd hüllte und die dünnen Bettdecken zurückschlug. Auf dem Kissen lag das Tagebuch, klein und einsam wartete es darauf, dass sie ihre Probleme eintrug, doch nachdem sie unter Tränen ein paar Absätze verfasst hatte, verließen sie die Kräfte. Sie war viel zu unruhig, um schlafen zu können. Zudem befürchtete sie, wieder von Träumen heimgesucht zu werden, in denen sie in den Schuhen eines anderen durch weitläufige, fremde Flure wanderte. Sunday brauchte Ruhe und Trost.

In Abwesenheit von Mama erschien die Küche wie ein Schrein

aus Hefe, Kräutern und einem herunterbrennenden Feuer. „Ein kleiner Vogel hat mir von deinen Erlebnissen erzählt. Magst du vielleicht eine Tasse Tee?“

„Ja“, erwiderte Sunday automatisch. Und dann: „Nein. Warte.“

„Was ist denn, Liebes?“

„Aber keinen Zaubertee, bitte“, sagte Sunday. „Das ertrage ich heute nicht. Es ist mir egal, dass er meine Probleme löst und jedermanns Träume wahr werden lässt. Ich will einfach nur ich selbst sein, ohne dass mir irgendwelche Vögel oder die Götter oder das Universum unter die Arme greifen.“ Sie warf einen vorwurfsvollen Blick über den Tisch. „Oder du.“

Joy lachte, was merkwürdig auf Sunday wirkte, da die Miene von Wednesdays Ebenbild im Widerspruch zu dem Gesichtsausdruck lag, den Wednesday meistens zur Schau stellte. Das Lachen passte zu Tante Joy, zauberte ihr Falten um Wangen und Augen und verlieh ihr etwas Menschliches. Ein weiterer Gedanke, den sie nur schwer mit Wednesday in Verbindung brachte.

„Auf dein Wohl, meine Kleine“, sagte Joy und nahm eine Tasse und Untertasse aus dem Schrank. Diese gehörten zu einem Porzellanservice, das Mama vor langer Zeit von Thursday bekommen hatte, nachdem sie zur See durchgebrannt war. „Es ist nur Tee, versprochen. Er kommt lediglich mit einer Unterhaltung daher. Und einem Keks. Und Zucker, wenn du möchtest.“

„Beides bitte.“ Sunday ließ sich auf den Stuhl vor dem Kamin fallen. „Es war ein langer Tag. Mein Leben bestand in letzter Zeit aus nichts als langen Tagen. Seit…“ Sie verbrannte sich lieber die Zunge am Tee, als den Satz zu beenden.

„Seit ich angekommen bin?“, fragte Tante Joy.

„Das kommt ungefähr hin.“ Sie blies einige Teeblätter an den Tassenrand und ließ die Wärme des Porzellans in ihre Handflächen dringen. „Vor nicht allzu langer Zeit war ich nur ein Mädchen mit albernen Wünschen und Feenstaub. Ich habe Geschichten geschrieben und so getan, als wäre ich Zigeunerin oder Piratin oder die Königin der Welt."

„Und jetzt …?"

„Und jetzt", wiederholte Sunday, als würde das genügen.

„Jetzt bist du eine junge Frau, die sich in einen Prinzen verliebt hat."

„Ist das so?", fragte Sunday. „Bin ich wirklich in ihn verliebt? Ich dachte jemand anders zu lieben, aber so war es nicht. Die Liebe war wohl nicht groß genug."

„Früher habe ich jemanden geliebt", sagte Joy. „Er war Straßenzauberer, ein Taschenspieler mit billigen Tricks, ein Gauner, wie Vater sagte. Dabei war er so viel mehr. Er fiel mir ins Auge und betörte mein Herz, und ich habe mich für ihn zum Narren gemacht."

„Wie ist er gestorben?"

„Wie bitte?"

„Weil ihr kein Paar seid", sagte Sunday. „Es war nur eine Vermutung."

„Nein, mein Kind. Er ist noch sehr lebendig."

Eine mächtige Person wie ihre Tante hatte sich den Mann, den sie liebte, durch die Lappen gehen lassen? „Was ist mit ihm geschehen?"

„Ich weiß nicht, was letzten Endes aus ihm wurde."

Sunday begriff, dass sie die falsche Frage gestellt hatte. „Was ist mit dir geschehen?"

„Ich hatte eine Schwester", sagte sie. „Frauen sprachen plötzlich mit gespaltener Zunge, Kinder verschwanden im Wald, der König von Arilland verlor seinen Namen und ich hatte eine dunkle Schwester."

„Gibt es denn niemanden, der Sorrow in Schach halten kann?"

„Keinen, der so ist wie ich", sagte Joy. „Niemand steht ihr so nah, um die Schweinerei, die sie verursacht, so zügig und sauber zu beseitigen. Die erste königliche Vermählung habe ich nicht miterlebt, genauso wenig wie den Tod von Königin Madelyn – der Mutter deines Prinzen. Jetzt habe ich zum letzten Mal die Gelegenheit, ungeschehen zu machen, was sie angerichtet hat."

„Die letzte Gelegenheit?"

„Es muss jetzt aufhören, denn dieses Mal ist meine Patentochter darin verwickelt."

„Aber ich heirate den König doch gar nicht", sagte Sunday. „Ich bin in den Prinzen verliebt." Das Wort kam ihr so leicht über die Lippen, dass es weiter in der Luft schwebte.

„Ich weiß." Joy lächelte wieder. „Genau wie ich hast du ebenfalls eine Schwester."

Sunday überlief ein Schauer, der sich weder abschütteln noch vom bescheidenen Feuer vertreiben ließ. „Wednesday."

„Heute Abend hat der König um ihre Hand angehalten und sie hat Ja gesagt."

„Aber das solltest du doch verhindern", sagte Sunday. „Warum bist du jetzt nicht dort und vereiteltest die Sache?"

„Was einmal außer Kontrolle geraten ist, kann ich nicht mehr stoppen."

„Warum bist du dann hier?", plärrte Sunday.

„Ich bin hier, um einen Fehler aus der Welt zu schaffen", sagte Joy. „Und um dich zu unterrichten." Sie nahm Sundays leere Teetasse. „Versuch, etwas zu schlafen, bis die anderen nach Hause kommen."

Als ihre Mutter Sunday am nächsten Morgen stupste, um sie zu wecken, schrie sie auf. Ihre Rippen waren geprellt, sie erwähnte die Schlägerei aber nicht, um ihre Mutter nicht zu beunruhigen. Obendrein war sie noch in Träumen gefangen, die nach Stürmen, dem Meer, Blut und Hunger schmeckten. „Tut mir leid", sagte sie hektisch. „Du hast mich erschreckt."

„Du hast ziemlich viel Aufsehen erregt, als du gestern mit dem Prinzen verschwunden bist."

„Ich war verletzt. Ich wurde ins Schloss gebracht, damit ich versorgt werden konnte."

„Du wurdest aber nicht gesehen, wie du den Hof verlassen hast und alle anderen, die in den Tumult verwickelt waren, sind an der Stelle aufgewacht, an der sie eingeschlafen waren." Mama rieb sich die rechte Schläfe, wo ein Bluterguss prangte. „Ich ebenfalls. Und dann sagte mir so ein muskelbepackter rothaariger Wachmann, dass du mit der königlichen Kutsche nach Hause gebracht wurdest."

„Ich wurde niedergeschlagen und konnte zur Küchentür kriechen. Das ist alles, woran ich mich erinnere, Mama. Versprochen. Mir ging es miserabel."

„Ging es dir so schlecht, dass du dein Kleid verloren hast?", spottete Mama. „Lüg mich nicht an, Sunday. Das sieht dir nicht ähnlich."

Sunday machte den Mund auf, doch Mama hob die Hand. „Die Wahrheit will ich auch nicht wissen, denn ich kann Vater nicht anlügen. Sag mir nur eins: Bist du in den Prinzen verliebt?"

„Ja." All ihre Qual trat in diesem einen Wort zutage.

„Das habe ich befürchtet", seufzte Mama. Dann geschah etwas äußerst Merkwürdiges: Mama wurde sanft. „Komm mit, Kindchen."

Sunday zog sich zügig an und folgte ihrer Mutter über die Treppen des Turms zum Elternschlafzimmer im Haupthaus. Mama führte sie zur Truhe am Fußende des Bettes, die seit Ewigkeiten dort stand, sodass Sunday sie völlig vergessen hatte. Mama zog die darauf befindlichen Decken und Kissen herunter, die ebenfalls Fridays Werk waren. Der Deckel öffnete sich quietschend. In der Truhe befanden sich allerlei Krimskrams und eine Schachtel. Darin lag ein Kleid aus Silber und Gold, es war das schönste Gewand, das Sunday je gesehen hatte.

„Das war Joys Geschenk an Tuesday", sagte Mama. „Ich glaube, sie würde wollen, dass du des bekommst."

„Was ist gestern Abend passiert, Mama?"

„Der König hat um die Hand deiner Schwester angehalten."

Sunday musste nicht fragen, um welche Schwester es sich handelte. „Und sie hat Ja gesagt."

„Ihr blieb ja nichts anderes übrig."

Aber Wednesday hätte sich weigern können … doch das hätte der König ignoriert und sie zur Heirat gezwungen. Zudem gab es laut Tante Joy keine Möglichkeit, das Ereignis aufzuhalten. „Wann findet die Hochzeit statt?"

„Heute Abend", sagte Mama, was Sunday überraschte. „Friday wird alle Hände voll zu tun haben, um ein neues Kleid für Saturday zu schneidern. Nur die Götter wissen, wie wir sie mit dem Bein durch das Schloss bugsieren sollen."

Sunday dachte an den Rollstuhl, der neben einem Beet mit kleinen weißen Blumen stand. „Uns fällt schon etwas ein. Was ist mit Wednesdays Brautkleid?"

„Wednesday ist im Schloss geblieben", sagte Mama. „Monday kümmert sich um sie."

„Monday?"

„Ich habe mit ihr Frieden geschlossen, närrisches Mädchen", sagte Mama, obwohl Sunday nicht sicher war, ob sie damit Monday oder sie gemeint war. „Meine Tochter wird bald Königin sein. Den Rang und Titel einer Prinzessin gegenüber meiner anderen Tochter vorzuziehen, scheint trivial." Mama nahm Sundays Hände in ihre. „Oder Töchtern", fügte sie hinzu.

„Damit bin ich gemeint", sagte Sunday.

„Ich habe gesehen, wie du und der Prinz euch bei diesem ersten Tanz angesehen habt", sagte Mama. „Wie jeder andere Gast, bevor der König ihn mit seinem lächerlich dramatischen Auftritt in den Schatten gestellt hat. Ich kenne diese Blicke. Es sind dieselben, die dein Vater und ich vor langer Zeit getauscht haben."

„Tauscht ihr diese Blicke immer noch?", fragte Sunday hoffnungsvoll. „Schaut ihr euch immer noch so an wie am Anfang, als alles ungewiss und neu war und ihr nicht wusstet, wo es hinführt?"

„Wenn du zu deinem eigenen lächerlichen Drama Abstand gewinnst, findest du es heraus." Sie deutete auf das Kleid in der Truhe. „Na los."

Sunday hielt es sich an die Schultern. Es roch nach Geißblatt und Sonnenschein und nicht, als wäre es dreizehn Jahre in der Truhe vergraben gewesen. Tante Joys Geschenk hatte Tuesday nicht retten können, scheinbar gehörte ihr Tod zu einem dieser unaufhaltsamen Ereignisse. Wie bei Jack hing vieles von Tuesdays Leben und dessen Ende ab.

„Bist du sicher?", fragte Sunday.

„Was soll das heißen? Ich habe es doch gesagt oder nicht? Du weißt, dass ich es ernst meine, ob es mir gefällt oder nicht", schnaubte sie. „Das Kleid gehört dir, Sunday."

Es war immer für sie bestimmt gewesen. Das erkannte Sunday jetzt. Wie klug Tante Joy doch war. Mama wollte nicht nur mit Monday Frieden schließen, sondern auch mit ihren eigenen Kräften.

Sieben für ein Geheimnis, das niemals wird enthüllt. Seven Woodcutter hatte, wie sie gesagt hatte, nach dem siebten Kind keine weiteren Kinder bekommen. Stattdessen hatte sie Trix aufgenommen. Und sie hatte verkündet, dass eine ihrer Töchter bis zum Wochenende verlobt wäre. Damals hatte sie Tuesdays elfenhafte rote Schuhe dazu verdammt, sich niemals abzunutzen, und damit die eigene Tochter zum Tode verurteilt.

Dass sie nicht wusste, was aus Grummel geworden war, war schon schlimm genug. Sunday konnte sich nicht vorstellen, wie man mit den Schuldgefühlen leben sollte, die eigene Tochter getötet zu haben.

„Monday meinte, ich würde wie Tuesday aussehen", sagte Sunday. „Wenn es dir wehtut, dass ich das Kleid trage, ziehe ich es nicht an."

„Alles geschieht aus einem bestimmten Grund", sagte Mama. „Tuesday ist meinetwegen ums Leben gekommen, so einfach ist das. Ich bereue diese Worte jeden einzelnen Tag." Sie setzte sich auf die Bettkante, als wäre jede gesprochene Silbe eine Bürde, die sie nicht mehr tragen wollte. „Sie fehlt mir. Ich vermisse beide. Ich wusste nicht, wie sehr, bis ich Monday wiedersah." Mama streichelte Sundays Wange. „Dass du Tuesday so ähnlich siehst, ist die Art der Götter, mir eine Tochter zu schenken, die ich nicht kennenlernen konnte. Jedenfalls zu einem kleinen Teil. Das muss ich akzeptieren und dankbar dafür sein." Sie zog die Hand zurück. „Das geht aber nicht, wenn ich dich ebenfalls zurückweise."

Sunday umarmte ihre Mutter. „Ich hab dich so lieb, Mama", sagte sie. „Egal, wie sehr du zurückweist."

Seven Woodcutter legte die Arme unbeholfen um ihre jüngste Tochter. „Ich hab dich auch lieb, Sunday. Egal, was geschieht."

Ausnahmsweise hätte Mama es nicht aussprechen müssen, damit Sunday wusste, dass es wahr war.

Sunday fand Papa im Garten. Er schnitzte einen Birkenzweig zu Kleinholz und beobachtete, wie die Sonne die Wolken in rosa Zuckerwatte verwandelte. Schweigend nahm sie neben ihm Platz. In der Stechpalme nebenan gurrten die weißen Tauben. Das Gras bewegte sich kaum in der Brise, am Himmel rührte sich kein Wölkchen. Mama würde sie jeden Moment rufen, doch sie brauchte etwas von ihrem Vater. Schließlich gab er es ihr.

„Es war einmal ein wunderschönes junges Mädchen", sagte er. Die Brise, die Vögel und das schnitzende Messer verwoben sich zu einem Lied.

„War sie das schönste Mädchen der Welt?“, fragte Sunday.

„Ja“, erwiderte Papa. „Aber das ist ein anderes Märchen. Also, das wunderschöne junge Mädchen…“

„Hieß sie Simone?“

„Ihr Name war Candelaria“, sagte Papa. „Auch das ist ein anderes Märchen. Candelaria hatte eine Katze…“

„War die Katze klug?“

„Katzen sind weder klug noch dumm. Sie sind einfach nur Katzen. Und da sie Katzen sind, haben sie einen außergewöhnlichen Gleichgewichtssinn.“

„Das stimmt.“

„Deshalb war Candelaria völlig entgeistert, als sie sah, wie ihre Katze stürzte und ziemlich plump auf den Pfoten landete.“

„Hat sie sich verletzt?“

„Nein, aber ihr Stolz war verletzt. Denn der Stolz der Katzen ist größer als ihr Gleichgewichtssinn. Die Katze sagte: *Wenn du mir versprichst, niemandem zu erzählen, was du gesehen hast…*“

„Katzen können sprechen?“

„Wenn ihnen danach ist“, sagte Papa. „Aber das ist ein anderes Märchen. *Wenn du mir versprichst, niemandem zu erzählen, was du gesehen hast*, sagte die Katze zu Candelaria, *dann erfülle ich dir einen Wunsch.*“

„Hat sie sich ein Einhorn gewünscht?“

Papa streckte einen Finger in die Höhe. „Sie wünschte sich ein Wunder“, sagte er, „denn Candelarias Vater war todkrank.“

„Hatte er Husten?“, fragte Sunday. „Und Schüttelfrost?“

„Husten, Schüttelfrost, Beulen, Ausschlag, Fieber, schwarze Zehen. Und ein Kobold hockte auf seiner Brust.“

„Das ist gar nicht gut“, sagte Sunday.

„Sie hatten die Hoffnung verloren. Aber jetzt hatte Candelaria einen Wunsch frei.“

„Hat Candelaria sich gewünscht, dass ihr Papa gerettet wird?“

„Nein“, sagte Papa. „Sie wünschte sich ein Einhorn.“

„Ach.“ Sunday krümmte die Zehen auf der kühlen hölzernen Bank und legte das Kinn auf die Knie. Sie hatte sich ein anderes Ende erhofft, aber wenigstens hatte sie so die Gelegenheit, etwas Zeit mit ihrem Vater zu verbringen. Nun neigte sich ihre Zeit dem Ende zu und genau wie in dem Märchen war es bittersüß. Es sei denn … „Welche Farbe hatte das Einhorn?“, fragte Sunday.

„Oh, sie hat das Einhorn nicht bekommen“, erwiderte Papa.

„Nein?“

Papa wandte sich ihr zu und das Lächeln, das Sunday in letzter Zeit vermisst hatte, breitete sich auf seinem Gesicht aus. Fast hätte sie vor Erleichterung und Glück geweint. „Natürlich nicht“, sagte er. „Sie hat eine zweite Katze bekommen.“

„Eine Katze?“

„Allerdings“, sagte Papa. „Denn das Einzige, was noch egoistischer ist als wunderschöne kleine Mädchen, sind Katzen.“

Sunday rang mit den Händen. „Es tut mir so leid, Papa“, sagte sie mit tränenerstickter Stimme. „Es tut mir so leid, dass wir nie eine Katze hatten.“

Papas bellendes Lachen schreckte die Vögel auf, die in wildes Geschimpfe ausbrachen. Er nahm Sunday so fest und wundervoll in die Arme, dass ihr die Schrammen und blauen Flecken nichts ausmachten. „Ich möchte nicht, dass irgendein Unsinn zwischen mir und meinem kleinen Mädchen steht.“

„Das will ich auch nicht, Papa.“

Er warf den nutzlosen Zweig beiseite und steckte das Messer in die Scheide. „Ich mag ihn trotzdem nicht.“

„Den Prinzen?“

Papa blickte mürrisch drein. „Oder seinen Vater. Nur weil man der König ist, dessen Befehle ausgeführt werden müssen, muss man sich nicht so verhalten.“

„Er hat um Wednesdays Hand angehalten", sagte Sunday. „Habe ich gehört."

„Ja", sagte Papa. „Aber er hat *mich* nicht um ihre Hand gebeten."

Nein, das hatte er tatsächlich nicht. Schließlich war er der König und nicht dazu verpflichtet. Und das war der springende Punkt. Da befürchtete Sunday, dass die Sünden des Vaters auch seinen Sohn treffen würden. „Und was ist mit dem Prinzen?", fragte sie beiläufig.

„Bisher hat er mich um nichts gebeten", sagte Papa. „Aber ich vermute, dass er dich auch noch nicht gebeten hat."

„Nein", sagte Sunday. „Das hat er nicht."

„Du musst dir keine Sorgen machen", sagte Papa. „Und wenn du beunruhigt sein solltest, kannst du es sein lassen." Sunday legte das Kinn wieder auf die Knie. Eltern sagten ihren Kindern immer, dass sie sich nicht sorgen mussten. „Wenn du willst, bilde ich mir erst ein Urteil, wenn ich deinen Prinzen treffe."

Ihren Prinzen. Diese Worte waren wie eine warme Brise. *Ihr Prinz.* „Ich glaube, das ist klug", sagte sie. „Ja, das würde mir gefallen."

Papa legte den Arm um Sunday und lehnte sich zurück, sie schmiegte sich an seine Schulter, die im Laufe der Jahre eine tröstliche Wirkung auf so manche Tochter gehabt hatte. „Erzähl mir etwas von dem Kerl, den ich noch nicht kenne."

„Er bringt mich zum Lachen", sagte Sunday.

„*Ich* bringe dich zum Lachen", meinte Papa.

„Auch wenn ich die vielen Menschen und die überkandidelte Kleidung hasse", sagte sie, „fühle ich mich in seiner Nähe seltsamerweise wohl."

Papa schnaubte. „Dafür bin ebenfalls ich zuständig."

„Er scheint sich praktisch zu überschlagen, um mich aufzuspüren", sagte sie. „Ihm liegt etwas an meiner Gemütsverfassung und meinem Wohlbefinden. Er scheint mich wirklich zu mögen. Warum sollte er das tun, Papa? Er kennt mich doch gar nicht."

Ihr Vater seufzte. „Meine liebe Sunday“, sagte er, „bis ich den letzten Teil gehört habe, hatte ich keine Angst, dich zu verlieren.“

„Du wirst mich nie verlieren, Papa.“

Mamas Stimme drang aus dem Haus, als sie nach Sunday rief.

„Siehst du?“, sagte er. „Deine Mutter versucht, dich in Luft aufzulösen.“

„Wir müssen uns fertigmachen. Die königlichen Kutschen treffen bald ein.“ Als sie sich erheben wollte, drückte ihr Vater sie fester an sich.

„Die königlichen Kutschen können warten“, sagte Papa. „Wir können bis morgen hier sitzenbleiben, dann warten die königlichen Kutschen trotzdem.“

„Mama wartet aber nicht.“ Sie rief noch einmal mit ohrenbetäubender Stimme nach beiden.

„Weiß ich doch, kleine Taube.“ Er schloss die Augen und atmete tief ein, es dämmerte bereits. „Es heißt übrigens aus einem bestimmten Grund *aller guten Dinge sind drei.*“

So saßen sie friedlich, bis Mama erneut rief.

„Siehst du?“, sagte er. „Deine Mutter will dich jetzt schon in Luft auflösen.“

16 Schattenengel

Die Peitsche schnitt tief in seinen Rücken, die mit Stacheln versehene Spitze riss Fetzen seines Fleisches mit sich, begleitet von seinem Blut und seinem Stolz. War es ein Traum oder eine Erinnerung? Völlig belanglos, denn in jedem Fall durchzuckten ihn höllische Schmerzen.

„Noch mal“, forderte Rumbold. Seine Handgelenke waren aufgerissen vom Seil, das ihn an den Schiffsmast band. Die Kapitänin hatte zehn Peitschenhiebe angeordnet, doch bisher hatte er nur sieben erhalten.

„Noch mal!“, brüllte er den schwarzen Riesen an, der hinter ihm aufragte wie ein lang gezogener Schatten, doch keine weiteren Schläge folgten.

Die Kapitänin trat in Rumbolds verschwommenes Blickfeld. „Ihr wünscht euch Auspeitschung?"

„Ich kenne die übliche Strafe für Ungehorsam. Ich habe Ihren Befehl missachtet und sollte wie jeder andere behandelt werden."

„Alle anderen hätten meinen Befehl gar nicht erst missachtet", bemerkte sie.

„Aber ich bin nicht wie alle anderen." Schweiß brannte in seinen Augen, die salzige Gischt stach in seinen frischen Wunden am Rücken. Er ergötzte sich an den Schmerzen. „Ich verlange dieselbe Disziplinierung."

Obwohl die Kapitänin um seine Identität wusste, war Rumbold unsicher, wie weit dieses Wissen in die unteren Ränge vorgedrungen war. „Ihr verhaltet euch auch nicht wie alle anderen", sagte sie, während sie das Messer schwang und die Seile durchtrennte. „Deshalb kann ich euch nicht wie alle anderen behandeln. Das wäre zu viel verlangt. Außerdem wird diese Strafe schlimmer sein als jede körperliche Folter, die ich von Mister Jolicoeur verlangen könnte."

Sie hatte recht. Die Vorstellung, dass Rumbold wegen seiner Abstammung herausgegriffen und bevorzugt wurde, war sogar noch schlimmer. Wenn die Kapitänin nicht von sich aus mit dem Auspeitschen fortfuhr, würde er sie wohl dazu zwingen müssen. Er ignorierte die schmerzenden Handgelenke, packte sie an der Taille und drückte ihr einen Kuss auf den Mund. Sie schmeckte nach frischer Luft und Äpfeln. Die Männer johlten und brüllten. Sie trat ihm so fest zwischen die Beine, dass er vor ihr auf die Knie fiel.

Rumbold hörte, wie der erste Offizier die Peitsche auf seine riesigen Hände klatschen ließ. Jetzt, dachte er. Jetzt würde sie ihn richtig bestrafen.

Stattdessen lachte sie ihn aus. Ihre braunen Augen und das rotgoldene Haar funkelten in der Sonne, Sommersprossen waren wie Gewürze auf ihrer Nase verstreut. „Also", sagte sie, „was sollen wir mit ihm machen?"

„Er soll über die Planke gehen“, schlug ein Mann vor.

„Wir machen ihn zur Schnecke“, sagte ein anderer.

„Er soll das Deck schrubben“, sagte der Mann, der gerade am Schrubben war.

„Ich finde, wir sollten ihn befördern“, sagte der Piratenkönig.

„Das sehe ich auch so“, sagte die Kapitänin. „Er ist zwar eine Nervensäge, hat aber Temperament.“

„Wenn jemand diese Eigenschaft zu schätzen weiß, dann du Liebste“, sagte der Piratenkönig.

„Und er küsst gar nicht mal schlecht“, sagte sie.

„Macht ihn zur Schnecke!“, schrie der Piratenkönig.

„Auf die Füße mit ihm“, sagte die Kapitänin. Der Riese Jolicoeur half Rumbold beim Aufstehen, ohne die frischen Striemen zu berühren. Die Kapitänin hielt ihm das Messer unter den Kiefer. „Du hast Glück, mein Junge. Ich sollte dich aufschlitzen, deine silberne Zunge herausschneiden, sie schmelzen und mir etwas Schönes davon kaufen. Leider darf ich dir kein Haar krümmen. Allerdings bist du die reinste Plage und das bedeutet *Trouble.*“ Sie ritzte ein T tief in seinen linken Oberarm.

Der Schnitt selbst war gar nicht so schmerzhaft, richtig schlimm wurde es erst, als der erste Offizier das Salzwasser aus dem Putzeimer des Matrosen darüber schüttete. Rumbold schrie und zitterte, weigerte sich aber, wieder vor ihr in die Knie zu gehen. Das bemerkte die Kapitänin. „Oh, ich mag dich wirklich“, sagte sie. „Wesentlich mehr als ich sollte.“

„Solange du nicht vergisst, dass du zu mir gehörst“, erinnerte der Piratenkönig sie.

„Bestimmt nicht, Liebster“, sagte die Kapitänin. „Ewig und drei Tage, bis die Meere ausgetrocknet sind und es keine Schiffe mehr zu plündern gibt.“ Sie küsste ihren Mann und wandte sich an Rumbold. „T für *Trouble*“, sagte sie, „und T für Thursday. Du bist jetzt kein einfacher Mann mehr, Prinz. Du gehörst zur Familie."

Rumbold lächelte. „Ja, Kapitänin."

Rumbolds Tür öffnete sich und Erik betrat schwungvoll das Zimmer. „Darf ich seine Gnaden, den Duke of Autschmar ankündigen?"

„Mir fehlt nichts, du Schwachkopf." Velius gab Erik einen Klaps gegen den rothaarigen Hinterkopf.

„Im Gegenteil", sagte Erik. „Es gibt einiges, was dir fehlt. Der Kater gehört aber nicht dazu." Er setzte sich auf einen Samt bezogenen Stuhl und schenkte sich ein Glas Wasser ein. „Dein magischer Cousin hat die wunderbare Eigenschaft, Alkohol zu vertragen. So viel, dass es für mich und dich, den König und das halbe Land reicht, nehme ich an."

Velius wedelte mit der Hand. Trotz seiner Rolle im bedauernswerten Vorfall des vorigen Abends wirkte er nicht mitgenommen. Rumbold hasste ihn ein wenig dafür. Dass er in der Lage war, wieder ein wenig feste Nahrung zu sich zu nehmen, erfüllte ihn schon mit Stolz.

Allerdings waren seine Träume lebhafter und qualvoller geworden. Er zog sein Nachthemd an der linken Seite herunter und fuhr mit der Hand über seinen unversehrten Arm. Er konnte nur schwer ausmachen, was zu einem Traum oder einer Erinnerung gehörte oder zu beidem. Wenigstens war er nicht wieder rußverschmiert am Boden aufgewacht.

„Minderwertige Geister", sagte Velius. „Womit der Wein und die Menschen gemeint sind. Ihr Menschen seid so schwach."

„Ihr Blödmänner seid natürlich viel robuster", sagte Erik.

Rumbold war zu zerstreut, um mitzumachen und Sprüche zu klopfen. „Velius, wusste meine Mutter, dass sie sterben würde?"

„Ihr Götter, jetzt brauche ich wirklich einen Drink", sagte Erik.

„Es ist deine Sache, ob du Salz in die Wunde streust, Cousin. Ich weiß es nicht. Madelyn hatte viele Freunde, aber wenige Vertraute. Sie hat ihre ganze Zeit mit dir verbracht", sagte Velius.

Es war wohl logisch, dass eine Frau, die wusste, dass man ihr nach dem Leben trachtete, die Zeit mit ihrem einzigen Sohn verbrachte und keine engen Freundschaften schloss. „Vielleicht hielt sie den Tod der ersten Königin für eine Tragödie."

„Beim ersten Mal ist es ein Glückstreffer, beim zweiten Mal Fügung", sagte Velius.

„Beim dritten Mal eine Tradition", sagte Erik abschließend.

„Es wird kein drittes Mal geben", sagte Velius.

„Hat Wednesday denn Grund zur Besorgnis?", fragte der Prinz.

„Ich wollte nicht an ihrer Stelle sein", erwiderte Erik.

„Warum sitzen wir dann hier rum?", sagte Rumbold. „Wir müssen sie aufsuchen und das verhindern, was geschehen soll."

Velius legte den Kopf schief. „Ich glaube, als rasender Idiot warst du mir lieber."

„Nein, das stimmt nicht", sagte Erik.

„Die Karotte hat recht", sagte Velius. „Das stimmt nicht. Ich hätte trotzdem zuerst daran denken sollen. Gehen wir."

Nachdem er seinen Schützling angezogen hatte, führte Rollins sie zum Gästeflügel des Schlosses, wo man Wednesday in Mondays Gemächern untergebracht hatte. Erik klopfte an die Tür, eine leicht nervöse und überraschte junge Dienerin öffnete. „Oh! Ich dachte, ihr wärt der Mann mit dem Kleid."

„Er kann ja ein Kleid für Sie anziehen", sagte Velius. „Seine Beine machen sich gut dafür."

Erik zwinkerte der Dienerin zu, sie errötete leicht.

„Wir möchten die künftige Königin besuchen", sagte Velius und näherte sich der Dienerin wie ein geschicktes Raubtier. „Rufen Sie sie bitte. Es eilt nicht."

„Ich wäre dir dankbar, wenn du Marta nicht völlig um den Verstand bringst, Velius. Wednesday wird gleich da sein." Monday ging zu der Dienerin und flüsterte: „Sie werden ihrer Ladyschaft helfen, solange Ihre Unschuld noch unversehrt ist." Marta knickste kichernd und huschte aus dem Zimmer.

Erik fiel rasch auf ein Knie. Velius wirbelte herum wie ein Tänzer, verbeugte sich und nahm die Hand der Prinzessin. Monday trug ein hellblaues Kleid, das elfenbeinfarben gewirkt hätte, hätte das tiefe Blau ihrer Augen den Farbton nicht dunkler schattiert. Ein blassgoldenes Diadem schmückte ihre Stirn und verschwand an den Schläfen in ähnlich goldenem Haar. Einzeln betrachtet waren ihre Züge zu groß, zu breit und zu scharf; zusammen ergaben sie jedoch ein solch schönes Antlitz, dass kein Mann den Blick abwenden konnte.

„Liebste Monday." Velius' Stimme war so aalglatt und trocken wie der Kuss, den er auf ihren Handrücken drückte. „Ihr seht berauschend aus, Euer Majestät."

„Vielen Dank, Euer Gnaden", sagte sie. „Ich werde Euch rufen lassen, wenn mich das Verlangen überkommt, berauscht zu werden."

„Ich kanns kaum erwarten", sagte Velius.

„Das kann ich mir vorstellen", sagte Monday. „Ich bin froh, wenigstens ein paar Freunde am Hof zu haben. Und es ist nicht Euer Herz, das ich herausschneiden und heute Nachmittag servieren will." Monday befreite ihre Hand so sanft aus Velius' Griff, wie er sie ergriffen hatte. Sie wandte sich an Rumbold. „Ich muss eine größere Beute fangen.

„Bitte", sagte Velius. „Es war nicht seine Schuld. Ich bin dafür verantwortlich, dass dem König Eure Schwester ins Auge gefallen ist."

Sie legte eine Hand an Velius' Wange und verzog die herzförmigen Lippen zu einem Lächeln, das Sundays dermaßen ähnelte, dass Rumbold der Atem stockte. „Ihr glaubt doch nicht wirklich, dass der König Hilfe brauchte, um Wednesday zu entdecken.

Meine poetische Schwester, die perfekte Frau, die er immer lieben, aber nie besitzen wird? Es war unvermeidlich, mein Lieber. Ihr habt die Sache nur beschleunigt.“ Sie baute sich vor Rumbold auf, obwohl sie weiterhin mit seinem Cousin redete. „Ich danke auch Euch, dass Ihr die Aufmerksamkeit von meiner jüngsten Schwester und ihrem skandalösen Begleitschutz abgelenkt habt.“

„Es war mir eine Ehre, Euer Majestät.“

„Sagt mir, Velius: Welche Absichten könnte Euer Cousin Sunday gegenüber wohl hegen?“

„Er liebt sie“, erwiderte Velius.

Monday hob fragend eine Augenbraue in Rumbolds Richtung. Ihr Gesicht war nicht nur schön, sondern auch ausdrucksstark. „Liebe? Nachdem sie nur einmal miteinander getanzt haben und einen Abend … niemand weiß, wohin sie gestern Abend verschwunden sind, richtig?“

Rumbold konnte seine Zunge nicht länger im Zaum halten. Er wusste, welche Legende sich um Monday rankte. „Hat vor vielen Jahren eine dunkle und stürmische Nacht nicht gereicht, um eine eigene Liebe hervorzubringen?“

Er hatte es als Scherz an ein künftiges Familienmitglied richten wollen. Der Prinz hatte nicht mit der kalten Zurückhaltung gerechnet, die auf Mondays Gesicht trat. „Es hat nicht gereicht“, sagte sie. „Und das folgende Jahrzehnt auch nicht.“

Rumbold verbeugte sich vor Monday und wünschte sich, wieder ein Frosch zu sein. „Verzeiht, Euer Majestät.“

„Ein Mann, der viermal geboren wurde, spricht immer die Wahrheit“, erklang eine Stimme zu seiner Linken. Der Prinz richtete sich auf. „Oder nicht?“ Wednesdays schlanke Gestalt schwebte durch die Tür. Rumbold wusste nicht, wie er sie ansprechen sollte. Diese Frau war nur ein paar Jahre älter als er, aber so viel weiser und würde noch vor Ablauf des Abends seine Stiefmutter werden.

„Viermal?“, fragte er.

„Zuerst als Junge, dann als Nervensäge, dann als Tier und Mann“, zählte sie auf. „Du wirst künftig noch andere Rollen annehmen, hast aber deine letzte Verwandlung hinter dir.“

Es war eine Erleichterung, dass sich seine Gestalt nicht mehr ändern würde, zugleich ärgerte er sich darüber, dass man ihn als Nervensäge bezeichnet hatte, bevor der Fluch in Kraft getreten war.

Wednesday las seine Gedanken. „Du warst genauso nervig wie jeder andere rebellische Teenager, der mit mehr Privilegien als Verstand geboren wurde. Du solltest dir ein Herz fassen, aber wie es scheint, besitzt du bereits Sundays Herz.“

„Und ich habe ihr meines geschenkt.“

„Was bedeutet das Herz schon, wenn es voller Lügen ist?“, fragte sie.

„Was bedeutet ein Herz ohne Liebe?“, gab er zurück. Weder Monday noch Wednesday hatten eine Antwort darauf. „Ich habe sie nicht belogen.“

„Nein“, stimmte Wednesday zu. „Du hast sie mit deinem Schweigen gequält. Du hast sie um eine Seele trauern lassen, die sie nicht verloren hat. Du hast sie um ein Herz trauern lassen, das nicht hätte brechen dürfen. Deinetwegen macht sie sich Vorwürfe, den Mann, den sie liebt, zu verraten, und zwar mit dem Mann, den sie liebt.“ Obwohl sie nur Strümpfe trug, war sie groß genug, um ihm direkt in die Augen zu sehen. „Ohne Wahrheit kann es sich nicht um wahre Liebe handeln, Rumbold.“

Wednesdays Weisheit verblüffte ihn. Vielleicht war er ein Narr, dass er glaubte, seine künftige Stiefmutter retten zu müssen.

„Wir sind alle Narren“, sagte sie, bevor er etwas erwidern konnte. „Gesegnet mit dem Wissen, dass bestimmte Ereignisse eintreten, ganz gleich, welchen Weg wir einschlagen, um dorthin zu gelangen.“ Sie sagte gesegnet in einem Ton, der das genaue Gegenteil implizierte. „Die

Weisen folgen ihren Engeln, solange sie können." Sie blickte zu Monday, deren feenhaftes Gesicht wie die Inkarnation der Göttlichkeit aussah.

Jemand klopfte energisch an die Tür, und Marta eilte aus Wednesdays Gemächern, um zu öffnen, worauf ein Lakai in den Salon marschierte. Er trug ein großes weißes Kleid, das auf seinen Armen wie eine ohnmächtig gewordene unsichtbare Frau wirkte. Eine Art Gestell hielt das Mieder des Kleides an seinem Platz – es war nach dem letzten Körper modelliert worden, der das Brautkleid der Königin getragen hatte.

Rumbolds Mutter.

Kurz danach betrat eine Frau die Räume. Dunkles gewelltes Haar umrahmte ihr Engelsgesicht und betonte ihren violetten Teint. Sie kam also aus dem Norden, vom Bergvolk, was die kräftige Statur und den scharfsinnigen Blick erklärte. Der Lakai hielt der Frau das Kleid vor die Nase, damit sie den Stoff begutachten konnte. Zufrieden nickte sie dem Mann zu, und er breitete es behutsam auf dem nächsten Sofa aus. Es legte sich unter einer leichten Brise und der Geruch von Lavendel stieg Rumbold in die Nase.

Ich werde immer bei dir sein.

„Yarlitza Mitella." Velius verbeugte sich vor der Frau und drückte ihre Hand an seine Lippen, als wäre er ihr Liebhaber. „Es ist viel zu lange her."

„Dennoch seid Ihr immer noch ein Bild von einem Mann, hol Euch der Teufel." Yarlitza Mitella entzog ihm theatralisch die Hand und schlug ihm leicht ins Gesicht. „Ich bin dieselbe Frau, stecke aber leider nicht in demselben Körper."

„Vor mir sehe ich die Frau, die mich einst in meinen Träumen heimsuchte", sagte Velius. „Und sie tut es immer noch." Gab es denn überhaupt eine Frau, die nicht Velius' Charme erlag? Rumbold verdrehte die Augen in Wednesdays Richtung. Womöglich gab es ja doch eine. Aber damit hatte es sich auch.

Yarlitza Mitella schlug dem Duke auf den Arm. „Genug. Stellt mich der Frau vor, die Königin werden soll."

Velius nahm ihren Ellbogen. „Miss Woodcutter, das ist die Meisterin der Näherei: Yarlitza Mitella."

Yarlitza ballte eine Faust, zog das Kleid bis zum Rücken hoch und enthüllte mehrere Lagen gewundener schwarzer Rüschen und glänzende lederne Absätze. Sie machte eine Bewegung, die halb Verbeugung und halb Knicks war, aber ganz und gar aus den Bergen stammte. Sie zog die dichten schwarzen Augenbrauen zusammen und musterte Wednesday auf dieselbe intensive Weise wie das Brautkleid. „Wir sind uns schon mal begegnet, oder?", fragte Yarlitza an Wednesday gewandt.

„Ein- oder zweimal", sagte Wednesday. „In der Zukunft."

Yarlitza schien es zu verstehen, Rumbold jedoch nicht. „Ihr seid die, die sein wird." Yarlitza verbeugte sich tiefer. „Ich fühle mich geehrt, Mylady." Dem folgte etwas in der Sprache der Berge, das wie ein Gebet klang oder eine Beileidsbekundung. „Wenn die Herren uns entschuldigen würden, ich muss die wenigen Stunden, die mir bleiben, voll ausnutzen. *Avas!*"

Rumbold warf einen letzten Blick auf das Kleid der Königin, während Yarlitza ihn und seine Gefährten zur Tür bugsierte, die Marta aufhielt. Er hätte sich darüber ärgern sollen, dass Wednesday das Kleid seiner Mutter trug, aber auch sie war nicht die erste Frau in diesem Kleid gewesen, die sich König und Land verpflichtete. Zudem hatte sie es vor seiner Geburt getragen, weshalb er keine sentimentalen Erinnerungen damit verband.

Oder vielleicht doch?

Rumbold blieb vor dem Sofa stehen und betrachtete das Kleid mit der unsichtbaren Frau, die sich trunken darin rekelte. Er hatte dieses Kleid schon mal gesehen. Seine Mutter hatte es in seinen

Träumen getragen. In den Albträumen, die er in Ruß und Asche getränkt hatte. Er streckte die Hand aus, um einen Ärmel zu berühren, zögerte jedoch, weil er den reinen Stoff nicht mit seinem aschebedeckten Finger besudeln wollte. Er sah auf seine Hand herab – sie war sauber.

Rumbold. Rumbold.

„Was?", sagte er zu niemandem.

„Halt dir die Ohren zu", sagte Wednesday. „Hör mit deinem Herzen."

In Rumbolds Kopf steckten zu viele Schwestern und Rätsel. Von dem Kleid ging ein purpurner Geruch aus, der ihm furchtbare Kopfschmerzen bereitete. Er war müde und musste sich hinlegen, da er noch einen langen Abend vor sich hatte. Sogar einen sehr langen Abend. Er musste Sunday die Wahrheit sagen, was schwer auf ihm lastete. Er hatte solche Angst davor, dass er sie schmecken konnte. Obwohl er wusste, dass es unumgänglich war, war er nicht sicher, ob er es durchziehen konnte. Doch es musste sein.

Töte mich.

„Bis heute Abend", sagte Velius. „Wir verabschieden uns, meine werten Damen." Yarlitza konnte sie gar nicht schnell genug loswerden. Wenn sie einen Besen zur Hand gehabt hätte, wären sie gewiss hinausgefegt worden.

„Hör mit deinem Herzen", wiederholte Wednesday leise, während Marta die Tür schloss.

Befreie mich, sagte die Stimme in Rumbolds Kopf.

Rumbold wanderte im feinsten Zwirn durch die Flure und kämpfte mit den Monstern in seinem Kopf. Wie sollte er Sunday bloß die Wahrheit über sich sagen? Er konnte nur hoffen, dass sie ihn auch als Mann mochte. Sie schaute ihn auf eine Weise an, die ihm das Gefühl gab, die Welt für sie erschaffen und ihr am Morgen wie ein Geschenk übergeben zu haben. Sobald er den Mund öffnete, um ihr die Tatsachen zu präsentieren, würde dieses Lächeln verblassen. Sie würde gehen und nicht zurückblicken. Er war ein Idiot.

Wednesday hatte gesagt, er solle mit seinem Herzen hören. Sunday war sein Herz. Hatte sie etwas zu sagen, was er hören musste? Nein … Wednesday hatte gesagt, er solle mit seinem Herzen hören. Er steckte die Finger in die Ohren, schloss die Augen und lauschte. Jeder, der vorüberging und ihn sah, würde sagen: „*Seht euch den Kronprinzen von Arilland an, der Wahnsinn der Könige liegt ihm im Blut.*" Glücklicherweise war es ihm egal, was andere dachten.

Mit seinem Herzen hören. Hinhören. Hinhören.

Hinhören.

Nichts.

Er wappnete sich gegen Sundays Verachtung und Hass. Auch wenn sie nie so empfinden würde, machte er sich darauf gefasst, um die bevorstehende Enttäuschung abzuschwächen. Nachdem er das erledigt hatte, öffnete er die Augen und sah, wie die Wandlampen vor ihm flackerten und erloschen.

Vielleicht war er tatsächlich wahnsinnig.

Er drehte sich um, die Lampen hinter ihm brannten noch. Langsam bewegte er sich in die andere Richtung. Er weigerte sich, vor der Dunkelheit davonzulaufen, wollte aber auch nicht blind hineintreten, da ihm der Mut fehlte. Rumbold ging ein Stück, bis er zu einem Verbindungsgang gelangte. Der Gang zu seiner Rechten war stockfinster. Zu seiner Linken flackerten die Fackeln zwischen den Skulpturen, Spiegeln und Porträts noch immer fröhlich vor sich hin. Die Dunkelheit flüsterte ihm nicht nur zu, sondern führte ihn jetzt auch.

Aus dem Augenwinkel sah er einen Schatten, der auf gewaltigen dunklen Schwingen floh. Rumbold roch einen Hauch von Lavendel.

Er ging den Korridor hinunter. Hinter ihm schloss sich die kalte Dunkelheit. *Die Weisen folgen ihren Engeln, solange sie können*, hörte er Wednesdays Stimme in Gedanken.

Der Schattenengel führte ihn durch weitere Gänge und einige Treppen hinauf. Immer weiter hinauf. Da hier keine protzigen Möbel standen, vermutete er, dass nur selten jemand diesen Weg nahm. Das violette Aroma wurde von einem feuchten und staubigen Geruch überdeckt. Er legte seine Hand an die kühle Steinmauer und spürte den rauen Untergrund unter seinen Fingerspitzen. Er musste sich im Turm oberhalb der Wolken befinden.

„Du solltest es sein", ertönte die Stimme seines Vaters von weit oben. „Du bist dazu bestimmt, an meiner Seite zu sein."

Rumbold erstarrte.

„Ich werde immer deine Gefährtin sein", sagte Sorrow. „Ich kann nur nicht deine Königin werden."

„Kannst du nicht oder willst du nicht?", fragte der König. „Ich habe dich schon dreimal gefragt."

„Und ich habe dreimal abgelehnt. Du hast doch mein Herz", sagte Sorrow. „Das hier kann ich dir jedoch nicht geben." Irgendetwas an diesem Gespräch wirkte vertraut.

„Du beschämst mich", sagte der König.

„Inwiefern? Königin zu sein ist nur ein weiteres deiner Bedürfnisse, das ich nicht erfüllen kann."

Eine Pause entstand, dann ertönten schwere Schritte. Rumbold presste sich flach gegen die kalte Mauer. Der Schattenengel umarmte ihn, hüllte ihn mit seiner Dunkelheit ein. „Ich schaffe sie mir vom Hals und nehme stattdessen dich." Der König klang resolut und knurrte fast.

„Du wirst alt werden, verblühen und sterben, und wenn deine Knochen zu Staub zerfallen, wird sich niemand an deinen Namen erinnern." Sorrows Stimme klang abgehackt. „Ich möchte vermeiden, dass du auf die Art dahinscheidest. Ich will nicht, dass du mich verlässt."

„Stattdessen siehst du lieber zu, wie ich wieder eine andere Frau heirate?", fragte der König entsetzt.

„Ich habe keine Wahl", sagte Sorrow. „Du wirst sie heiraten und ihre magische Seele an deine binden. Du wirst ihren Schatten stehlen, ihr Fleisch verzehren und eine weitere Generation überleben. Und genauso muss es sein."

Das Monster, dessen verdorbenes Blut durch Rumbolds Adern strömte, hatte keinen Namen. Er war ein Kannibale, der die eigene Frau und die Frau davor getötet hatte. Rumbold wurde allein von dem Gedanken übel, die Erkenntnis brachte ihn zum Würgen. Er wollte sich die Haut vom Körper reißen, sein Blut ablassen und das Gift herauspressen. Er griff nach seinem Dolch und öffnete den Mund, um seine Vergeltung herauszuschreien, doch der schelmische Schatten hielt ihn zurück. Er drückte ihm die Arme an die Seiten und verschloss ihm den Mund mit Dunkelheit, sodass er keinen Ton hervorbrachte.

„Sie ist mächtig", sagte Sorrow, ohne Wednesdays Namen oder die Verbindung zu ihrer Familie zu nennen. „Du wirst eine lange Zeit nicht heiraten müssen."

„Wie lange?", fragte der König.

„So lange, bis dein Sohn und dessen Söhne gestorben sind und eine weitere Welt dich vergessen hat", erwiderte Sorrow. „Vielleicht sogar so lange, bis der Schmerz wegen dieser Verbindung aus meinem Gedächtnis verschwunden ist."

Eine weitere Pause entstand, dieses Mal war sie nicht von wütendem Schweigen erfüllt, wie es schien. Rumbold konnte es nicht ertragen, noch mehr zu hören. Der Schattenengel ließ ihn los. Die Lampen erwachten flackernd zum Leben, während er durch den Gang eilte. Er vergaß alles, bis auf den Wind in seinem struppigen Haar, den brennenden Atem in seiner Lunge und seinen Füßen, die über Stein-

und Teppichboden zurückrannten. Er öffnete den Mund und stieß einen stummen Schrei aus.

Wenn alles vorherbestimmt war, wie Wednesday gesagt hatte, warum hatte ihn der Schattenengel die Treppe hinaufgeführt? Rumbold schlug die Fäuste gegen die Wand und verfluchte ein paar Götter. Er mochte nicht imstande sein, Wednesday vor ihrem Schicksal zu bewahren, aber er musste es wenigstens versuchen. Er konnte Wednesday nicht guten Gewissens sterben lassen. Er konnte nicht zulassen, dass sein Vater ein weiteres unschuldiges Leben nahm.

Rumbold. Rumbold. Sein Herz hämmerte in seinen Ohren.

Befreie mich.

17

Du Musst Einfach Glauben

Am Abend schickte der König zwei Kutschen zu den Woodcutters, um sie zum Ball zu bringen. Die Kutschen waren mit goldenen Rädern und weißen Pferden ausgestattet, die im Gleichschritt marschierten. Die Kutscher waren identisch gekleidet und wirkten wie lebensgroße Puppen, denen Leben eingehaucht worden war.

Mama und Papa fuhren mit Saturday in der ersten Kutsche, die ununterbrochen jammerte und weinte. Sie hatte sich nur in ihr neues Kleid gequetscht, weil Mama sie dazu gezwungen hatte. Obendrein hatte Papa verboten, dass sie ihre Axt zur Hochzeit mitbrachte, deshalb gab sich Saturday alle Mühe und klagte lautstark, damit sie ihre Entscheidung möglichst bereuten. Saturday musste von Papa und drei Lakaien in das Gefährt bugsiert werden, sodass es aussah, als würde sie misshandelt werden. Sunday erwähnte es Trix gegenüber.

„Sie hätten eine Kampfeinheit schicken sollen", sagte Trix. „Dann wäre sie zu fasziniert, um zu widersprechen und zu stolz, um Schwäche zu zeigen."

Das war eine der seltenen Gelegenheiten, bei denen Trix wie ihr älterer Bruder auftrat. Sunday wusste nicht, wie Friday die Ärmel seines Mantels auf Überlänge gebracht, oder wie Mama es geschafft hatte, ihn zwischen Anziehen und Aufbruch beschäftigt zu halten, dass er sich nicht mit Schlamm oder Ruß oder etwas anderem Übelriechenden besudelt hatte. Sein Haar war kurz geschnitten und ordentlich frisiert, er saß mit erhobenem Haupt aufrecht. Wenn nicht die weißen Vögel auf seinen Schultern gesessen hätten, hätte er wie ein Aristokrat gewirkt.

Tante Joy kam nicht mit. Sunday hatte gefragt, wie sie sich zu Hause schon nützlich machen könnte, aber Joy hatte sie abgewimmelt, indem sie sagte, dass sie im Haus gebraucht würde, und damit war die Sache erledigte.

Dieses Mal gab es keinen Tumult. Als die Kutschen sich näherten, fiel der Hof in Schweigen und die Menge teilte sich. Die Soldaten postierten sich am Rande, der Soldat mit dem kupferfarbenen Haar und der breiten Brust hatte den Rollstuhl von gestern dabei. Oh, es wäre herrlich, wieder im Garten zu sitzen, den Kopf an die Schulter des Prinzen zu schmiegen und miteinander zu flüstern. Bei der Erinnerung erzitterte Sunday und errötete. Ihre Tauben waren den Kutschen den ganzen Weg gefolgt und verzogen sich in die Hecke hinter den Wachleuten.

Entlang des Weges knicksten die Leute oder neigten die Köpfe ehrehrbietig. *Ganz recht, dachte sie. Seid froh, dass ich mich nicht erinnern kann, wer von euch meinen Schwestern und mir nicht geholfen hat.*

Am Himmel schwebten bedrohliche Wolken, in denen die

obersten Zinnen des Schlosses verschwanden. Der Wind trug den Geruch von Regen herbei. Durch die Wolkendecke würde kein Mondlicht dringen, damit die Götter diesen Bund segnen könnten. Sunday hielt es für angemessen.

Als die Geschwister den Wachen am großen Eingang die nackten Unterarme zeigten, machten sie viel Aufhebens darum. Friday hatte die Ärmel aller Kleider abgewandelt und die Nähte bis zum Ellbogen aufgetrennt, sodass er von bunten Stoffschichten umrahmt wurde. Sie hatten gewusst, dass die Männer des Königs an diesem Abend die Arme aller jungen Frauen begutachten würden, um sicherzustellen, dass die gebrandmarkten Wilden Sieben nicht auftauchten. Als Sunday hinter sich Stoff reißen hörte, wusste sie, dass Fridays neueste Kreation bereits nachgeahmt wurde.

„Schicke Bude", hauchte Trix. Sunday hatte ganz vergessen, dass weder er noch Peter je den Palast gesehen hatten. Möglicherweise hatte Papa ihn einmal besucht, als Jack Junior noch in den Diensten des Königs stand. Wenn er noch am Leben wäre, wären ihre Gefühle für Rumbold vielleicht nicht so belastend.

Trix hatte recht: Er war tatsächlich schick, die Dekoration übertraf sogar die Extravaganz der vergangenen Abende. Wachen säumten den Weg vom Großen Eingang bis zur enormen Treppe. Der Ballsaal war nach wie vor mit Kristall überladen, ergänzt von etlichen Stuhl- und Bankreihen. Auf dem Boden lag eine Fülle von Blumen verstreut, wie Sunday es noch nie gesehen hatte – rote, blaue, gelbe und violette –, so viele blühten derzeit in ganz Arilland nicht. Sie mussten aus Faerie geliefert worden sein. Da es um ihre Schattenschwester ging, hatte Sunday nichts anderes erwartet.

Die Familie kam am oberen Ende der Treppe zum Stehen, und als sie angekündigt wurde, verbeugte sich die Menge. Sunday musste sich zusammenreißen, um nicht die mit rotem Teppich ausgelegte Treppe hinunterzurennen und die Hand ihres Prinzen zu ergreifen, der unten wartete. Kurz darauf war es so weit.

„Ist es nicht ein wenig zu dick aufgetragen?“, flüsterte sie.

„Nein. Du siehst wunderschön aus.“

Er sagte es auf eine Weise, die nicht kitschig wirkte, sondern den aufrichtigen Wunsch zum Ausdruck brachte, ihr ein Kompliment zu machen. Sie hätte aus Gold sein können und er wäre der glücklichste Mann gewesen. „Danke.“

Der Prinz verbeugte sich vor Papa, der alles andere als erfreut wirkte. Prinz Rumbold legte Sundays Hand in seine Armbeuge und führte die Familie in einer Zweierreihe zur ersten aufwendig gestalteten Stuhlreihe. Der rothaarige Wächter folgte ihnen, nachdem er Saturday im Rollstuhl durch einen Seiteneingang geschoben hatte. Genau wie Trix gesagt hatte, hörte Saturday auf zu jammern, sobald Soldaten anwesend waren.

Rumbold stieg auf das Podium abseits des kleinen Orchesters, wo der Pastor geduldig auf die Ankunft des Königs wartete. Sunday rang mit den Händen und wünschte sich ihr Tagebuch, um damit ihr rasendes Herz zu beruhigen. Die tuschelnden Stimmen um sie herum waren ein anonymer Mantel aus leisen Geräuschen, der sich um ihre Schultern legte und die rasenden Gedanken in ihrem Kopf widerspiegelte.

Als sich der Ballsaal füllte, schwoll das Stimmengewirr allmählich an und brach in dem Moment ab, in dem die Musiker zu spielen begannen. Der König trat hinter einem Vorhang hervor und stellte sich neben seinen Sohn. Die Versammlung erhob sich und drehte sich erwartungsvoll um. Bis auf Sunday, die den Prinzen unverwandt anblickte.

Wednesday schwebte mit einem Strauß indigoblauer Wildblumen in den blassen Händen den Gang entlang, dass es aussah, als würde sie Tinte zum Blühen bringen. Monday folgte ihr und ordnete die schimmernde Schleppe des Kleides, nachdem sie neben dem König auf dem Podium stehen geblieben war. Das gesamte Kleid schimmerte im verzauberten Licht und überstrahlte sogar Wednesdays eindringliche Schönheit.

Nein, Moment mal. Das konnte doch nicht wahr sein.

Sunday hörte auf, Rumbold von der Schärpe bis zu den Schuhen zu mustern und konzentrierte sich auf Wednesdays Brautkleid. Sie warf einen Blick auf ihre Familie, die offenbar nicht von dem mächtigen Gewebe des Kleides geblendet wurde. Wenn ein Zauber in die kunstvollen Muster gestickt worden war, hätte Friday es doch zuerst bemerken müssen. Doch die begnadete Schneiderin lächelte nur zu dem Paar hoch, während der Pastor zu seiner Rede ansetzte und den Segen erteilte. Friday würde wohl immer eine Romantikerin sein.

Also war Sunday auf sich gestellt. Sie kniff die Augen zusammen, atmete tief ein und öffnete sie wieder. Machtvolle Linien erstreckten sich über dem Kleid, überkreuzten einander und schlängelten sich umeinander, von Wednesdays Hals bis zur Schleppe, wo sie sich um sie herum sammelten. Entlang der Nähte befanden sich seltsame Schriftzeichen, die Sunday nicht kannte. Wednesday war wie eine Meerjungfrau, deren blasse Haut in ein verzaubertes Netz gegangen war, das ein eigensinniger Fischer ausgeworfen hatte.

Sunday zwinkerte und das Netz verschwand, jetzt gab es nur noch die zarte weiße Spitze des Brautkleids. Sie schloss noch einmal die Augen, und das Netz war zurück, wobei die seltsamen Schriftzeichen um sie herum tanzten. Sunday drehte sich noch einmal zu ihren schwarzen Feengeschwistern um und stellte erstaunt fest, dass sie es nicht bemerkten. Und dann blinzelte Peter.

Sunday wartete, bis er noch einmal blinzelte und sich seine dunklen Brauen über den blassblauen Augen zusammenzogen. Peter? Aber natürlich! Sunday hatte die merkwürdigen Symbole doch schon einmal gesehen. Es handelte sich um die Runen, die Peter von Tante Joy gelernt und in seine Skulpturen geschnitzt hatte. Peter spürte

Sundays Blick und erwiderte ihn mit derselben fragenden Miene.

Selbst wenn Sunday frei hätte reden können, hätte sie keine Antwort auf seine Fragen gehabt. Sie wusste nur, dass Wednesday diese unaufhaltsame Sache tun musste. Bei der Zeremonie spielte das Kleid offenbar eine ähnlich wichtige Rolle wie Wednesday selbst. Das Kleid war von Rumbolds Mutter und der Königin vor ihr getragen worden. Beide Frauen waren nicht mehr am Leben und ruhten für immer in der Dunkelheit des Großen Jenseits.

Als Sunday der Gedanke kam, dass sie Wednesday verlieren könnte, brannten ihre Augen. Wednesday hatte eine tröstliche Wirkung auf sie, weil ihr eigentümliches Wesen bewies, dass Sunday nicht das außergewöhnlichste Mitglied der Woodcutter-Familie war. Sie würde bald ins Schloss ziehen, womit Sunday eine große Umstellung bevorstand, und der Gedanke, dass sie aus ihrem Leben verschwand, war unerträglich.

Trix rutschte herüber, ergriff Sundays Hand und drückte sie ein wenig. Auch wenn es normal war, bei Hochzeiten zu weinen, geschah es eigentlich nicht, weil man befürchtete, dass die Braut ums Leben kommen könnte. Sunday blinzelte erneut und unterdrückte die verstörende Vision des verfluchten Kleides, das Wednesday gefangen hielt. Erbost zwinkerte sie wieder. Und wieder. Bis Wednesday sich zu ihr umdrehte.

Was sie aber nicht tat. Die Zeremonie wurde fortgesetzt, ohne unterbrochen worden zu sein. Der Pastor schwadronierte weiter, während das Brautpaar vor den dicht zusammengedrängten Zuschauern scheinbar nur Augen füreinander hatte. Was sich tatsächlich umdrehte, war Wednesdays Geist, eine Vision ihrer Schwester mit ihrer Gestalt in ihrem verfluchten Kleid. Wednesday hauchte ihrer kleinen Schwester einen Kuss zu und hob einen geisterhaften Finger ohne Ring an die Lippen. Was immer Sunday sah, was immer sie bedrückte, diese innere, geheime Wednesday drängte sie, es für sich zu behalten.

Sunday nickte ihrer gespenstischen Schattenschwester zu und schüttelte vorsichtig den Kopf in Peters Richtung, der Sunday noch immer fragend anstarrte. Sie atmete tief durch, drückte Trix' Hand und wartete darauf, dass die qualvolle Zeremonie endlich zum Ende kam.

Wie die Mutter, so wortkarg die Tochter: Wednesday gab lediglich die Worte von sich, die zwingend bei einer Trauung benötigt wurden und es war vollbracht. Das Publikum hüpfte vor Freude, jubilierte und rief Glück- und Segenswünsche für eine glückliche Zukunft. Die Diener sammelten die Stühle ein und verteilten Wein an durstige Gäste. Es wurde getanzt, bevor das Orchester zu spielen begann und der König und die neue Königin das Podium verlassen hatten. Das Königreich stieß auf einen neuen Tag und eine bessere Zukunft an. Trix packte Sundays Hände und sie sprangen im Kreis durch die Menge, so wie sie um die monströse Bohnenstange herumgetanzt hatten. Sunday ließ sich von der Aufregung mitreißen und taumelte an der Grenze zwischen Glück und Hysterie.

Rumbold tauchte neben ihr auf, als hätte sie ihn gerufen. „Sunday, ich muss Ihnen etwas erzählen."

„Meine Schwester ist gerade Eure Stiefmutter geworden." Sie schüttelte den Kopf. „Bitte sagt nichts, um meinetwillen. Ich will nur tanzen."

„Wie Sie wünschen, Mylady."

Sunday musste tanzen, um ihre Probleme zu lösen. Tuesday gesellte sich in ihrem silber-goldenen Kleid dazu. Die Musik, die im Takt stampfenden Füße und winkenden Arme, die höflichen Verbeugungen und schwingenden Röcke sowie der Schweiß, der ihr Haar an den Ohren kräuselte, hatten eine berauschende Wirkung. Die Tänze gingen ineinander über, und Rumbold wirkte glücklich darüber, sie zu begleiten. Als die Paare neben ihnen ermüdeten, nahmen andere Paare deren Plätze ein. Sunday und ihr Prinz tanzten stundenlang.

Rumbold vollführte eine Drehung, wobei er Sunday auf die Hüfte hob und damit beide von der Tanzfläche beförderte. „Es reicht“, sagte er. Als er sie absetzte, wurde ihr klar, dass sie ihn mit ihrem unbändigen Bewegungsdrang erschöpft hatte.

„Es tut mir leid. Ich war egoistisch. Wir hätten längst eine Pause einlegen sollen.“ Wie herzlos sie doch war, dass sie einen Mann auslaugte, der gerade erst das Krankenbett verlassen hatte!

„Ich bin doch genauso egoistisch“, sagte er. „Ich will nicht, dass ein anderer mit Ihnen tanzt.“

„Ihr ehrt mich.“

„Im Moment verspüre ich eigentlich keine Ehre.“ Er glättete seine Schärpe und tupfte sich den Nacken mit dem Ärmel ab. „Wollen wir etwas frische Luft schnappen?“ Er führte sie auf einen Balkon, der einen vertrauten Garten überblickte. Jetzt, da Wednesday Königin war, durfte Sunday diesen Garten möglicherweise besuchen, damit sie die Erinnerung an jenen Abend wieder aufleben lassen konnte. Mit einem tiefen Atemzug inhalierte Sunday den Duft des Flieders, der durch die kühle Abendluft schwebte. Die großzügigen Blumenarrangements im Ballsaal mochten eine sommerliche Atmosphäre vermittelt und ihre Sinne verwirrt haben, doch hier draußen war der Frühling noch sehr präsent.

Ein Wachmann näherte sich, es war der rothaarige Gardist, der sich am Vorabend um Sunday gekümmert hatte. Sie hatte ihn gar nicht kommen hören.

„Erik, würdest du bitte einen Diener mit Erfrischungen schicken?“

„Natürlich, Euer Hoheit.“ Wie Sunday erwartet hatte, verbeugte Erik sich, bevor er ihm überraschenderweise einen stechenden Blick zuwarf.

Rumbold räusperte sich. Sunday fragte sich, ob sie das Wasser selbst holen sollte. Es war deutlich zu erkennen, dass sich die Männer mit Blicken unterhielten, dann nickte Erik höflich und ging.

„Ich muss dir etwas sagen“, verkündete Rumbold, als sie wieder allein waren. „Ich …“ Er zupfte wieder an seiner Schärpe. „Ich habe es gehasst, dich gestern Abend gehen zu lassen. Die Feier war ohne dich nicht dasselbe.“

„Ich habe Euch auch vermisst.“ Laut ausgesprochen war die Wahrheit genauso schmerzhaft. Sie hatte gehofft, dass ihr nach dem Tanz ein Gespräch mit dem Prinzen weniger peinlich wäre. Sie musste Rumbold erzählen, dass ihr Vater unglücklich war und welche Erwartungen er hatte, womit sie eine Beziehung voraussetzte, von der sie nicht wusste, ob sie überhaupt existierte. Sie sollte es endlich herausfinden. „Euer Hoheit…“

„Meine Freunde nennen mich Rumbold, Sunday“, sagte er leise. „Willst du meine Freundin sein?“

Sunday konnte ihn nicht so vertraut ansprechen. Jedenfalls noch nicht. Dass er darum bat, verlieh ihr jedoch Hoffnung. „Euer Hoheit, wir können keine Freunde sein. Wir können dieses falsche Spiel nicht fortsetzen. Ihr wisst gewiss, wer meine Familie und ich sind.“

„Was in der Vergangenheit geschehen ist, ist vorbei“, sagte er. „Können wir das nicht hinter uns lassen?“

Wie konnte er den Tod ihres Bruders nur so gelassen hinnehmen, wo doch Jack Juniors Ableben ihre Familie ruiniert hatte? In der Zwischenzeit hatte Rumbold in seinem Elfenbeinturm ein fürstliches Leben geführt und war verwöhnt und verhätschelt worden. Sunday erkannte, dass er sich dessen nicht bewusst war, und musste ihn darüber aufklären.

Sie legte ihm die Hand auf den Mund. „Bitte, lasst mich ausreden.“ Er küsste ihre Finger. Das war bestimmt ein Traum. Irgendjemand hatte ihr einen Becher mit vergiftetem Wein gegeben und jetzt halluzinierte sie. Das würde zumindest das Brautkleid, Wednesdays Geist und die Lippen des Prinzen an ihrem Daumen erklären. „Ich bin eine Woodcutter“, sagte sie schneidend, um zu ihm durchzudringen. „Sunday Woodcutter."

„„… und dir ist ein glückliches Leben beschieden", fügte er hinzu. „Den Teil kenne ich schon."

Sunday erstarrte. Die vertrauten Worte waren wie ein Schlag in die Magengrube. Er hatte gefragt, ob sie seine Freundin sein wollte. Das waren die ersten Worte, die sie mit dem Frosch gewechselt hatte, bevor sie sich all den langen schwierigen Tagen stellen musste. Die Welt geriet ins Trudeln, wurde undeutlich und kehrte schlagartig zurück.

Grummel.

Rumbold.

Der Prinz war weder krank noch auf Reisen gewesen. Er war verzaubert worden. Der letzte Kuss, den sie dem Frosch gegeben hatte, der mit ihrer Freundschaft, Dankbarkeit und Liebe erfüllt gewesen war, hatte schließlich den Bann gebrochen. Grummel war bei dem Unwetter gar nicht ums Leben gekommen. Jedenfalls nur indirekt, denn er war als Mann wiedergekommen und stand nun vor ihr. Der Tausch der goldenen Kugel gegen königliche Gutscheine, der Prinz, der sie kurz nach ihrer Ankunft aus der Menge herausgepickt hatte. Sie hatte sich solche Sorgen gemacht, hatte sich so zerrissen und elend gefühlt! Erst hatte es sie gequält, dass Grummel fort war und dann, dass Rumbold da war. Sie hatte sich gegrämt, ob er ihre Gefühle erwiderte. Dabei war er von Anfang an in sie verliebt gewesen – und hatte sie wie eine Marionette an unsichtbaren Fäden geführt.

Mit funkelnden Augen küsste Prinz Rumbold noch einmal ihre Hand. Er hatte gewiss seinen Spaß daran, und zwar auf ihre Kosten. Er und seine Freunde lachten sie sicher aus. Ihr drehte sich der Magen um. Was war sie doch für eine Idiotin!

In der Ferne heulte ein Hund und riss sie aus ihrer Starre. Sie musste daran denken, was die Krone ihrer Familie inzwischen alles genommen hatte. Jack Junior, Monday und jetzt Wednesday. Sie würde er nicht auch noch bekommen.

„Ich liebe dich, Sunday“, gestand er.

Sie befreite ihre Hand, drehte sich um und rannte davon.

Dieses Mal spielte ihr die teuflische Bande in die Karten: Die Frauen von Arilland waren schon die ganze Zeit erpicht darauf, dass sie das Fest verließ, und konnten es kaum erwarten, den Prinzen zu bedrängen und ihn davon abzuhalten, ihr zu folgen. Sunday hörte, wie ihre Schwestern riefen, sie solle stehen bleiben, doch sie hielt nicht inne. Sie rannte, bis sie Trix auf der Zufahrt sah, wo er auf der Treppe saß, als würde er auf sie warten.

„Komm“, sagte er. „Ich laufe mit dir.“

Sie rannte, ohne ihm zu sagen, dass es nichts brachte, der Prinz sein Pferd satteln und sie einholen würde, seine Jagdhunde sich an ihre Fersen heften würden, bis er dazustieß. Sie rannten, während ihre schneeweißen Vögel vorausflogen. Sie durchquerten die Felder und das Gestrüpp, bis ihr der Atem in der Kehle brannte und sie das Gebell und die Hufschläge beinahe hörte. An einem kleinen Teich blieben sie stehen.

„Wir müssen weiter“, sagte Sunday.

„Du kannst aber nicht mehr.“ Und er etwa nicht?

„Sie werden uns schnappen“, sagte sie.

„Wir verstecken uns“, sagte Trix.

„Wie denn?“

„Du musst nur daran glauben“, sagte er. „Es ist, als würdest du schreiben oder als würde Mama reden. Wie an dem Tag, als sich die Wolle in Gold verwandelt hat und die Bohnen wuchsen. Du musst dir das Märchen nur erzählen, Sunday. Spinne die Worte in deinem Kopf. Wenn du daran glaubst, dass wir uns verstecken können, funktioniert es auch.“

Sunday packte Trix’ Hände, schloss die Augen und glaubte mit aller Kraft daran. So sehr, dass der Prinz, als sein Pferd am Teich zum Stehen kam, keine Frau in einem silber-goldenen Kleid mit ihrem wilden Bruder sah, sondern einen Baum mit goldenen und silbernen Rosenknospen, an dessen Stamm ein Felsen ruhte. Sie glaubte daran, dass er sich auf den Felsen setzte und den Kopf in den Händen vergrub, und dass seine Schultern nicht zitterten, weil er lachte. Sie glaubte daran, dass er sich erhob, eine Rose vom Baum zupfte, auf dem zwei schneeweiße Tauben träge gurrten, und zurück zum Schloss ritt. Nachdem er gegangen war, glaubte sie daran, dass Trix aufstand und den schmerzenden Rücken knacken ließ, dass sie mit nur einem Schuh neben ihm herlief, und den Weg nach Hause in die Arme ihrer wartenden Tante antrat.

18 Der Anblick der Joy

Velius spürte Rumbold zuerst auf. Er stolperte am Flussbett entlang und versuchte, sein Pferd nach Hause zu führen. Als er überstürzt das Fest verlassen hatte, war Erik aufgefallen, dass etwas vorgefallen sein musste. Velius war der Pferdeflüsterer von ihnen. Seine Gabe, Pferde zu beruhigen, war weithin bekannt, wie ein Gerücht, das sich in der Umgebung verbreitet hatte.

„Rumbold! Rumbold, kannst du mich hören?“ Velius’ Gesicht befand sich direkt vor ihm. Violette Augen durchbohrten den Prinzen, die Stimme seines Cousins drang jedoch aus weiter Ferne zu ihm. „Cousin!“ Die erste Ohrfeige bekam Rumbold gar nicht mit. Die Zweite stach wie Brennnesseln.

„Velius?“

„Was machst du hier draußen? Warum hast du dich nicht aufs Pferd gesetzt? Es hätte dich doch nach Hause gebracht."

Sein Mund fühlte sich staubtrocken an. Er schmeckte Sand, Salz und Blut. „Ich weiß nicht mehr, wie es geht", sagte er. „Ich kann mich nicht … ich kann nicht…" Velius öffnete Rumbolds Hand und befreite sie von den Zügeln. Eine silber-goldene Rose mit zerdrückten Blütenblättern lag in der anderen Hand, über die sich mehrere gepunktete rote Linien zogen, wo die Dornen hineingestochen hatten. Sie roch nach der Blume und dem Sonnenschein.

„Was ist das?" Noch bevor Velius das letzte Wort ausgesprochen hatte, verwandelte sich die Rose in einen eleganten silber-goldenen Tanzschuh.

„War ja klar", sagte Rumbold und stieß ein Lachen aus, das klang, als wäre sein Herz gebrochen. „Ihr Götter, Velius, das ist alles, was mir von ihr geblieben ist." Und er hatte gedacht, sich gegen das Schlimmste gewappnet zu haben. Er legte sich eine Hand auf die Brust. Wenn er tief einatmete, schmerzte sie. Gequält holte er tief Luft, um seinen Schmerz mit einem lang gezogenen Schrei herauszubrüllen.

„Sollen wir sie suchen?", fragte Velius. Inzwischen näherten sich die Hunde, denen einige Männer zu Pferde folgten.

„Bitte nicht", sagte Rumbold eindringlich. „Reitet schnellstmöglich zum Schloss und verhindert, dass die Woodcutters das Fest verlassen. Es gibt etwas…" Er griff nach unsichtbaren Knöpfen, die ihm die Luft abschnürten. „Ich muss etwas mit Sundays Vater besprechen." Er zerriss den Kragen seines Unterhemds, um frische Luft an die Haut zu lassen, ohne den Schuh aus der Hand zu legen. „Er wird mich anhören."

„Ja, Euer Hoheit", sagte Velius und verschwand.

Rumbold fiel auf die Knie und ließ sich von einem der Männer Wasser vom Fluss bringen. Er starrte den Schuh in seiner Hand an und beförderte seine Trauer in Richtung Wut. Er ließ sich vom Wahnsinn mit Energie füllen, wie an dem ersten Tag, als er auf dem Trainingsplatz gegen Velius gekämpft hatte. Nachdem er einen Becher Wasser hinuntergestürzt und sich einen weiteren über den Kopf geleert hatte, half ihm ein Soldat aufs Pferd.

Mit jedem Schritt wuchs Rumbolds Zorn. Er war wütend auf jeden einzelnen Minnesänger, der je über die Liebe gesungen hatte. Er hasste jedes einzelne Mädchen, das je in den Fluren gekichert und jeden albernen Narren der Wildblumen gepflückt hatte, um ihre Zuneigung zu gewinnen. Er war wütend auf sich selbst, weil er die letzten Tage mit einem Wunsch verbracht hatte. Mit einer Lüge. Ein Kuss gestaltete nicht die Zukunft. Liebe allein gestaltete kein Leben.

In dem Moment, in dem er am äußersten Ende des Schlosses angekommen war, verachtete er neugierige Familien, wichtigtuerische Feen und Hochzeiten … und blieb auf seinem Pferd sitzen. Er hatte die Nase voll von Tanten und Patentanten. Er hatte alle Väter gründlich satt, sowohl Sundays als auch seinen eigenen. Wofür hielten sie sich, dass sie ihm vorschreiben wollten, wie er sein Leben zu führen hatte? Warum musste alles, was er tat, von den Launen einer vergangenen Generation beeinflusst werden?

Er erinnerte sich wieder, wie das Reiten funktionierte und trieb sein Pferd in einen rasanten Galopp. Als er zum Hof gelangte, hasste er alle Woodcutters und wusste wieder, wie er ohne Hilfe absteigen musste. Bis er den Großen Eingang erreichte, hasste er Arilland und jeden König, der je gelebt hatte, und er wusste, wie er ohne Hilfe zur Bibliothek gelangte. Auf dem Weg dahin hatte ihn der Zorn aufrecht gehalten und seine Wangen rot gefärbt, jetzt marschierte er durch die Türen und auf Jack Woodcutter zu und ließ alles heraus.

„Sie ist Ihretwegen davongelaufen“, spuckte Rumbold aus. Stille breitete sich in der Bibliothek aus. Er klang wie sein Vater und zuckte zusammen. Die dämonische Kraft in seinem Inneren verschluckte die Übelkeit. Die Glasperlen des kleinen Schuhs schnitten ihm in die

Hand. „Sie hat vor mir Reißaus genommen, weil sie dachte, ihre Familie zu verraten. Was haben Sie ihr gesagt?“

Sundays Vater wischte sich die Spucke des Prinzen von der Wange, mit Händen, die Rumbolds Knochen mit Leichtigkeit hätten zermalmen können, um daraus Brot herzustellen. Diese Hände waren mit Armen verbunden, die in eine Brust mündeten, die so breit war wie die Bäume des Alten Waldes. Woodcutters starre Miene blieb undefinierbar. „Ich habe gar nichts gesagt.“

„Dann stellt sich mir die Frage, was sie *nicht* gesagt haben.“

Woodcutter blickte zu den geöffneten Türen, durch die die Klänge des Festes aus dem Flur hereindrangen. Rumbold nickte Erik zu, worauf der Wachmann die Türen schloss und sich davor postierte, für den Fall, dass sich ein Gast hierher verirren sollte. Wednesday befand sich noch auf ihrer Hochzeitsfeier und konnte sich unmöglich davonschleichen, um an diesem Treffen teilzunehmen. Monday war jedoch anwesend und von Trix abgesehen auch die anderen Woodcutters. Velius stand neben dem dick gepolsterten Ohrensessel, auf dem Monday saß.

„Wir nennen es die Verbotene Geschichte“, sagte Woodcutter. „Meine Familie weiß allerdings nicht alles darüber.“

„Die Verbotene Geschichte handelt von Jack und dem Harem“, sagte Peter.

„Und der Tochter des Sultans“, fügte Friday hinzu.

„Der Schwester des Sultans“, verbesserte Saturday sie von ihrem Rollstuhl aus. Ihre Augen funkelten, ihre Wangen waren gerötet; offenbar hatte die Verletzung ihr Temperament nicht zügeln können.

„Nein, Kinder. Die Verbotene Geschichte handelt von Jack.“ Er sah zu Rumbold hinüber. „Und dem Prinzen.“

„Was?“, fragte Peter.

„Warum hast du es uns nicht erzählt?“, sagte Friday.

„Weil es verboten war“, sagte Woodcutter.

„Es ist uns allen verboten worden“, sagte Velius. „Von deiner Feen-Patin Joy.“

„*Tante* Joy“, spie Saturday aus und murmelte etwas von einer Axt.

„Man kann ein Geheimnis nur hüten, indem man kein Wort darüber verliert“, sagte Erik. „Alle, die damals zugegen waren, tragen noch immer diese Bürde.“

„Ich glaube, es ist Zeit, die Geheimniskrämerei zu beenden“, sagte Rumbold. „Die Gefahr ist vorüber, dank…“ Er brachte es nicht über sich, ihren Namen auszusprechen. „Ihrer jüngsten Tochter. Es gibt keinen mehr, der verletzt werden kann.“

„Bis auf meinen Stolz“, sagte Woodcutter.

„Wir sind jetzt alle eine Familie“, sagte Monday. „In einer Familie sollte es keine Geheimnisse geben.“

Seven Woodcutter saß neben Friday auf dem Sofa. Sie war so klein wie ihre jüngste Tochter, das Leben hatte ihrem Gesicht jedoch Falten und einen verkniffenen Mund beschert, da sie viele Worte geschluckt hatte. Für Rumbolds Begriffe gehörte sie in den Hinterhof eines baufälligen Hauses am Rande des Waldes, wo sie kurz vor einem Sturm die trocknende Wäsche abhängte. Dennoch stand sie herausgeputzt vor ihm, war die Mutter von Prinzessinnen und Königinnen und wesentlich mächtiger, als er gedacht hatte. „Erzähl es“, sagte sie nur.

Da er seiner Frau nichts abschlagen konnte, nahm Jack Woodcutter vor dem Feuer Platz und wob sein Märchen.

„Ich erzähle die Begebenheiten aus meiner Perspektive, vielleicht wird auf die Art alles verständlicher“, sagte Woodcutter. „Vor ungefähr fünf Jahren erhielt ich ein Paket vom Schloss. Darin befand sich Jack Juniors Medaille, die er von seiner Feen-Patentante zum Namenstag bekam und die er sein ganzes Leben trug. Nun trage ich sie zu seinen Ehren.“ Woodcutter öffnete die Knöpfe seines Hemds und zog das Medaillon unter der Krawatte hervor. „Das Paket enthielt auch einen

Brief des Prinzen. Darin erzählte er, wie er in den Besitz des Medaillons gekommen war und die Details von Jacks…“

„… Tod“, sagte Rumbold, da es so aussah, als würde Woodcutter den Satz nicht beenden. „Ich führte eine Jagdgesellschaft an, die tief im Wald einen Wolf zur Strecke brachte. Es war der größte Wolf, den wir je gesehen hatten. Ich schlitzte seinen Bauch auf und fand das Medaillon darin.“ Rumbold konnte plötzlich das Heft des Dolches spüren, das Fell des Tieres und das Blut, das über seine Hand strömte. Er fragte sich, ob jede Erinnerung auf solch intensive Weise zurückkehren würde.

„Wie konnte der Wolf Jack töten?“, fragte Peter. „Er starb doch im Körper eines Hundes auf dem Schlossgelände.“

„Jack ist nicht hier gestorben“, erwiderte Rumbold. „Das weiß ich, weil ich am selben Tag verflucht wurde wie er.“ Er erwartete einen überraschten Aufschrei, doch seine Worte wurden nur mit Schweigen quittiert. Immerhin stand er einer Familie gegenüber, für die eigenartige Dinge zum Alltag gehörten und deren Abenteuer so viele Bücher füllen konnten, wie die Regale der Bibliothek fassten. Diese Familie war zudem mit Märchen und deren Erzählweise vertraut und sie wussten, wann man den Mund halten sollte. „Wie ihr wisst, hat meine Patentante Jack verflucht.“

„Tante Sorrow“, sagte Saturday.

„Richtig. Kurz danach ist Jacks Patentante aufgetaucht."

„Tante Joy“, sagte Friday.

„So ist es. Joy hat ihre Kraft genutzt, um Jacks Leben als Hund auf ein Jahr zu verkürzen. Anschließend hat sie mich verflucht. Ab dem Tag meines achtzehnten Geburtstags sollte ich ein Jahr lang in Froschgestalt leben.“

„Wie lange?“, sagte Monday, da Rumbold immer noch jugendlich wirkte.

„Sorrow versuchte den Fluch zu brechen und verschob ihn um

ein Jahr. Ich kann mich an dieses Jahr nicht erinnern und wenn ich es könnte, weiß ich nicht, ob ich stolz darauf wäre. Vor einigen Monaten trat schließlich der Fluch in Kraft."

Peter rechnete am schnellsten nach. „Vor einigen Monaten? Dann müsstet Ihr aber noch ein Frosch sein."

Rumbold zeigte ihm den leicht zerknitterten Schuh, den er hinter dem Rücken versteckt hielt. Liebevoll strich er über die silbernen und goldenen Stickereien und die glänzenden Glasperlen. „Vor nicht allzu langer Zeit stieß ein Mädchen auf meinen Brunnen, während es durch den Wald spazierte. Wir wurden Freunde. Sie besuchte mich jeden Tag und erzählte mir von ihrer erstaunlichen magischen Familie: Von Tuesdays Tod und Mondays Vermählung über Thursdays Truhe bis zu Fridays Nähnadel. Ich habe mich in sie verliebt, und ich habe mich auch in euch verliebt, da ich mich nicht an mein früheres Leben erinnern kann. Ihr seid die einzige Familie, die ich kenne."

„Die goldene Kugel", sagte Seven Woodcutter. „Die kam von Euch."

„Ja, Ma'am." Rumbold verbeugte sich kurz. „Ich fühlte mich verantwortlich für das Dilemma mit der Kuh und wollte helfen. An diesem Tag küsste Sunday mich aus Dankbarkeit und rannte zum Haus zurück, deshalb sah sie nicht…" Er heftete den Blick auf den Schuh, da er sich fürchtete, jemandem in die Augen zu blicken. „Sie hat nicht gesehen, dass ich es war."

„Das ist doch lächerlich. Warum habt Ihr es ihr nicht einfach gesagt?", fragte Saturday.

„Das war meine Frage", sagte Erik. Saturday wirkte überaus dankbar, dass ein anderer dieselben Schlüsse zog.

„Komm schon", sagte Jack Woodcutter zu Saturday. „Hättest du die Liebe eines Mannes begrüßt, den dein Vater verabscheut?"

„Ja", sagte Saturday, ohne zu zögern.

„Sunday ist aber nicht wie du", sagte Friday.

„Nein, meine Kriegerin“, sagte Woodcutter. „Sie schwingt die Axt nicht so gut wie du.“ Daraufhin kicherten die Geschwister nebst Saturday. Rumbold beneidete Woodcutter darum, dass er die Emotionen der Anwesenden so gut lenken konnte. Doch es gab eine Person, die er nicht lenken konnte.

„Ein Jahr“, sagte Seven Woodcutter zu ihrem Mann. „Mein Sohn ist nicht ums Leben gekommen und du hast keinen Ton gesagt. Wie konntest du nur?“

„Bei allem Respekt, Ma'am“, sagte Rumbold. „Nachdem Joy den Gegenfluch ausgesprochen hatte, untersagte sie allen auch nur ein Wort darüber zu verlieren. Im Laufe der Zeit habe ich erkannt, dass es sowohl meinem eigenen Schutz als auch der Sicherheit des Königreichs diente. Im Gegenzug habe ich es Ihrem Mann verboten, denn wenn er Jacks wahres Schicksal preisgegeben hätte, hätte er auch meines verraten.“

„Wenn im ganzen Land bekannt geworden wäre, dass der Thronerbe von Arilland sich in einen Frosch verwandelt, hätte das Volk aufbegehrt“, sagte Velius. „Das Königreich hätte gestürzt werden können, nur um einem Jungen eine Lektion zu erteilen.“

„Du hast keinen Ton gesagt“, wiederholte Seven an ihren Mann gewandt.

„Du dachtest, er wäre tot“, sagte Woodcutter. „Hättest du lieber gehört, dass er gesund und munter war und nicht beabsichtigte, jemals nach Hause zu kommen?“

„Es hätte keinen Unterschied gemacht“, sagte Seven. „In meinem Herzen wusste ich es ohnehin. Ich weiß es noch immer.“ Woodcutter erhob sich und durchquerte den Raum, um seine Frau zu umarmen, die keine einzige Träne vergoss. Stattdessen weinte Friday leise vor sich hin.

„Ich habe nur das Medaillon im Bauch des Wolfs gefunden“, betonte Rumbold. „Sonst nichts. Es ist durchaus möglich, dass Jack noch am Leben ist.“

„Er ist nämlich ein echter Kämpfer", sagte Erik.

„Weckt keine falsche Hoffnung", warnte Woodcutter.

„Ich habe ein Mädchen getroffen, das wie die Sonne und ein Gewitter ist. Seitdem sehe ich alles in einem anderen Licht", sagte Rumbold, bevor seine Heiterkeit abebbte. „Abgesehen von der Tatsache, dass ich sie nie wieder sehen werde." Er streckte den Schuh von sich, um ihn irgendjemand zu übergeben. „Ich wäre dankbar, wenn Sie ihr den Schuh geben, zusammen mit meiner aufrichtigen … Entschuldigung."

„Liebt Ihr sie?", fragte Woodcutter und alle warteten gespannt auf die Antwort.

„Ja", sagte er ohne Umschweife. Ja, er liebte sie. Ja, er sehnte sich nach ihr. JA, schrie sein Herz.

„Dann solltet Ihr Sunday den Schuh persönlich geben", sagte er. „Mit unserem Segen."

„Das kann ich aber nicht." Sunday hatte sehr deutlich zu erkennen gegeben, dass sie nichts mit ihm zu tun haben wollte.

„Wir wollten gerade aufbrechen", sagte Seven. „Möchtet Ihr uns begleiten?"

„Sie braucht jetzt ihre Familie", sagte Rumbold. „Sie braucht keinen, sie will keinen…" Wieder kamen ihm seine Worte dumm und unzulänglich vor. „Sie sollten gehen."

„Erst wenn Ihr bereit seid", sagte Woodcutter.

„Bitte überbringt unsere besten Wünsche an Euren Vater und seine neue Königin", sagte Seven. „Und unsere Entschuldigung wegen unseres überstürzten Aufbruchs."

Rumbold verbeugte sich. Seven knickste. Ihre Kinder erhoben sich und folgten pflichtschuldig. Velius führte sie aus der Bibliothek in die Haupthalle. Saturday schmachtete weiter auf ihrem Stuhl und nahm sich die Freiheit, Rumbold so lange anzustarren, bis Erik sie davon schob. Friday flüsterte im Vorbeigehen: „Beeil dich!"

Rumbold beobachtete, wie sie davon trotteten. In einem Traum war diese Familie einmal seine gewesen. Wenn die Götter Gnade walten ließen, würde es wieder so sein. Mit letzten Kräften klammerte er sich an Sundays Schuh, der genauso groß war wie die Leere in seinem Herzen. Abgesehen von Sunday fehlte nur noch eines: er selbst.

„Ich muss meine Erinnerung zurückgewinnen", sagte er zu dem leeren Zimmer. „Bitte."

„Die Frage ist: Willst du sie überhaupt zurück?" Sorrow nahm neben ihm auf dem Sofa Platz und trank eine Tasse Tee. Nur dass es nicht Sorrow war, sondern ihre Zwillingsschwester.

„Willst du dich an alle Tragödien, die Schrecken, das Chaos und den Kummer erinnern?" Auf dem Tee wölbte sich eine Blase, platzte und verwandelte sich in das Vogelgezwitscher eines sonnigen Sommertages, als er zehn war.

„So viel Tod und Zerstörung. Diese Last ist zu groß, um sie zu tragen. Eines möchte ich klarstellen: Mein ‚Fluch' der Veränderung und Wiedergeburt enthielt alles. Deine Vergangenheit ist vorüber. Ein für alle Mal. Du bist ein unbeschriebenes Blatt, mein Junge." Joy zerstach zwei zusammenhängende Blasen, worauf sein Pferd im Regen ausrutschte und sich ein Bein brach, und es roch nach dem frisch gebackenen Kirschkuchen der Köchin. „Aber nur, wenn du willst."

Sie legte die Beine übereinander und trank völlig gelassen ihren Tee, als wären sie nicht von einem halben Meter hohen Nebel umgeben. Wo er auch hinsah, überall stiegen Blasen auf. Die Bücher der Bibliothek und die Schlossmauern waren verschwunden. Es gab nur sie beide und den Nebel, das Sofa und den Tee. Eine Blase, in der eine Kanonenkugel steckte, schwebte vorbei, eine andere enthielt die üppigen roten Lippen einer wunderhübschen, überaus nackten Frau. Er berührte sie nicht.

„Sollte ich es wollen? Glaubst du, ich bin bereit?"

Joy lachte. Dieses Lachen hatte er oft gehört, kurz bevor die Welt schwarz geworden war. Es war erstaunlich, dass sich Schwestern so ähnlich sehen konnten wie Joy und Sorrow, aber ein vollkommen gegensätzliches Wesen aufwiesen. Dieses Lachen war spielerisch, nicht intrigant; schelmisch, nicht rachsüchtig; es lachte mit einem und nicht über einen.

„Mein Kind, niemand ist je bereit, egal wofür. Ich würde dich nie dazu verurteilen. Das würde ein Leben ohne Abenteuer bedeuten."

Rumbold dachte, dass er vielleicht mit einem netten, langweiligen, ereignislosen Leben zufrieden sein könnte. *Fröhlich, hübsch, gut und rein.*

Joy ließ eine Blase platzen, die direkt vor seinen Augen waberte. Darin befanden sich ein Frosch und ein sommersprossiges Mädchen im gesprenkelten Sonnenlicht des Waldes und ein anderes Lachen. Das hatte er nicht vergessen. Er erinnerte sich im Detail an diesen Moment, an alle Farben und Geräusche und Gerüche. Er wollte diese spezielle Erinnerung vor sich selbst verbergen und schämte sich dafür.

Die Szene verblasste und er blickte in Joys Augen, die von einem dunklen Violett waren, wie der letzte Augenblick der Dämmerung vor der finsteren endlosen Nacht. Er verlor sich kurz darin und vermisste seine gequälte Seele nicht.

„Hast du dich nie gefragt, warum du ausgerechnet an dieser Quelle gelandet bist?"

Eine weitere Blase platzte von selbst: Rollins überreichte ihm die goldene Kugel seiner Mutter, nachdem sie beigesetzt worden war. Er schob sie weit von sich. *Die und hundert weitere können mir nicht geben, was ich mir am meisten wünsche,* sagte der junge Prinz zu seinem Diener.

„Du hast mich absichtlich dort abgesetzt. Warum?" Wieso fädelte sie es ein, dass er die Liebe seines Lebens traf, um ihm dann das Herz auf so grausame Weise zu brechen?

„Ich kann nicht alle Wunden dieser Welt heilen", sagte sie.

„Können wir Wednesday retten?“, fragte er.

„Wir können es zumindest versuchen“, erwiderte sie. „Manchmal kann ich die Waagschalen vom Chaos wegbewegen.“ Sie warf die Hände seitlich in die Luft. Der Tee und das Sofa waren verschwunden, ihre hübschen schwarzen Stiefel schwebten über dem eigenartigen blubbernden Nebel. Die kräftigen Farben der Macht blendeten ihn. Die Kamee um ihren Hals lächelte und zwinkerte. „Aber zuerst musst du es mir sagen: Willst du deine Erinnerungen wieder haben?“

Sein Verstand war immer noch zu fragil, um auf alte Erinnerungen zurückzugreifen, und sein Körper erst recht. Jetzt waren überall Blasen – genug für ein ganzes Leben –, so dicht, dass er Joy darin fast aus den Augen verlor. Er könnte sie mühelos davontreiben lassen, damit sie seine arme, gequälte Seele endlich in Ruhe ließen. Jedoch … „Ich brauche meine Erinnerung“, sagte er. „Ohne sie bin ich nicht vollständig.“

Und ohne Sunday auch nicht.

„Gute Antwort“, sagte sie, dann explodierte die Welt.

Halt still, wenn du aufwachst. Versuch nicht aufzustehen. Du willst nicht stehen, wenn dein Verstand zurückkehrt.

Rumbold rollte an die Sofakante und erbrach sich in die nächste Topfpflanze.

„Schickt unbedingt eine Dankeskarte an Sir Jon Stafford“, sagte Velius. „Das war sein Hochzeitsgeschenk.“

Rollins brachte ein Taschentuch und ein kleines Glas Wasser. Rumbold spülte sich den Mund aus und spuckte noch mal in die Pflanze. „Bringt das in den Garten“, befahl er dem Wachmann, der an der Tür zur Bibliothek stand.

„Ich hätte dir nicht das letzte Glas Wein erlauben sollen“, sagte Erik.

„Es war kein Wein“, sagte Rumbold und schluckte, um seinen Magen zu beruhigen. „Wie lange war ich weggetreten?“

„Lange genug, um deine Familie sicher nach Hause zu geleiten“, sagte Velius nachsichtig.

„Lange genug, dass das Fest ausufern konnte zu … na ja, ausufern“, sagte Erik.

Der Prinz nickte. „Meine Erinnerungen sind zurück“, sagte er ungläubig. Und dann von Ekel erfüllt: „Und zwar alle.“ Er spülte den bitteren Geschmack mit einem weiteren Schluck Wasser hinunter. Dazu hatten seine lustigen Gefährten ausnahmsweise nichts zu sagen. Denn sie hatten gar nichts vergessen. Sie hatten die ganze Zeit gewusst, wer und was er gewesen war. Dennoch hatten sie ihn nicht im Stich gelassen, wie so viele andere. Rumbold hatte sie um Hilfe gebeten, und sie hatten sich zur Verfügung gestellt. Und sie hielten nach wie vor zu ihm. Rumbold versuchte aufzustehen. „Ich muss zu ihr.“

Velius drückte ihn mit einer Hand auf das Sofa, bevor er stürzen konnte. „Du musst dich ins Bett legen“, sagte er. „Oder dich dorthin tragen lassen.“

„Das kann ich übernehmen“, sagte Erik. „Aber ich schiebe dich bestimmt nicht im Rollstuhl durch das verfluchte Schloss. Dafür bist du nicht hübsch genug.“

Rumbold packte Velius am Ellbogen. „Ich brauche sie.“

„Wenn sie dich in dem jämmerlichen Zustand sieht, mit diesem fiesen Gesicht und …“ Seine Nasenflügel bebten. „Den üblen Gestank riecht, springt sie dir bestimmt in die Arme und fragt sich, warum sie davongelaufen ist.“

Rumbold hätte es besser wissen sollen, als sich Hilfe suchend an ein Familienmitglied zu wenden. Erik war bestimmt verständnisvoller.

„An deiner Schärpe klebt Kotze“, sagte der Wachmann.

Rumbold riss sich die beleidigende Schärpe von der Brust. Sie verfing sich wenig elegant an seinen Ohren, eine der Medaillen zerkratzte ihm beim Abnehmen die Wange. Jetzt war er erschöpft. Rollins zog ihm die Schärpe gelassen aus der Hand.

„Na gut", sagte Rumbold. „Ich sollte wenigstens ein Bad nehmen. Wartet ihr so lange?"

„Dein Vater ist vor ein paar Stunden mit seiner Braut abgereist", sagte Velius. „Es ist nur noch der Abschaum da." Er zog Rumbold vom Sofa und half ihm ins Gleichgewicht zu kommen, bevor er ihn zu seinen Gemächern begleitete. Erik und Rollins folgten ihnen pflichtschuldig.

Die Geräusche aus dem Ballsaal ebbten rasch ab. Die Flure waren menschenleer, so wie immer in den frühen Morgenstunden. Mit der Ruhe und Bewegung trat Klarheit in Rumbolds Kopf, sodass Velius' Worte durchsickerten. Da Wednesday und Vater abgefahren waren, könnte es bereits zu spät sein. „Warte! Wir müssen…" setzte Rumbold an, da erloschen immer zwei Lampen auf einmal, bis der Flur im Dunkeln lag. Was immer er vorhatte, dieser Vorgang bekräftigte seine Entscheidung. Er wünschte sich, er würde ihm die Kraft verleihen, die er schmerzlich vermisste.

Rollins, Erik und Velius kehrten dem Prinzen den Rücken zu und bildeten ein schützendes Dreieck um ihn. Erik zog seinen Dolch aus der Scheide. Rollins wickelte sich Rumbolds Schärpe um die Faust, wobei sich die Medaillen über seinen Knöcheln auffächerten.

Rumbold nahm Velius' Hand und hielt sie fest. Velius verstand den stummen Hinweis und sandte etwas vom eigenen Heil und seiner Tatkraft durch die magische Verbindung. Rumbolds Handflächen brannten, während er Velius' Energie aufnahm. Er wusste, dass sie nicht genügen und er es morgen bereuen würde, doch seine Erschöpfung ließ nach und er fühlte sich wesentlich kräftiger als noch vor einem Augenblick. Velius' Haut brannte wie Feuer und Rumbold roch versengtes Fleisch. Sämtliche Sinne befanden sich in Alarmbereitschaft. Die Luft war elektrisiert. Er hörte, wie die Flammen der noch brennenden Lampen das Öl hungrig verzehrten. Er atmete tiefer und richtete sich auf. Jetzt, da der Schwefel verbraucht war, roch er den schwachen Duft von Flieder und Lavendel.

„Kann das außer mir noch jemand riechen?“, fragte Rollins.

„Riecht wie der Frühling“, flüsterte Erik. Wenn die anderen das Aroma ebenfalls wahrnahmen, war Rumbold wohl doch nicht so verrückt, wie er gedacht hatte.

„Madelyn“, hauchte Velius.

„Du erkennst Mutters Duft?“, fragte Rumbold.

„Nein“, sagte Velius. „Ich erkenne *sie.*“ Er zeigte auf eine Stelle, wo ihre Schatten gebündelt an die Wand geworfen wurden. Unter ihnen befand sich ein fünfter Schatten, kürzer und hauchdünn, mit langem offenem Haar und einer fließenden Robe oder einem Kleid. Bemerkenswerte Schwingen breiteten sich über der Wand aus und legten sich um sie. „Die hatte sie früher aber nicht“, sagte Velius.

„Sie verfügt darüber, seit sie mir als Geist erscheint“, sagte Rumbold. „Seit ich vom Brunnen zurückgekehrt bin.“

„Der Tag, an dem ich Euch am Kamin geweckt habe“, sagte Rollins.

„Ja.“

„Hattest du noch andere Begegnungen mit dem Wahnsinn, die du nicht erwähnt hast?“, fragte Erik. Es spielte keine Rolle, ob der Geist freundlich war oder nicht, denn er machte keine Anstalten, sich zu erkennen zu geben.

„Das ist gestern Abend auch passiert“, sagte Rumbold. „Die Lampen haben mich zum Turm geführt.“ Zu Vater und Sorrow und ihrer kleinen Verschwörung hinter geschlossenen Türen. Und … Wednesday! Seine Mutter führte ihn zu Wednesday!

„Der Himmelsturm?“, fragte Erik, und Rumbold nickte. Er wurde von den Bürgern so genannt, da er meistens in den Wolken verborgen lag. Es hieß, man könnte auf die Spitze klettern und mit den

Göttern des Windes reden.

„Ich bin kein Freund von Höhen“, murmelte Rollins.

„Sie sollten auf mein Zimmer gehen“, sagte Rumbold. „Erik, Velius und ich kümmern uns darum.“

Er riss den Blick von dem eindrucksvollen, mit Schwingen bewehrten Schatten seiner Mutter und legte eine Hand auf die Schulter des Mannes, der in der Vergangenheit eine wesentlich größere Vaterfigur für ihn gewesen war als sein eigen Fleisch und Blut. „Ich komme schon zurecht.“

Rollins schien Rumbolds Draufgängertum zu misstrauen.

„Er kommt zurecht“, sagte Erik.

Rollins traute dem Wachmann offenbar geringfügig mehr. „Ich trotte hinterher, wenn es recht ist.“

„Je mehr, desto besser“, sagte Velius.

„Nun denn, Gentlemen“, sagte Rumbold. „Wollen wir?“

Da er dieses Mal wusste, wohin die Reise ging, brachte Rumbold seine Truppe ohne Umschweife zum Turm. Schatten-Madelyn verzichtete dieses Mal auf die Lichteffekte und begleitete lediglich ihre schemenhaften Gestalten, während sie den Flur entlangrasten und die Treppe hinauf stürmten.

Je höher sie aufstiegen, umso kälter wurde es. Der Wind pfiff durch den rissigen Mörtel und sang ein trauriges Wiegenlied. Schon bald konnte Rumbold seinen Atem sehen. Er war froh, seine muffige Jacke anbehalten zu haben. Er klopfte auf die Beule vor seiner Brust, wo er Sundays Schuh sicher bei seinem Herzen verstaut hatte.

„Gar kein Freund von Höhen“, brummelte Rollins wieder. Als sie hinaufstiegen, drückte er sich flach gegen die Wand.

„Ich habe diesen gottverlassenen Turm schon immer gehasst“, sagte Erik, während sie an einem weiteren, von einer Wolke versperrten Fenster vorübergingen. „Nichts sollte so weit in den Himmel ragen.“

„Jedenfalls nichts auf dieser Welt“, sagte Velius. „Sag mal, Cousin, worauf sollen wir am Ende dieses Labyrinthes eigentlich stoßen?"

„Auf Wednesday", erwiderte Rumbold. „Auf Vater und Sorrow … Ich glaube, sie führen etwas im Schilde."

Velius hielt plötzlich inne. „Nein. Nicht jetzt. Noch nicht. Ich meine, ich habe es vermutet, aber dann wäre die Ehe nicht so schnell geschlossen worden. Es ist nicht genügend Zeit vergangen. Zugegeben, sie brauchen ihre Zustimmung nicht, aber es ist so neu, dass es unerträglich wäre. Unvorstellbar. Die Schmerzen … O ihr Götter." Er nahm Haltung an. „Schnell, Männer! Wir dürfen keine Zeit verlieren!"

Velius wusste also Bescheid. Rumbold fragte sich, seit wann sein Cousin wusste, dass der König seine Gattinnen ermordet hatte. Er wollte unbedingt wissen, was seiner Mutter zugestoßen war, welche Schmerzen sie erlitten hatte, welche Qualen sie an ihren jetzigen flüchtigen Zustand fesselten, aber jetzt war der falsche Zeitpunkt für dieses Gespräch. Momentan musste er auf all seinen geborgten Atem zurückgreifen, um die Treppe hinaufzukommen und Wednesday ein ähnliches Schicksal zu ersparen.

Rumbold hob hektisch die Knie, um das Tempo seines plötzlich eifrigen Cousins zu halten, wobei er aufpasste, dass er nicht auf den nassen Steinstufen ausrutschte. Madelyns Schatten schwebte stetig und glückselig über ihren Köpfen.

Die Schenkel des Prinzen schrien lauter als seine Füße. Seine verschwitzten Handflächen brannten noch von Velius' Berührung und seine Lunge gefror mit jedem Atemzug, da sie von eiskaltem Nebel umgeben waren, dennoch war er fest entschlossen, die Sache zu Ende zu bringen. Er war es Sunday schuldig, schließlich war sie seinetwegen durch die Hölle gegangen. Er war ihr das Leben ihrer Schwester schuldig.

Sie hörten die Schreie, noch bevor sie zur Turmspitze gelangten. Die Stimmen stammten von einem Mann und einer Frau, möglicherweise von allen Engeln im Himmel.

So hoch oben hatten sich die Wolken in Gäste des Schlosses verwandelt, die den Horst mit Nebel schmückten. Die Männer liefen an mehreren Stellen fast blind durch die Gegend, wodurch sie langsamer wurden. Schreie hallten durch den Nebel, prallten von den nackten Wänden ab und klingelten ihnen in den Ohren. Glücklicherweise war die Nebelsuppe so dünn, dass sie sie schnell durchquert hatten. Rumbold hatte die Nässe hinter sich gelassen, doch die Kälte begleitete ihn weiter. Das Atmen fiel nun wesentlich schwerer und seine Augen schienen zu groß für die Höhlen zu sein. Ohne Velius' verzauberte Energiespritze wäre er nie so weit gekommen.

Sie tauchten aus dem Nebel auf und fanden sich vor einer massiven dunklen Tür aus Altem Holz, die mit Eisenbändern versehen war. Velius hielt Rumbold zurück, bevor er sie öffnete. „Wir wollen unsere Karten doch nicht ausspielen, bevor wir wissen, was uns auf der anderen Seite erwartet."

„Wednesday natürlich", sagte Rumbold.

„Und Blut", sagte Rollins.

„Der Tod", sagte Erik.

Madelyn sagte nichts.

„Deshalb schätzen wir die Lage erst mal ab", sagte Velius und lehnte sich aus dem Fenster.

Wer eine in den Himmel ragende Burg mit einem oder mehreren Türmen besitzt, versieht die Spitze mit möglichst vielen offenen Fenstern, damit er an einem klaren Tag sein Reich überblicken kann. Rumbold war sich nicht sicher, welcher seiner Vorfahren den Himmelsturm errichtet hatte, aber er musste ein enormes Ego und äußerst kräftige Beine gehabt haben. Die Schreie drangen nicht von der anderen Seite durch die massive Tür, sondern durch die Fenster, also befand sich in dem Zimmer hinter der Tür ebenfalls ein Fenster.

Erik streckte ebenfalls den Kopf heraus und suchte die Außenseite der Wand ab. „Es gibt keine Haken", sagte er. „Du erwartest hoffentlich nicht, dass einer von uns herumklettert."

„Nein", sagte Velius. „Wir laufen." Er streckte eine Hand aus dem Fenster, parallel zum Wolkenmeer unter ihnen und schloss die Augen.

„Warte!", sagte Rumbold. „Sie werden es bemerken, wenn du deine Magie einsetzt."

Velius öffnete ein Auge und schielte ihn damit an. „Im Augenblick würden sie nicht mal bemerken, wenn die Wände einstürzten."

Wohl wahr.

Velius schloss das Auge und flüsterte etwas, das wie *Xalda* klang. Für den Bruchteil einer Sekunde schimmerte die mondbeschienene Wolkendecke in einem blau-violetten Ton. Dann sprang Velius aus dem Fenster.

Erik ging etwas langsamer vor, folgte ihm aber. Rumbold wandte sich an Rollins. „Sie müssen das nicht tun. Sie können hierbleiben."

Der Diener blickte auf die Wolken und zog sich auf die Wendeltreppe zurück. „Ich bin schon so weit gekommen", sagte er. Rollins packte Rumbolds Hand und schwang die Beine über das Fensterbrett. „Falls wir in der Wolkendecke auf Lücken stoßen, vertraue ich darauf, dass Ihr mich um sie herumführt."

„Natürlich", sagte der Prinz.

Der Wolkengrund war wackeliger, als Rumbold angenommen hatte: Er war wie dickes Gras und brüchiger als Holz. Das helle Mondlicht ermöglichte es Madelyns geflügeltem Schattengeist an der Außenwand zum gesuchten Zimmer zu schweben.

„Wenn Ihr gestattet, Euer Hoheit?", fragte Velius. Madelyn breitete die Schwingen weit aus, sodass sie sich hinter ihrem Schatten verstecken konnten.

Nicht, dass es nötig gewesen wäre, sie hätten wie mit Glocken ausgestattete Narren eintreten können und niemand hätte sie bemerkt. Auf dem Boden prangte ein weiß-rotes Dreieck, in dem sich ein Stern befand. An einer Spitze des Dreiecks stand Wednesday in ihrem Brautkleid, die Arme ausgebreitet, den Kopf in den Nacken gelegt und schrie zu den Sternen. An einer anderen Spitze kniete Sorrow, sie krümmte sich, da sie einen mächtigen Fluch durchführte, der sie mit seinem Gewicht niederdrückte. Sie schien die Macht wieder an sich gerissen zu haben, die sie dem König in den vergangenen drei Tagen zur Verfügung gestellt hatte. Er saß wie eine Statue an der dritten Spitze, dünn und ausgetrocknet und noch immer eine Leiche.

Eine Leiche mit einer Krone.

Wednesday begann vor ihren Augen zu verwelken und zu schrumpfen. Sie fiel in sich zusammen wie Farn in einem Eissturm. Obwohl ihr Mund geschlossen war, schallten ihre Schreie weiter. Ihr Brautkleid hüllte sie in Weiß und verschluckte sie. Die letzten verbliebenen dunklen Flecke bestanden aus ihren Augen, diese eindringlichen violetten Augen, die aus dem Körper einer schneeweißen Gans blickten. Sie spreizte die Flügel und flatterte wild. Ihre Schreie verwandelten sich in hektische, verzweifelte Gänselaute.

Obwohl sich Wednesday in eine Gans verwandelt hatte, war ihr Schatten der eines Menschen. Er stand aufrecht, mit ausgestreckten Armen und in den Nacken gelegtem Kopf da, die stimmlose Kehle schrie ein ohnmächtiges Nichts heraus.

Sorrow brach zusammen.

Der König wirkte quicklebendig und streckte einen dürren Arm vor sich aus, um nach nichts zu greifen. Sein Schatten packte das Kleid von Schatten-Wednesday und zog sie an sich.

„Nein!“ Rumbold stürzte durch das Fenster. Velius und Erik wollten ihn packen, konnten ihn aber nicht aufhalten. Mit einem Arm schnappte er sich die wilde Gans, um sie davon abzuhalten, sich mit den flatternden Flügeln selbst zu verletzen. Sie pickte mit dem spitzen Schnabel nach seinem Bauch, doch er ließ nicht los.

Von der Anwesenheit seines Sohnes unbeeindruckt, streckte der

König die freie Hand nach einer mit Blut gefüllten Schale aus. Magischem Blut. Den tiefen Schnitten in ihren Unterarmen nach zu urteilen, handelte es sich um Sorrows Blut.

Rumbold würgte, während er eins und eins zusammenzählte. Der König hatte nach Madelyns Tod massenhaft Gans gegessen. Er hatte Madelyns Schatten gestohlen, ihn ihrer Macht und ihres Wesens beraubt, bis nichts mehr übrigblieb, während er sein langes, unnatürliches Leben weitergeführt hatte.

„Du wirst diesen Vogel nicht töten, Vater."

„Du bist nicht mein Sohn." Die Leiche spie ihm die Worte mit heiserer Stimme entgegen. Obwohl Rumbold sich dasselbe so oft gesagt hatte, tat es immer noch weh. „Ich nehme den Vogel und esse ihn, dann wird ihre Macht für alle Ewigkeit mir gehören."

Der König zog eine lange spitze Nadel aus dem Saum seines Hochzeitsfracks und tauchte sie in das Blut. Als er sie in die Höhe hielt, steckte ein feiner dunkelroter Faden im Nadelöhr. Rumbold beobachtete stumm, wie er einen Stich setzte.

Er nähte Wednesdays Schatten an seinen eigenen.

Er setzte noch einen Stich und richtete sich auf. Mit jedem weiteren Nadelstich absorbierte der König etwas von Wednesdays Jugend und Kraft. Erik wollte den König aufhalten und warf einen Dolch nach ihm, doch er zerfiel zu Staub bei seinen Füßen. Velius schleuderte einen Blitz, der sich in einen Schauer aus Feenlicht auflöste.

Ein weiterer Stich, und das Haar des Königs wechselte von Grau zu strohblond. Er begann zu wachsen, bis er so groß war wie zuvor und sogar größer.

„Das hat es bestimmt noch nicht gegeben", sagte Velius. „Daran würde ich mich erinnern."

„Wir müssen hier raus!" Rollins packte Rumbolds Ärmel und zerrte ihn aus dem Nebel. „Schnell!"

Die vier Männer sprangen aus dem Fenster auf die große Wolke. Erik steuerte auf die Treppe zu, doch Velius hielt ihn zurück. Madelyns Schatten verdunkelte den Weg.

„Nicht hier lang", sagte Velius. „Wir müssen rennen."

Wie Windhunde stürmten sie über die helle Wolkenlandschaft. Rumbold hielt Wort und achtete auf Lücken in der Decke, doch es gab keine. Er fragte sich, wie lange es wohl dauerte, bis der König mit Nähen fertig war und welches Monster er damit erschuf. Es bestand kein Zweifel daran, dass Wednesday über den höchsten Feengehalt im Blut verfügte als alle anderen Frauen, die er je gehabt hatte. Rumbold hörte, wie der König nach ihm brüllte.

Die wütende Stimme klang vertraut, war aber tiefer und lauter als je zuvor. Die Männer hielten inne und drehten die Köpfe lange genug, dass sie einen gewaltigen Arm aus dem Fenster auftauchen sahen, dem eine riesige Krone auf einem riesigen Kopf folgte. Der Fensterrahmen um den König herum krachte und zerbröckelte, es sah aus, als würde ein Huhn ein Ei von der Größe eines Hauses ausbrüten.

Wednesdays Ehrfurcht gebietende Macht hatte den König in einen Riesen verwandelt. Einen Riesen, der sie gleich über die Wolkendecke jagen würde, auf der sie entkommen wollten. Seine Beine waren so lang, dass er die Strecke doppelt so schnell zurücklegen konnte. Sobald er sie gefangen hatte, würde er sie mit einem Bissen verschlingen.

Rumbold schloss die Augen und klammerte sich an die Gans. Die Männer drehten sich gleichzeitig um und rannten auf den Wald zu.

19 Die Noch Aufrecht Stehen

Sunday erwachte auf den Steinen beim Fenster von Wednesdays Schlupfwinkel. Es war noch dunkel und die Vögel schwiegen. Ein Sturm befand sich im Anzug, es regnete jedoch noch nicht. Donner grollte am bedrohlichen Himmel, gefolgt von einem Geräusch, das in ihre Träume gedrungen war und sie geweckt hatte.

Trix rief nach ihr.

Sunday hielt sich nicht damit auf, ihr Nachthemd auszuziehen. Sie kümmerte sich nicht darum, ob sie Saturday oder Peter weckte, und preschte die Treppe des Turms hinunter. Sie schaute auch nicht nach, wer zu dieser Stunde noch das Feuer in der Küche am Leben hielt. Sie stürzte aus der Haustür, ohne sie hinter sich zu schließen. Trix rief immer noch. Da er sie brauchte, rannte sie.

„Sunday!", rief er. „Sie kommen!"

Sunday rannte um die Ecke des Hauses und sah Trix wie einen Zwerg neben der monströsen Bohnenstange stehen, während er auf den Himmel zeigte. Sie schielte hoch in die Dunkelheit auf eine helle Wolkendecke, aus der mehrere kleine Gestalten kamen und die Bohnenstange herunterkletterten. Als sie sich näherten, wurden sie größer und sie erkannte, dass es vier Männer waren. Zwei stiegen schnell herab, einer der Langsameren trug etwas unter dem Arm, das ihn behinderte. Das Etwas befreite sich von ihm, flatterte und glitt langsam zum Boden.

„Nein!", schrie er, und sie wusste sofort, dass dort oben Rumbold verzweifelt versuchte, nicht von der Bohnenstange zu fallen. Eine weiße Gans landete zu Sundays Füßen und sah mit violetten Augen zu ihr auf. Es waren Wednesdays Augen.

Was war im Schloss vorgefallen, nachdem sie gegangen war?

Die dunkle Gestalt ganz vorn legte die Strecke vom Himmel bis zum Boden rasch zurück, bis er so weit unten war, dass er den Rest mit einem Sprung überwinden konnte. „Schnell", sagte Velius atemlos, als er vor ihren Füßen landete. „Wir müssen das Ding fällen."

„Trix, hol Saturdays Axt", sagte sie, doch Saturday rannte schon mit der Axt in der Hand auf sie zu, wobei das goldene Haar um ihr entschlossenes Gesicht wehte. Ihr weißes Kleid blähte sich in der Dunkelheit auf, sie sah aus wie der Geist eines Kriegers, der hinter einem Schleier hervortritt. Ihre Rächerin wartete gerade lange genug, dass der stämmige rothaarige Wachmann zur Seite springen konnte, bevor sie die starken Arme hob und ausholte. Die polierte Schneide der verzauberten Axt traf die Bohnenranke und versank tief darin, doch sie war nicht schnell genug, um das Ding aufzuhalten, das hinter ihnen her war.

Sunday blickte Trix in die Augen, und sie kamen schweigend darüber ein, kein Wort über Saturdays wundersame Heilung zu verlieren. „Ich hole Papa", sagte er und rannte zum Haus.

Velius sah auf die Gans herunter, die die Szene gleichgültig beobachtete. „Ist sie…“

„Es geht ihr gut“, sagte Sunday.

„Sunday, was immer du auch denken magst…“

„Nicht jetzt“, sagte sie. „Bitte. Helft ihnen einfach.“

Erik schlug bereits mit seinem Dolch auf die gewaltige Bohnenranke ein, indem er kleinere Triebe aus dem Weg schaffte, um an das Herz des Baums im unteren Teil zu gelangen. Papa raste in einem weiten Hemd und einer Hose an Sunday vorbei und trug seinen Teil mit der eigenen Axt bei. Der Wachmann machte Platz und Papa und Saturday fielen in einen Rhythmus: Einer schlug zu und der andere folgte auf routinierte Weise.

Sunday hatte ihren Vater und ihre Geschwister noch nie bei der Arbeit gesehen. Ihr Geschick war beeindruckend. Papa atmete gleichmäßig aus, während sich Schweiß auf seiner Stirn bildete; Saturday war eine verschwommene Masse aus Muskeln, stählerner Schneide und Haaren. Aber so schnell sie auch schlugen, Sunday wusste, dass sie noch keinen Alten Baum gefällt hatten, der so dick war wie diese Bohnenstaude.

Trix gesellte sich zu ihr an den Baum, er hatte Pfeil und Bogen in der Hand und die restliche Familie im Schlepptau. Alle waren im Morgenrock herausgekommen, bis auf Tante Joy, die mit ihrem vermaledeiten Tee in der Küche am Feuer gesessen haben musste. Mama und Friday hatten sich in eine Decke gewickelt. Sunday hätte in ihrem Nachthemd und mit den bloßen Füßen eigentlich frieren müssen, spürte aber gar nichts. Sie blickte zur Bohnenranke hinauf in das entschlossene Gesicht des Mannes, von dem sie träumte und fühlte nichts. Er war gekommen, obwohl sie es nicht zu hoffen gewagt hatte.

Er war gekommen, aber nicht ihretwegen.

Erneut grollte Donner, die Wolken erzitterten und teilten sich langsam.

„Das ist kein Donner", sagte Velius.

Der Fuß des Riesen brach durch die Wolken und suchte Halt auf der Bohnenranke. Obwohl sie schwankte, hielt die monströse Säule seinem Gewicht stand. Der Riese machte einen Schritt nach unten, zwei weitere folgten. Die Wolken teilten sich so weit, dass die Farbe seines Hochzeitsgewandes zu erkennen war und das Mondlicht von seiner goldenen Krone reflektiert wurde. Es war der König.

Er brüllte wieder nach seinem Sohn. Er verlangte nach seinem Kopf und drohte, seinen winzigen Körper zwischen seinen mächtigen Zähnen zu zerquetschen. Plötzlich spürte Sunday doch etwas, nämlich eine fürchterliche Angst.

„RUMBOLD!", brüllte der Riese und schüttelte die Bohnenranke, an der sein Sohn sich festhielt.

Velius stand nahe genug, um den Prinzen aufzufangen. Erik ließ den Dolch fallen und fing den anderen Mann auf – Rumbolds Diener? Wer brachte denn auf der Flucht vor einem Riesen seinen Diener mit?

Nachdem die Männer Halt gewonnen hatten, gesellten sie sich zur Familie. Der Prinz sah aus, als wäre er in eine Schlägerei geraten und anschließend meilenweit durch die Gegend geschleift worden. Sunday brannten Fragen unter den Nägeln, doch das war der falsche Zeitpunkt, sie zu stellen. Sie sehnte sich danach, sich in seine Arme zu schmiegen und ihn zu trösten, doch er stand ein Stück von ihr entfernt und wich ihrem Blick aus. Er war wirklich nicht ihretwegen gekommen.

„ICH KANN DEINE KNOCHEN SCHMECKEN", sagte der Riese. Seine Stimme wummerte tief in Sundays Brust.

„Habt ihr noch eine Axt?", fragte der rothaarige Wachmann Sunday. „Ich kann vielleicht helfen."

„Nein", sagte Peter. „Sie würden den Rhythmus stören. So geht es am schnellsten."

„Können wir die Pflanze anzünden?", fragte Friday.

Velius schüttelte den Kopf. „Zu grün. Sie würde nicht brennen."

Trix schoss Pfeile in den Himmel, doch sie fielen kurz vor dem Ziel herunter. Auch wenn sie das Monster getroffen hätten, hätten sie es bloß gekitzelt.

Mamas Angst gewann die Oberhand. Verzweifelt packte sie Velius' Hemd mit den Fäusten. „Ihr müsst ihnen helfen", rief sie und schlug die Hände vor den Mund.

„Närrische kleine Schwester!", schrie Joy. „Du solltest es inzwischen besser wissen." Sie wedelte mit einer Hand und Mama packte sich an der Kehle. „Du bekommst deine Stimme zurück, wenn du wieder weißt, wie man sie benutzt. Ihr", sagte sie und zeigte auf Velius, „müsst ihnen jetzt helfen. Ihr habt keine Wahl. Stellt all Eure Kraft zur Verfügung." Sie legte eine Hand auf seine Schulter. „Ihr werdet Euch gezwungen fühlen, alles zu geben. Versucht es nicht zu tun." Der Sohn des Dukes nickte und schloss sich Papa und Saturday an.

Die weiße Gans schrie wie wild und erhob sich in die Lüfte.

„Nein!", rief der Prinz wieder. Sein Hals war schon rau. Der Wachmann und der Diener rannten in großen Schritten hinter der Wednesday-Gans her, aber es war zu spät. „Wenn er es schafft, sie zu essen …", sagte Rumbold zu Joy.

„Dann tritt der Fluch in Kraft", schloss Joy. „Und wenn er stirbt, stirbt sie ebenfalls." Sie hatte es gewusst. Daher war sie im Turmhaus geblieben. Das war die Gefahr, die Zukunft, vor der sie geschworen hatte, sie zu retten.

Nachdem sie versehentlich ein weiteres Kind dem Untergang geweiht hatte, brach Mama wie ein Häufchen Elend zusammen und schluchzte leise. Friday schlang die Arme um ihre bebenden Schultern. Die anderen sahen zu, wie die Wednesday-Gans zum Himmel aufstieg. Kurz darauf folgten ihr zwei kleine Federbündel: Sundays Tauben. Trix feuerte das kleine Trio an, das den Riesen aller Widrigkeiten zum Trotz angriff. Sie attackierten sein Gesicht. Der Riese schlug nach ihnen. Seine gewaltigen Hände verfehlten sie, und sie flogen um die Bohnenstange herum, um sich neu zu formieren.

Währenddessen stieß die Wednesday-Gans ununterbrochen höhnische, anklagende Schreie aus. Die Schreie wurden von einer krächzenden Eule erwidert. Dann von einer kreischenden Nachtschwalbe. Von einer singenden Nachtigall. Auf den Schrei eines Raben hin brachen unzählige Vögel aus den Bäumen hervor und stürzten sich kopfüber auf den Riesen. Die Menschen und schwarzen Feen am Boden fielen in Trix' Anfeuerungsrufe ein.

Die Vögel hackten auf die Arme des Riesen ein, seine Beine, seinen Nacken, seine Augen. Er hätte mehr Hände gebraucht, um nach allen zu schlagen. Er wich den Angriffen aus, indem er sich vor- und zurücklehnte. Die Bohnenstange schwankte stark. Papa und Saturday hackten immer weiter darauf ein. Velius kniete auf einem Bein zwischen ihnen, die Arme zu den Seiten ausgestreckt, seine Augen funkelten in einem Blauviolett. Die schwankende Stange ächzte und brach.

Peter stürzte zu Papa. Der Prinz stürzte zu Velius. Erik stürzte zu Saturday und entfernte sie so weit wie möglich von der Stange.

„Baum fällt“, flüsterte Trix.

Nicht auf das Haus, betete Sunday. *Bitte, ihr Götter, nicht auf das Haus.*

Die Stange schwankte über dem Turmhaus und fiel dann in Richtung des Waldes. Der knurrende, heulende Riesen-König, noch immer von Vögeln umringt, fiel. Sie stürzten zu Boden und die Welt bebte. Wer noch aufrecht stand, ging zu Boden und wurde von Trümmern bedeckt.

Sunday war blind. Sie öffnete den Mund, um Luft zu holen und atmete Schmutz, Grashalme und Staub ein. Das Brüllen des Königs vermischte sich mit dem Brüllen der Erde, dann hörte sie gar nichts mehr. Die Vögel zwitscherten nicht. Das Laub raschelte nicht. Der Staub legte sich.

Friday fand zuerst ihre Stimme wieder. „Ist er tot?“

„Nein.“ Tante Joy erhob sich zuerst. Sie marschierte hinüber zu Peter und Papa und riss Peters verzaubertes Messer aus der Scheide. Sie flüsterte der Klinge etwas zu und glühende blaue Symbole zogen sich darüber. Joy machte einen Schritt über die Krone des Riesen, zog sein Haar zurück und schnitt ihm die Kehle durch.

Ein Geysir aus Blut und dichtem schwarzem Rauch stieg von der Wunde auf. Der Gestank brachte Sunday zum Würgen. Sie hielt sich die Nase zu und schluckte ein paarmal schnell hintereinander. Während immer mehr von der tiefschwarzen Finsternis den Riesen verließ, schrumpfte der Körper des Königs.

„Geh“, sagte Joy zu der Schwärze. „Du bist hier nicht willkommen.“ Der Rauch bäumte sich auf, schwebte über Velius und dem Prinzen und zog dann in Richtung des Waldes ab.

Die Wednesday-Gans landete auf dem Bauch des Königs, die weißen Tauben setzten sich auf die gefällte Bohnenstange hinter ihm. Joy schnappte die Gans im Nacken und schlitzte ihren Bauch mit dem glühenden Messer auf. „Da dein Blut ihm Kraft verliehen hat“, sagte Joy, „möge seine Kraft zu dir zurückkehren.“ Kein schwarzer, sondern violetter Nebel sickerte aus den schmutzigen Federn. Wednesdays Körper nahm im Schatten Gestalt an. Velius hielt sie währenddessen,bis sie in seinen Armen zusammenbrach.

Friday bedeckte Wednesdays nackten Körper mit ihrer dünnen Decke und nahm die Gans behutsam aus Tante Joys Händen.

„Nun denn“, sagte Joy. „Jetzt zu diesen Schatten.“ Sie zog mit der Spitze des Dolchs eine Linie um die Leiche, und mehrere Schatten stiegen vom König auf. Einer schwebte neben Friday und der Gans, deren riesige Schwingen gespreizt waren.

„Peter, Trix“, rief Tante Joy. „Holt Schüsseln und fangt so viel wie möglich vom Blut auf, bevor es im Boden versickert. Friday, wir brauchen deine Nadel.“ Friday, genauso schweigsam wie Mama, zog die Nadel aus der Schulternaht ihres Nachthemds. „Rumbold, komm her.“

„Verzeih mir, wenn ich jeden weiteren Zauber von dir ablehne, Mylady.“ Er verbeugte sich, um den Hass in seinen Worten zu verschleiern. Sunday hätte am liebsten gelacht, da sie etwas Ähnliches zu Tante Joy gesagt hatte.

Joy verdrehte verärgert die Augen. „Du bist so hartnäckig, dass du einen Hurrikan aufhalten könntest, junger Mann. Genau wie deine Mutter.“ Daraufhin lächelte Rumbold ein wenig. „Aber wenn sich Madelyn weiter von deiner Lebenskraft nährt, wird der Sturm dich davontragen.“

„Was?“

„Du warst nur halb so lange verwandelt wie Jack“, sagte Tante Joy. „Du hättest nach ein oder zwei Tagen vollkommen genesen sein müssen. Da du deiner Mutter geholfen hast, ihren Schatten von dem deines Vaters zu trennen, hat sie sich an dich geheftet.“

Der Schattenengel beugte beschämt den Kopf. Er legte die riesigen Schwingen an und ruhte betrübt neben Joys Schatten im Mondlicht.

„Sie hat mich beschützt“, protestierte Rumbold.

„Und hat dich dabei um ein Haar getötet“, sagte Joy. „Du musst sie gehen lassen.“ Sie kniete zu Rumbolds Füßen nieder und zog mit dem Messer eine weitere Linie in die Erde, durch seinen Schatten hindurch. „Sie bleibt, bis der Mond untergeht und die Sonne aufsteigt, dann wird sie verschwinden. In der Zwischenzeit kannst du dich von ihr verabschieden.“

Sunday stockte der Atem. Tränen strömten ihr über die Wangen und hinterließen schmutzige Streifen auf ihrem dreckigen alten Nachthemd. Lange Zeit verloren und gerade erst wiedergefunden, und nun blieben ihm nur wenige Stunden, um ein Leben voller Liebe und

Verwirrung zusammenzufassen. Sunday schaute zu ihren Eltern, die im Gras saßen, Mama hatte den Kopf tief in Papas Armen vergraben. Sie waren nicht perfekt, aber sie waren ihre Eltern. Sie würde sie immer lieben, ihnen immer vergeben und sie wusste nicht, was sie tun würde, wenn sie eines Tages ohne sie leben musste.

Friday weinte ebenfalls, während sie über Wednesdays Füßen kauerte und ihren Schatten mit einem Blutfaden ihrer silbernen Nadel an ihren Körper nähte. Trix hielt die Schüssel für sie. Peter kniete in der Pfütze, die das Leben des Königs gewesen war und schöpfte so viel er konnte.

Rumbold wandte sich an den Schatten. „Ich…" Er würgte und drehte sich zu Joy um. „Ich weiß nicht, was ich sagen soll."

„Danke ihr dafür, dass sie dir das Leben geschenkt hat", sagte Jack Woodcutter.

„Bedanke dich für ihren Schutz", schlug Peter vor.

„Danke ihr, dass sie so lange geblieben ist", sagte Friday stockend und schluchzte kurzatmig.

„Sag ihr, dass du stolz auf sie bist!", rief Saturday.

„Sag ihr, dass du sie nie vergessen wirst", sagte Trix.

Rumbold nickte bei jedem Vorschlag, schwieg aber weiter hartnäckig. Er blickte auf den Schatten seiner Mutter und durch ihn hindurch auf die Bohnenstange. Er öffnete den Mund, um etwas zu sagen und schloss ihn wieder. Sein Schmerz spiegelte sich auf seinem Gesicht wider und er beugte den Kopf. Sunday wusste, dass seine Mutter ihn nicht als schwachen Mann in Erinnerung behalten sollte. Aber tief in ihrem Herzen wusste sie, dass es ihr egal war. Rumbolds Mutter würde ihr Kind in diesem Moment genauso lieben, wie sie es immer geliebt hatte, und das würde immer so sein, bis zum Ende aller Zeiten. Genau wie Sundays Eltern.

Mama betrachtete sie und sah den Kummer in ihren Augen. Sie boxte Joy in die Schulter. Joy wackelte mit den Fingern und zeigte damit auf Mamas Hals. „Sag ihr einfach nur, dass du sie liebst“, sagte Mama.

Und weil sie es gesagt hatte, gehorchte Rumbold. „Ich liebe dich“, sagte er unter Tränen zu dem Schatten und schlug die Hände vors Gesicht.

Sunday konnte nicht länger stillhalten. Rumbold mochte nicht ihretwegen gekommen sein, dennoch konnte sie ihn nicht allein dort stehen lassen. Hemmungslos schluchzend rannte sie zu ihm und schlang ihm die Arme um die Taille, wobei sie alle Kraft, die in ihrem mageren Körper steckte, in ihn hinein wünschte. Er umarmte sie und vergrub den Kopf an ihrem Hals und ließ sie die Tränen vergießen, die er nicht vergießen konnte.

Sunday spürte, wie die Dunkelheit um sie herum zunahm, während der Schattenengel die Schwingen um sie und Rumbold legte. Wenigstens würde Rumbolds Mutter in dem Wissen die Welt verlassen, dass ihr Sohn geliebt wurde.

Wednesday rührte sich in Velius' Armen. Mama und Papa klammerten sich noch immer erleichtert aneinander. Rumbolds Diener flüsterte etwas in Trix' Ohr und schickte ihn schnell zum Turmhaus. Erik und Saturday zogen die Äxte aus dem unteren Teil der Bohnenstange, doch das, was Saturday in die Höhe hielt, war keine Axt mehr. Es war ein glänzendes Langschwert, dessen Griff mit Runen geschmückt war, wie Peters Messer.

„Schon besser“, sagte Sundays Kriegerschwester mit der wundersamen Fähigkeit zu heilen, die alles andere als gewöhnlich war. Sie schwang es wild herum. Der rothaarige Wachmann sprang hinüber und hielt sie auf, damit sie sich nicht schon wieder selbst verletzte.

Das Chaos war vorüber. Wednesday befand sich in Sicherheit. Der König war tot. Rumbolds Mutter würde endlich den lang ersehnten Frieden finden. Tante Joy hatte die Heilung der Welt überwacht. So standen sie herum, Sunday in ihrem alten Nachthemd, in einer Pfütze aus dem Blut des Riesen neben den Ruinen der verzauberten Bohnenstange, gebadet in Mondlicht und umgeben von den Menschen, die sie am meisten liebte. Sie würden es überwinden und im Laufe der Zeit würde es ihnen gut gehen. Aber nicht gemeinsam. Denn hier war ihre gemeinsame Reise zu Ende.

In dem Moment fühlte sich Sunday völlig verlassen.

Sie ließ Rumbold los. Dann machte sie auf dem Absatz kehrt und ging zurück zum Turmhaus, indem sie einen schmutzigen Fuß vor den anderen setzte, um in den stillen Wahnsinn ihres alten Lebens zurückzukehren. Trix kam ihr mit einem von Fridays bestickten Sofakissen im Arm entgegen.

„Sunday, warte."

Endlich. Endlich rief Rumbold nach ihr. Endlich, nachdem sie nicht mehr willens war, umzukehren. Sie starrte ihr Haus an, der daraus hervorragende kitschige bunte Turm war ihr Zuhause gewesen und so würde es bleiben, für immer und ewig. Sie lief weiter. Da Wednesday jetzt Königin war, überließ Mama vielleicht Sunday den Unterschlupf.

„Es tut mir leid", sagte er.

Sie hielt inne und drückte sich die Hände vor die Brust. Sie fragte sich, wie ein Herz, das in der vergangenen Woche so oft gebrochen worden war, weiterhin brechen konnte. Lass es sein, flehte sie stumm.

„Sunday, bitte", rief er. „Verlass mich nicht schon wieder."

Sie weigerte sich, sich umzudrehen; damit käme nur ihre Entschlossenheit ins Wanken. „Kümmere dich um deine Mutter. Dir bleibt nicht viel Zeit", sagte Sunday. „Geh anschließend nach Hause. Mach ohne mich weiter."

„Ich weiß nicht, wie das gehen soll", sagte er.

Sie schloss die Augen. In ihr steckte so viel Freude und Kummer. Wie treffend die Namen ihrer Patentanten doch waren. Was für ein Paar sie doch abgaben.

„Es ist spät", seufzte sie. „Ich bin müde." Was der Wahrheit entsprach. „Und ich bin schmutzig." Sie wollte lieber nicht darüber nachdenken, woraus der Dreck bestand, der sie von Kopf bis Fuß bedeckte. „Und..."

Die Luft um sie herum schimmerte blau und war von kleinen Blitzen erfüllt, dass sich sämtliche Haare an ihrem Körper aufstellten. Ihre Füße hoben kurz vom Boden ab, und ihre Tränen wurden von warmen, unsichtbaren Sonnenstrahlen abgewaschen. Ein großes Glück erfüllte sie, sodass sie von innen heraus *leuchtete*. Ihre Füße berührten den Boden, der blaue Feenstaub verblasste und sie steckte wieder in dem silber-goldenen Ballkleid. Ihr Haar war sauber und mit Thursdays fantastischen Nadeln zurückgesteckt. Sogar der Schmutz unter ihren Nägeln war verschwunden. Sie hob den Rock an und sah, dass das Blut von ihren Füßen abgewaschen war und sie nur einen Schuh trug. Da sie nun keine Ausrede mehr hatte, drehte sich Sunday um.

Ihre Familie lächelte ihr zu.

Der Zauber, den Joy über sie geworfen hatte, hüllte alle ein: Mama, Papa, Peter, Friday, Saturday, sogar Trix waren auf ähnliche Weise prächtig geschmückt. Velius hatte einen Arm um Wednesday gelegt, die in dem von Feen geküssten grauen Kleid steckte, das sie beim ersten Ball getragen hatte.

Rumbold stand vor Sunday, so gut aussehend wie in ihrer Erinnerung, sein Diener stand pflichtbewusst neben ihm. In seinen ausgestreckten Händen lag Fridays Kissen. Auf diesem Kissen lag Sundays fehlender Schuh.

„Und?", fragte Rumbold schließlich.

„Und wir sind beide mit neugierigen Patinnen gesegnet, die über mehr Macht verfügen als gut für sie ist", fuhr Sunday fort.

„Das ist wahr", sagte er.

„Aber irgendetwas stimmt nicht", sagte Sunday, worauf Rumbold die Stirn runzelte. Sie ging zu ihm hinüber, streckte die Hand aus und zerzauste sein gezähmtes Haar, damit es so aussah wie früher. „Schon besser", sagte sie.

Sunday und ihr Prinz starrten einander eine ganze Weile an.

„Ich habe etwas für dich", sagte er schließlich.

„Wirklich?"

Er nickte. „Du scheinst ein wiederkehrendes Thema missverstanden zu haben." Er zeigte auf den Schuh und das stiefelförmige Haus hinter ihr. Wenn er wüsste, dass sie gerade Thursdays Kleid trug. „Ich bin froh, dass ich nur eine Blüte von dem Busch genommen habe", flüsterte er. „Ich hätte es mir nie verzeihen können, wenn du ein Bein verloren hättest."

„Bist du dir sicher, dass er mir gehört?", neckte sie.

„Dieser Schuh gehört der Frau, der mein Herz gehört", sagte er. „Er gehört meiner Seelenverwandten. Er gehört meiner Prinzessin."

Bei diesen Worten schmolz Sunday dahin. Hoffnung keimte in ihr auf und sie fühlte sich wieder lebendig. Sie griff nach dem Schuh, doch Saturday grapschte ihn von dem Kissen, bevor sie ihn berühren konnte.

„Fantastisch!", rief sie. „Ich wusste doch, dass ich hier etwas verloren hatte. Vielen Dank, dass du ihn mir zurückgibst, meine Liebe!" Saturday zog unter großem Aufwand ihren Schuh aus und versuchte, ihren riesigen Fuß in die zarte, silberne Kreation zu stecken. Während sie sich damit abmühte und sich auf ihrem neuen Schwert abstützte, zog sie Grimassen, dass Sunday lachen musste.

So schrecklich sie manchmal auch waren, war sie doch froh, dass ihre Schwestern bei ihr waren. Sie legte eine Hand auf Tuesdays Kleid, spürte Thursdays Nadeln in ihrem Haar und Mondays Kuss auf der Wange. Alle Schwestern.

„Du Idiotin." Friday sprang herbei und schnappte den Schuh aus Saturdays Händen und schubste sie ein wenig, sodass sie taumelte. „Mit deinen Elefantenfüßen machst du ihn noch kaputt. Das ist offensichtlich *mein* Schuh." Sie raffte ihren voluminösen Rock. „Ich glaube, ich kann genauso gut Prinzessin sein wie alles andere."

Sunday musste eingreifen, da Friday nur unwesentlich größer war als sie und ihr der Schuh wahrscheinlich passte. Sie runzelte die Stirn und nahm ihn Friday aus der Hand. Friday lächelte und küsste sie spielerisch, dann ging sie wieder an die Stelle, wo der Schattenengel sich auf der Bohnenstange ausbreitete. Sie und Madelyn streckten die Arme siegessicher zum Himmel.

Rumbold stützte Sunday, während sie den Schuh anzog. „Ich kann dir aber kein glückliches Ende versprechen", sagte sie und nahm seine Hand. „Aber dir steht ein interessantes Leben bevor."

„Einem Mann könnte keine bessere Zukunft beschieden sein", antwortete er.

Sie lächelten einander an.

„Wenn ich so dreist sein darf, Miss Woodcutter ...", sagte er höflich.

„Bitte, nenn mich Sunday."

„Sunday." Er lächelte erneut. „Glaubst du, du könntest mich küssen?", fragte er schließlich.

Sunday hatte sich schon gefragt, wie lange es noch dauern würde, bis er sie endlich darum bat. Die Sonne schielte am Horizont hervor, um alle zu begrüßen, und sie küsste ihn.

20 Eine Barfüßige Prinzessin

Sie ist schon wieder da oben."

Rumbold massierte sich die Schläfen, während Rollins eine neue Schärpe über den Frack legte. Sie war violett und mit doppelt so vielen Medaillen geschmückt wie die alte. Bis vor einer Woche hätte das Gewicht ihn umgeworfen. Er versuchte nicht daran zu denken, was er opfern musste, um wieder zu Kräften zu kommen.

„Die Königin ist schon wieder im Himmelsturm und schreibt auf Steintafeln", wiederholte Erik. „Verzeih mir, dass ich ihr nicht gefolgt bin."

Die Erwähnung des Turms ließ Rollins sichtlich erschauern.

„Wir sollten ihn versiegeln", sagte Rumbold besorgt. „Dort oben gibt es nur Wolken, Ruinen und schlechte Erinnerungen. Was ist, wenn sie stürzt?“

„Dann wird sie vermutlich fliegen“, murmelte Rollins, bevor er sich entschuldigte. Diese Theorie schien auch dem allgemeinen Konsens zu entsprechen, was den Verbleib von Rumbolds Patentante anging. Nachdem der Riesenkönig im Turm gewütet hatte, stürzte die Spitze ein, Sorrow tauchte jedoch nicht mehr auf und unter den Trümmern hatte man keine Leiche gefunden.

„Wie sehe ich aus?“, fragte Rumbold Erik.

„Wie ein aufgeblasener Arsch mit einer beschissenen Frisur“, sagte der Wachmann.

„Perfekt“, sagte Rumbold. „Die Woodcutters kommen heute früh. Leistest du uns Gesellschaft?“

„Das will ich auf keinen Fall verpassen“, sagte Erik, dieses Mal ohne Sarkasmus.

„Ausgezeichnet. Wenn du mich entschuldigst, ich muss nach meiner Frau sehen.“

Sunday war in ihrem Garten, wie sie ihn nannte: Womit der seitliche Garten abseits des Ballsaals hinter der Hecke des Innenhofs gemeint war, wo sie nach dem Aufstand der Wilden Sieben gesessen hatten und von wo sie in jener schicksalhaften Nacht, in der sie den Schuh verlor, davongelaufen war. Rumbold kicherte bei dem Gedanken, dass sie, nachdem er das kleine silber-goldene Wunder zurückgegeben und ihr seine Liebe erklärt hatte, sie geschworen zu haben schien, nie wieder Schuhe zu tragen. Sie hatte nur bei der Beerdigung seines Vaters welche getragen, als Arilland den Verlust seines langlebigen Herrschers, König Hargath betrauerte.

Joy war diejenige, die sich an seinen Namen erinnerte. Ihre Verbindung zu Sorrow machte es ausschließlich ihr möglich, da alle anderen ihn vergessen hatten. Als der Pastor davon hörte, weiteten sich seine Augen ein wenig, doch er ließ sich nicht anmerken, dass ihm der Name von Arillands Herr und Gebieter entfallen war. Es dauerte einen

Moment, bis sich der geistige Nebel lichtete und der Betrug des Königs ans Licht kam: Wie lange er tatsächlich König gewesen war, was er getan hatte, um es zu erreichen und warum ihn niemand hatte aufhalten können. Der Pastor sprach seinen Namen am Grab aus und Rumbold sah, wie die Menschen nacheinander die Augen aufrissen. Der gebrochene Bann lag schwer in der Luft, bis er vom Wind davongetragen wurde.

Während ihrer kleinen privaten Hochzeitszeremonie am Zauberbrunnen hatte Sunday sich ausgetobt. Sie hatte mit Rumbold auf der kleinen Lichtung getanzt, barfuß und in einem selbst gesponnenen Kleid, mit einem Kranz aus Gänseblümchen um das goldene Haupt. Sie reichten sich die Hände, teilten einen Becher Wasser und warfen gemeinsam Silber in den Brunnen, um ihm dafür zu danken, dass er einen langersehnten Traum wahr werden ließ. Rumbold hatte Sunday an diesem sonnigen Nachmittag mehr geliebt, als er je für möglich gehalten hatte.

Es kam selten vor, dass er seine Sunday überhaupt noch mit Schuhen sah. Er hatte gehört, wie sie in den Hallen des Schlosses die barfüßige Prinzessin genannt wurde. Aber die Höflinge lächelten immer, wenn sie es sagten, deshalb verbot Rumbold ihnen nicht, den albernen Spitznamen zu verwenden. Er musste ja selbst grinsen, wenn er an Sunday dachte.

An diesem Morgen war es nicht anders. Rumbold stand auf dem Balkon und beobachtete, wie Sunday und Trix versuchten, ein Eichhörnchen davon zu überzeugen, ein Seil an der alten Eiche hochzuziehen und den Knoten hinüberzuwerfen, damit sie eine Schaukel aufhängen konnten. Das Eichhörnchen schien ihre Pläne durchkreuzen zu wollen, sodass Sunday frustriert kreischte, bevor sie kichern musste. Trix hüpfte auf und ab und fuchtelte mit den Armen, um zu demonstrieren, was er von dem Eichhörnchen erwartete. Sunday stampfte mit dem Fuß auf und Rumbold erhaschte einen Blick auf ihre schmutzigen Füße, die unter ihrem langen Rock hervorlugten. Ihr Haar lag wie ein von der Sonne vergoldeter Fluss auf ihrem Rücken, Blätter und winzige Blumen hatten sich darin verfangen. Ein Schmetterling hockte neben ihrem Ohr, ohne auf Sundays halbherziges Geschimpfe zu achten. Sie würde immer sein Mädchen aus dem Wald sein. Er hätte es nicht anders gewollt.

Rumbold inhalierte den Duft des Frühlings und der Wildblumen. Er war froh, dass der Geist seiner Mutter lange genug blieb, um ihn mit seiner Liebsten sehen zu können, um sie glücklich zu sehen. Er neigte den Kopf zum Himmel und lächelte in die Sonne. Wenn die Götter gnädig waren, sah sie ihn vielleicht noch immer.

„Wie oft muss ich das noch sagen? Man kann das Training nicht im Galopp durchlaufen!“ Velius’ Befehl hallte von den Wänden der Großen Halle wider. Rumbold hatte noch nie erlebt, dass sein Cousin so oft die Stimme erhob, wie seit dem Tod des Königs, seit Saturday mit ihrem Schwert auf dem Trainingsgelände aufgetaucht war und gefordert hatte, dass man ihr beibrachte, damit umzugehen.

Saturday folgte Velius auf dem Fuße. „Ihr habt mich beleidigt, indem Ihr mir einen Stock gegeben habt.“ Damit waren wohl die Übungsschwerter gemeint, die auf dem Platz benutzt wurden. Richtige Schwerter durften nur von den erfahrenen Schülern verwendet werden.

„Du beleidigst *mich*, weil du dich weigerst, dich ordentlich unterrichten zu lassen!“

„Seit meiner Kindheit schwinge ich die Axt.“

„Deswegen weißt du noch lange nicht, wie man mit einem Schwert umgeht.“

„Nur weil Ihr mich es nicht versuchen lasst, damit ich es herausfinden kann!“, blaffte Saturday. „Habt Ihr zu Beginn Eurer

Ausbildung all Eure schicken magischen Kräfte eingesetzt?"

„Ja", gab Velius zu. „Deshalb empfehle ich nicht, sie zur Unterstützung zu benutzen."

„Aber Ihr habt gesehen, was ich kann", sagte Saturday. „Ihr wisst, wozu ich fähig bin."

„Das habe ich", sagte Velius. „Und ich weiß es. Ich weiß aber auch, dass du schnell übertreibst und dich leicht selbst verletzen kannst."

Sie zuckte die Schultern. „Ich wäre nicht lange verletzt."

Velius sah aus, als würde er ihr am liebsten eine Wunde beibringen, um zu testen, wie lange die Heilung dauern würde, da legte Erik ihm eine Hand auf die Schulter. „Lass gut sein", sagte er. Seit einiger Zeit unterrichteten sie abwechselnd die eigensinnige Saturday, und obwohl sie sich dabei in immer größeren Abständen abwechselten, strapazierte sie noch immer die Nerven jedes einzelnen Mannes bis aufs Äußerste.

Rumbold hatte sich daran noch nicht sattgesehen. Er erinnerte sich an die Arroganz und die Frustration, die damit einhergingen, unverwüstlich zu sein. Er zog in Erwägung, Saturday eigene Gemächer im Schloss anzubieten. Andererseits konnte sie ebenso gut bei Monday wohnen, denn die Prinzessin hatte beschlossen, in der Residenz zu bleiben.

„Sie gehört dir", blaffte Velius.

Saturday öffnete den Mund, als wollte sie etwas sagen. Erik sagte nichts, er hob nur einen Finger. Sie schloss den Mund und funkelte ihn unheilvoll an.

„Saturday", schimpfte Seven. „Willst du dich nicht waschen, bevor du zu uns kommst?"

Saturday richtete den Schwertgurt und klopfte sich Staub von den Ärmeln. „Ich bin nicht schmutziger als die Füße der Prinzessin. Wenn sie sich nicht wäscht, mache ich es auch nicht."

Alle wandten sich Sunday zu, die nur schmunzelnd die Schultern zuckte. Rumbold machte eine gedankliche Notiz, ein ernstes Wort mit seiner neuen Kriegerschwester zu wechseln. Dass sie unverwüstlich war, bedeutete, dass sie eine Bestimmung zu erfüllen hatte, genau wie er. Vermutlich sollten sie herausfinden, worum es sich dabei handelte, bevor sie seine besten Freunde in den Wahnsinn trieb.

„Oh!", keuchte Friday und legte eine Hand auf ihre Patchwork-Tasche. „Das hab ich fast vergessen." Sie griff hinein und holte ein perfektes goldenes Ei heraus, das etwas kleiner war als das, das Rumbold in der Kuriositätensammlung seines Vaters gesehen hatte.

Trix sprang auf und wollte erzählen, was es damit auf sich hatte. „Friday hat die Gans geflickt", sagte er. „Sie legt goldene Eier!" Die stets genügsame Seven freute sich über diese Nachricht und Sunday entspannte sich sichtlich, da sie nun sicher war, dass ihre Familie versorgt sein würde, ohne dass sie das Gefühl hatten, Almosen zu bekommen.

Rumbold nahm das Ei entgegen – es wog weniger als erwartet – und übergab es den ruhigen Händen eines Dieners. „Bringen Sie das Ei zur Köchin", sagte er. „Sagen Sie ihr, dass sie die Schale behalten kann." Mit leicht gedämpfter Stimme fügte er hinzu: „Und schicken Sie bitte den Metzger her."

„Sie sind essbar", sagte Jack Woodcutter, der noch im Begriff war, sich allmählich Rumbold gegenüber zu öffnen. „Ich hatte heute früh ein goldenes Omelett."

„Hat es deine Zunge golden gefärbt?", fragte Sunday.

„Das hat es", sagte Papa. „Und anschließend hat deine Mutter eine Stunde lang alles gemacht, was ich von ihr verlangt habe." Seven schlug ihrem Mann spielerisch auf den Hintern.

„Ach, Friday, bevor ich es vergesse", sagte Rumbold. „Yarlitza Mitella sollte heute in die Berge zurückkehren, aber ich habe dafür gesorgt, dass sie von dir und deiner geschickten Nadel hört, bevor sie ihre Sachen gepackt hat. Ich habe mir erlaubt, sie heute Nachmittag zum Tee einzuladen. Ich hoffe, es macht dir nichts aus. Sie ist sehr daran interessiert, dich kennenzulernen.“ Er hatte damit gerechnet, dass Friday ihm die Arme um den Hals werfen würde, aber er war nicht auf das ohrenbetäubende Kreischen vorbereitet, das damit einherging. „Ich nehme das als ein Ja.“

„Vielen Dank“, sagte Joy. „Ich habe gar nicht daran gedacht, die beiden zusammenzubringen.“

„Es erschien mir sinnvoll.“

„Natürlich“, sagte sie und umarmte Friday, die sich herumdrehte, um ihre Dankbarkeit auszudrücken. „Ich hätte keine bessere Ausbilderin für dich finden können, meine Liebe“, sagte sie in die Lockenmähne ihrer Patentochter. „Mistress Mitella wird dich gut unterrichten.“ Friday umarmte ihre Mutter, und Joy richtete sich auf.

„Tatsächlich werde ich ebenfalls eine Ausbildung beginnen.“

Die Familie drehte sich gemeinsam um und sah Wednesday in der Tür stehen. Die strahlende Monday hing an ihrem Arm, wodurch sie in ihrem Kleid wie ein vom Wind herbei gewehter Schatten wirkte.

„Du verlässt uns?“, fragte Trix betrübt.

Wednesday legte die Hand sanft auf seinen Kopf. „Keiner von uns wird je gehen“, sagte sie. „Nicht wirklich.“

„Ich muss sie nach Faerie bringen“, sagte Joy. „Sie ist viel zu mächtig, um hierbleiben zu können. Ihre ständige Gegenwart stört das Gleichgewicht.“ Deshalb hielt sich Wednesday immer möglichst nah bei den Wolken auf: Um in der Welt unter sich kein Chaos anzurichten. Was alle für grenzwertigen Irrsinn gehalten hatten, war notwendig gewesen, um sie zu schützen.

Wednesday neigte den Kopf bestätigend in seine Richtung. „Da dieses Böse vorüber ist, muss ich gehen.“

Niemand außer Rumbold schien zu bemerken, dass sie „dieses“ Böse sagte und nicht „das“ Böse. Er war sich sicher, dass diese

Abwandlung etwas mit Sorrow zu tun hatte. Wenn seine Patentante über die Grenzen von Faerie geflohen war, um ihre Wunden zu lecken, dann war Joy doppelt verpflichtet, ihr zu folgen.

„Ich wusste, dass du nicht für diese Welt bestimmt bist“, sagte Seven zu ihrer Tochter. „Aber du durftest eine Zeit lang mir gehören. Mögen die Götter über dich wachen, mein Kind.“

„Dann gibt es nur noch eine Sache, die erledigt werden muss“, sagte Joy. „Eine Wunde muss noch geheilt werden. Wir müssen diesem Land seinen König zurückgeben.“

Wednesday trat vor, legte die Hände auf Rumbolds Schultern und küsste seine Wangen. „Hiermit übergebe ich dir den Thron von Arilland“, sagte sie. „Mein Stiefsohn, mein Bruder, mein Retter, mein Freund.“

Er war tatsächlich all das – wie Wednesday gesagt hatte, war er viermal geboren worden. Sunday ergriff Rumbolds Hand und drückte sie bestärkend. Die Familie und alle anwesenden Diener fielen auf ein Knie.

„Lang lebe der König“, flüsterte Wednesday.

Dieser Spruch jagte ihm eine Gänsehaut über den Körper. Sunday drückte noch einmal seine Hand. Rumbold hoffte, ein langes und erfülltes Leben zu führen, das nicht länger dauern würde als das Leben eines sterblichen Mannes. Die Tatsache, Sunday bei all dem an seiner Seite zu haben, tröstete ihn.

„Lang lebe der König!“, rief eine tiefe Stimme vom äußersten Ende der Großen Halle: Jolicoeur war gekommen. „Lang leben König Rumbold und Königin Sunday!“

Der Ruf hallte durch den ganzen Raum und schwoll allmählich an, bis er durch das gesamte Schloss donnerte. Innerhalb weniger Minuten hörte Rumbold es aus den Wällen und Brüstungen bis in die Straßen. Er neigte das Haupt wieder Wednesday entgegen und bemerkte die zierlichen – ja schmutzigen – Zehen seiner Frau, die wieder unter dem Rock hervorlugten. Der Froschprinz und die barfüßige Prinzessin, jetzt König und Königin. Es hatte schon schlimmere Herrscher gegeben.

Unter den lauten Rufen sah Rumbold, wie Velius auf Wednesday zuging. Sie bot ihm eine Hand an und er küsste sie. „Für mich wirst du immer eine Königin sein."

„Einmal in diesem Leben und ein anderes Mal in einem anderen", sagte sie. „Und es wird mir immer leidtun."

„Wir müssen euch verabschieden", sagte Joy.

„Noch nicht", sagte Rumbold. Er winkte den Metzger herbei. „Meine Liebe, darf ich dir Mister Jolicoeur vorstellen?"

Jolicoeur legte sich eine Hand aufs Herz und verbeugte sich vor Sunday, die neugierig zu beiden aufschaute.

„Mister Jolicoeur ist Kapitänin Thursdays Erster Offizier."

Seven schnappte nach Luft. Trix jubelte. Sunday brach in Gelächter aus, das Rumbold wieder einmal mit Liebe erfüllte.

Jack Woodcutter durchquerte den Raum und legte seinen kräftigen Arm um Rumbold und packte ihn, während der sich größte Mühe gab, nicht in Ohnmacht zu fallen. „Wenn du mit einem Woodcutter gestraft bist, dann musst du es mit allen aufnehmen, was?"

„Es scheint so, Sir."

„Ich habe das Herz von Sundays Mutter ebenfalls mit einer Gans erobert", sagte Woodcutter. „Hab ich die Geschichte schon mal erzählt?"

„Nein, Sir", sagte Rumbold, König von Arilland. „Ich glaube, die habe ich noch nicht gehört."

„Setz dich", sagte Woodcutter. „Ich erzähle dir alles. Und dann kannst du mir erzählen, wie du meine Tochter die Piratenkönigin kennengelernt hast."

Rumbold ließ sich auf einem Stuhl nieder, der groß genug war, dass Sunday sich neben ihm zusammenrollen konnte, und bereitete sich darauf vor, von seinem neuen Vater mit Erzählungen unterhalten zu werden.

Sie hatten eine Menge nachzuholen.

Manchmal frage ich mich, was mit Jack Junior passiert ist. Ich spaziere über die Blumen gesäumten Wege des Gartens – meines Gartens – und tanze durch die leeren Flure des Schlosses – meines Schlosses – und denke an die Abenteuer, die mich hierhergeführt haben, an all die Magie und das Elend, die uns an diesen Ort gebracht haben. Welche Lieder wird man wohl über meine Familie und mich singen? Welche Legenden werden jetzt schon erzählt? Bin ich ein dummes Mädchen, das sich mit einem Frosch oder einem gut aussehenden Fremden in einem Ballsaal voller schöner Kleider angefreundet hat? Bin ich eine barfüßige Prinzessin oder eine wohlwollende Königin? Bohnen-Näherin und Goldspinnerin und Riesen-Schlächterin: All das war ich. Ich habe ein Leben voller Liebe und Schmerz gelebt, voll Joy und Sorrow und ich bin immer noch am Leben. Ich habe noch viele, viele Jahre vor mir, und jeder Tag hat das Potenzial, bis zum Rand mit Prüfungen und Herausforderungen gefüllt zu sein, die gemeistert werden müssen.

Gestern Abend ließ ich mir von Rumbold noch einmal erzählen, was mit Jack Junior und dem Wolf geschah, nachdem er das Tier getötet und das goldene Medaillon zurück zu Papa gebracht hatte. Ich stellte alles infrage, tauchte tiefer und zog jedes Detail herauf, an das er sich erinnern konnte. Er ging es immer wieder durch, bis er genug davon hatte, und ich schlief ein, während ich weiter über eine unumstößliche Tatsache nachdachte: Jacks Leiche wurde nie gefunden.

All die Schulgesänge und Trinklieder über diesen Mann, der Drachen tötete und Welten rettete – jetzt, wo ich auch getötet und gerettet habe, habe ich ein noch klareres Bild von der möglichen Wahrheit … oder der Lüge. Im ganzen Land tauchen regelmäßig neue Lieder über unseren legendären Jack auf. Was, wenn sie eine Botschaft an uns sind? Vielleicht sagen sie auf ihre eigene geheime, erzählerische Art und Weise: Ich lebe noch. Gibt es eine bessere Art einer Familie von Märchenerzählern etwas mitzuteilen als mit einer guten Geschichte?

Wohl kaum.

Nach dem Tod des Königs waren die Minnesänger samt ihrer Märchen geflohen. Es gab nur noch sechs Barden auf dem Burggelände, und ich rief sie alle zu mir. Das war mein erster offizieller Befehl. Manchmal macht es Spaß, Königin zu sein.

Ich rief die Barden zusammen, um ihnen von mir zu erzählen. Offen, ehrlich und völlig ungekürzt teilte ich ihnen die Ereignisse der vergangenen Wochen mit. Anschließend wollte ich die Liedermacher und Geschichtenerzähler auf den Weg schicken, mit Taschen voller Silber und dem Auftrag, die Legende meiner abenteuerlichen Familie überall zu verbreiten.

Wenn Jacks Legende uns hier in Arilland erreichen kann, werden eines Tages vielleicht unsere Geschichten zu ihm finden, wo immer er auch sein mag. Er wird lachen, wenn er erfährt, dass er selbst in seiner Abwesenheit einen Sturm ausgelöst hat, so wie ein Stein eine Lawine auslöst. Er wird wissen, dass es uns gut geht und es im Haus der Woodcutters Blut und Beute gibt und alles wie immer ist. Und vielleicht wird eines Tages, wenn eine seiner neuen Legenden den Weg zu uns findet, er ihn ebenfalls finden.

Danksagung (2012)

Dieser Roman wäre ohne vier unwahrscheinliche Musen nicht möglich gewesen: eine frustrierte Mutter, ein südamerikanischer Präsident, ein nordkoreanischer Diktator und ein prominenter Internet-Autor.

Ich bin mir sicher, dass Marcy Kontis nicht ahnte, dass ihre älteste Tochter es einmal so weit bringen würde, als sie zu ihren Füßen im Esszimmer saß und jammerte: „Mama, sag mir, was ich schreiben soll."

Ich bin mir sicher, dass Eric James Stone nicht ahnte, dass ich jeden einzelnen Vorschlag für den *Fairy Tale Contest* nehmen und über die Messlatte springen würde, die er in der Codex Writers Group höher gelegt hatte, indem er jeden einzelnen Story-Seed (statt nur einen aus jeder Kolumne) in „*By the Hands of Juan Perón*" für den Get the *Creative Juices Flowing Contest* aufnahm. (Er hat mich in beiden Wettbewerben geschlagen, aber ich wurde zuerst veröffentlicht, also haben wir beide gewonnen.)

Ich bin sicher, dass Kim Jong-il kein Wort von mir gehört hatte, als Ken Scholes mich dazu brachte, ihm über den Pazifik hinweg zu versprechen, dass ich mein Manuskript ein für alle Mal fertigstellen würde. (Die Rosen, die ich im Namen von Mr. Kim nach der Fertigstellung erhielt, waren aber wunderschön.)

Ich weiß jedoch mit Sicherheit, dass John Scalzi keine Ahnung hatte, dass ich bei unserem Treffen auf der *Millennicon*, das Manuskript beendet und es vor dem Wochenende der Convention an meinen Agenten geschickt haben würde. Ich bin so froh, dass ich es getan habe. Ich glaube, Cincinnati spricht noch immer mit leiser Stimme von uns allen.

Ich möchte mich in einer bestimmten Reihenfolge bedanken:

Casey Cothran-Muldrew und Margo Appenzeller, die mit mir die ursprünglichen Prinzessinnengeschichten schrieben. Orson Scott Card, weil er der Lehrer in meinem Hinterkopf war, der immer wieder sagte: „Schreib einfach das Buch." Andre Norton, der mein Schutzengel war. Meine Codex-Kollegin und Orson Scott Card. Bootcamperin Christine Amsden, weil sie den Märchenwettbewerb vorschlug. Brian Keene, der mich beim ersten Tanz begleitete. (Ich bin froh, dass unsere verbotene Freundschaft viel länger hielt als meine Beziehung zu dem Idioten, der sie untersagte). Quinn Reid, der Gründer der *Codex Writers Group*, der mich am Tag nach meiner Geburtstagsfeier aufbaute und sagte, ich solle „Sunday" bei *Realms of Fantasy* einreichen. Shawna McCarthy (mithilfe von Doug Cohen), die meine „Kurzgeschichte" mit zehntausend Wörtern zur Veröffentlichung in *Realms of Fantasy* akzeptierte. Scott Grimando für die tollste *Centerfold*-Illustration, von der ein Mädchen nur träumen kann, und die dazugehörige fantastische Erzählung über das Fahrradabenteuer.

Deborah Warren, meine Agentin des Sonnenscheins und der

Freude, eine Seelenverwandte seit dem Moment in dem kleinen Café in Pasadena, in dem sie mich über ihre Strass besetzte Sonnenbrille hinweg ansah und mir sagte, dass ihr meine Ausstrahlung gefalle. Reka Simonsen, gute Fee und Traumlektorin, eine Seelenverwandte seit dem Moment, in dem sie aus heiterem Himmel meine Lieblingsfigur von Diana Wynne Jones in einer E-Mail zitierte. Das Starbucks am Old Fort Parkway in Murfreesboro, Tennessee, weil es den letzten geschriebenen Abschnitt physisch möglich machte.

Mary Robinette Kowal und ihre Eltern, Ken und Marilyn Harrison; Lillie James; Sherrilyn McQueen und die Jungs; Janet und Mike Lee; J.T. und Randy Ellison; Eddie Coulter, Edmund Schubert und Leanna Renee Hieber für ihre Liebe, Unterstützung, Inspiration, Motivation und ihren Trost.

Und schließlich an Adam, Josh, Turtle, Rob und Chappy von der Adam Ezra Group, weil ich diese Danksagung größtenteils schrieb, als ich auf den Beginn ihrer Show im *8 × 10 Club* in Baltimore wartete.

Mögen uns allen ein glückliches Leben beschieden sein.

Danksagung (2024)

Am 2. November 2011 gegen 20 Uhr Ostküstenzeit stellte irgendeine nervige Person ein Vorabexemplar meines allerersten Romans *Enchanted* bei eBay ein. Ich seufzte, denn ich wusste, was mein Verleger dazu sagen würde: „So etwas passiert, Alethea. Dagegen können Sie nichts tun."

Meine Freunde hatten jedoch andere Vorstellungen.

Um Mitternacht verschwand das Angebot spurlos.

Als ich am nächsten Morgen aufwachte, wurde mir klar, dass ich eine *Brute Squad* habe.

Anfangs war die Idee meiner *Brute Squad* nur eine amüsante Anekdote, die ich auf Konferenzen und Tagungen teilen wollte. Ich wusste nicht, wie sehr ich mich im Laufe des nächsten, äußerst schwierigen Jahrzehnts auf diese Freunde verlassen würde. Sie waren immer für mich da, jederzeit und überall. Sie reagierten schnell und gewissenhaft auf jeden Hilferuf. Unermüdlich fingen sie mich immer wieder auf, wenn ich strauchelte.

Danke, meine liebste, geliebte *Brute Squad.* Seid versichert, dass eure Prinzessin immer genauso hart für euch kämpfen wird, wie ihr stets für mich kämpft.

Ein herzliches Dankeschön an die bunte Truppe von Außenseitern, die mein Kernteam bei *Aletheas Moving Castle* bildeten: Caitlin Greer, Justine Birmingham, Yasmine Fahmy, Tiffany Shepard, Michelle Bowen und Sarah Simpson-Weiss. Sie waren die ersten, die erkannten, dass sich *Princess Aletheas Traveling Sideshow* zu *Aletheas Moving Castle* entwickelt hatte, als wir nicht hinsahen.

Vielen Dank an alle, die mir in den vergangenen zehn Jahren zur Seite standen. Man müsste ein weiteres Buch füllen, um alle Namen aufzuzählen, aber wer sich angesprochen fühlt, weiß es. Einige sind nicht mehr unter uns, aber ihre Erinnerung wird für immer in unseren Herzen weiterleben.

Ich liebe euch alle.

ABOUT THE AUTHOR

Alethea Kontis ist Sturmjägerin, Abenteurerin und New York Times-Bestsellerautorin. Sie wurde mit dem Scribe Award und dem Garden State Teen Book Award ausgezeichnet und ist zweimalige Gewinnerin des Gelett Burgess Children's Book Award. Sie wurde zweimal für den Andre Norton Nebula und den Dragon Award nominiert. Alethea schreibt außerdem für mehrere preisgekrönte Online-Magazine, verfasst Buchbesprechungen für NPR und ist freie Mitarbeiterin für Writing the Other. Alethea wurde in Vermont geboren und lebt derzeit an der Space Coast von Florida, wo sie mit ihrem Teddybären Charlie K-Dramen anschaut. Zusammen sie ARMY, VVS und Schwarzen Rosen.

www.ingramcontent.com/pod-product-compliance
Lightning Source LLC
Chambersburg PA
CBHW050552190726
48283CB00007B/2107

* 9 7 8 1 9 4 2 5 4 1 7 0 7 *